CARLA NEGGERS

En peligro

Editado por Harlequin Ibérica.
Una división de HarperCollins Ibérica, S.A.
Núñez de Balboa, 56
28001 Madrid

© 2002 Carla Neggers. Todos los derechos reservados.
EN PELIGRO, N° 16
Título original: The Cabin
Publicada originalmente por Mira Books, Ontario, Canadá.
Traducido por Rocío Salamanca Garay
Este título fue publicado originalmente en español en 2002

Todos los derechos están reservados incluidos los de reproducción, total o parcial. Esta edición ha sido publicada con permiso de Harlequin Enterprises II BV.
Todos los personajes de este libro son ficticios. Cualquier parecido con alguna persona, viva o muerta, es pura coincidencia.
™ TOP NOVEL es marca registrada por Harlequin Enterprises Ltd.

®™ son marcas registradas por Harlequin Enterprises Limited y sus filiales, utilizadas con licencia. Las marcas que lleven ™ están registradas en la Oficina Española de Patentes y Marcas y en otros países.

I.S.B.N.: 978-84-671-3588-6
Depósito legal: B-47551-2005

Susanna Galway tomó un sorbo de margarita mientras contemplaba la cuenta atrás de la Nochevieja en la televisión de El Bar de Jim, el pub pequeño y oscuro situado al final de la calle en la que ella vivía con su abuela y sus hijas gemelas. Era uno de los locales emblemáticos del barrio.

Una hora más y habría fuegos artificiales, un nuevo año que celebrar. Era una noche cerrada y muy fría de Boston, con temperaturas que rondaban los diez grados bajo cero, pero miles de ciudadanos habían salido a disfrutar de los festejos de fin de año.

Jim Haviland, el dueño del pub, miró a Susanna con evidente contrariedad: opinaba que debería haber vuelto a Texas, con su marido, hacía meses. Susanna estaba de acuerdo con él y, aun así, seguía en Boston.

Jim se echó al hombro un reluciente paño blanco de camarero.

—Te estás compadeciendo de ti misma —le dijo.

Susanna lamió un poco de sal de la copa. Hacía calor en el bar, y lamentaba haberse decidido por la cachemira; la seda le habría hecho mejor servicio. Había querido ponerse un poco elegante, pero Jim ya le había dicho que vestida de negro: falda, botas y jersey, y con la melena del mismo color parecía la Malvada Bruja del Este. Al parecer, sólo la redimían los ojos verdes. El abrigo también era negro, pero estaba colgado en el perchero, con los guantes de cuero negros embutidos en el bolsillo. Susanna se había sentado en una banqueta, frente a la barra.

–Nunca me compadezco de mí misma –respondió–. Analicé todas las alternativas para esta noche y lo que más me apetecía era recibir el Año Nuevo con un viejo amigo de mi padre.

–Tonterías –resopló Jim.

Susanna le sonrió con insolencia.

–Haces unas margaritas muy buenas para ser yanqui –dejó la copa sobre la barra–. ¿Por qué no me pones otra?

–De acuerdo, pero el tope son dos. No quiero que te desmayes en mi bar. No voy a llamar a tu ranger de Texas para contarle que su mujer se ha caído de una banqueta y se ha dado un golpe en la cabeza.

–Qué exagerado eres; no me estoy emborrachando. Además, llamarías a mi abuela, no a Jack, porque Iris está al final de la calle y Jack en San Antonio. Y sé que no te intimida lo más mínimo que sea un ranger de Texas.

Jim Haviland desplegó una media sonrisa.

–En San Antonio andan por los veinte grados.

Susanna no se dejaba convencer. Jim era el padre de la mejor amiga que tenía en Boston y el compañero de juventud de su propio padre; además, estaba siendo como un tío para ella durante los catorce meses que llevaba sola en el norte del país. Era un hombre de fuertes convicciones, sólido y predecible.

–¿Vas a ponerme esa margarita o no?

–Deberías estar en Texas con tu familia.

—Yo ya estuve con Maggie y con Ellen en Acción de Gracias. Ahora, en Navidad, le toca a Jack.

Jim frunció el ceño.

—Ni que estuvieras estableciendo turnos para usar la quitanieves del barrio...

—En San Antonio no nieva —replicó Susanna con una rápida sonrisa. Se había puesto un escudo imaginario para sobrevivir a aquella noche, y estaba decidida a no permitir que nada lo atravesara: ni cargos de conciencia, ni miedos, ni pensamientos sobre el único hombre al que había amado en la vida.

Las navidades pasadas las había celebrado con Jack, y la cosa no había ido muy bien. Por aquel entonces, todavía tenían las emociones a flor de piel, y ninguno estaba en condiciones de hablar. Claro que su marido «nunca» estaba en condiciones de hablar.

—¿Sabes? —dijo Jim—. Si fuera Jack...

—Si fueras Jack, estarías investigando asesinatos en serie en lugar de preparar margaritas. ¿Qué gracia tendría eso? —empujó la copa sobre la barra, hacia él—. Vamos, una deliciosa margarita recién hecha. Te dejo que me la sirvas en la misma copa. Si quieres, deja la sal como está.

—Dejaría el tequila antes que la sal, y no usaría la misma copa. Normas de sanidad.

—Hay seis bares en un radio de cien metros —dijo Susanna—. Me he puesto calcetines de lana. Ya encontraré a alguien que me sirva otra margarita.

—Los demás las sirven de botella —gruñó, pero se rindió. Tomó la copa vacía, la dejó en la cubeta de la vajilla sucia y la sustituyó por otra limpia.

El local estaba impecable. Jim servía un plato del día todas las noches y estaba siempre pendiente de los clientes; regentaba su bar acatando hasta la última normativa de hostelería del estado de Massachusetts. La gente no iba allí a emborracharse: era un auténtico pub de barrio, tan anticuado como su dueño. Susanna siempre se había sentido a salvo entre aquellas cuatro paredes, y bienvenida incluso cuando Jim se ponía pesado y ella no estaba de muy buen humor.

–Les he enviado a Iris y a sus amigas cuatro raciones de chile con carne –dijo Jim–. ¿Qué te parece? Hasta tu abuela de ochenta y dos años se divierte más que tú en Nochevieja.

–Iban a jugar a las cartas hasta las doce y cinco. Después, pensaban acostarse.

Jim volvió a mirarla con expresión menos crítica. Era un hombre alto y corpulento de sesenta y pico años que trataba a Susanna como una sobrina honoraria, aunque díscola.

–El año pasado volviste a casa por estas fechas –señaló en voz baja.

Y lo hizo con intención de disipar el malestar existente en su matrimonio; pero el único rato que Jack y ella se quedaron solos, en Nochevieja, lo pasaron juntos en la cama. No habían disipado nada.

«Hace exactamente un año, estaba haciendo el amor con mi marido».

Dos margaritas no servirían de nada. Aunque acabara beoda perdida, no dejaría de recordar dónde había estado el año anterior a aquella misma hora y dónde estaba en aquellos momentos. La situación no había cambiado nada. Nada en absoluto.

«Catorce meses y suma y sigue». Jack y ella seguían en el limbo, en una especie de parálisis conyugal que no podía prolongarse mucho más tiempo. Maggie y Ellen estaban terminando el instituto y solicitando plaza en distintas universidades; pronto se valdrían por sí mismas. Habían telefoneado un par de horas antes, y Susanna les había asegurado que estaba recibiendo el Año Nuevo como era debido. Nada de partidas de cartas con la abuela y sus amigas; no quería que sus hijas la consideraran patética.

No había hablado con Jack.

—Aquí ya no hay nadie, Jim. ¿Por qué no cierras? Podemos subir a la azotea y ver los fuegos artificiales.

Jim alzó la vista de la margarita que le estaba preparando a regañadientes. Sus movimientos eran lentos, concienzudos, y sus ojos azules la miraban con seriedad.

—Susanna, ¿qué ocurre?

—He comprado un refugio en los montes Adirondacks —barbotó—. Es genial. Tiene unas vistas magníficas. Tres dormitorios, chimenea de piedra y siete acres junto al lago Blackwater.

—Los Adirondacks están en el quinto pino, al norte de Nueva York.

—El parque natural más amplio de todos los estados, a excepción de Alaska. Seis millones de acres. La abuela creció junto al lago Blackwater, ¿sabes? Su familia regentaba el albergue...

—Susanna, por el amor de Dios —Jim Haviland movía la cabeza con expresión sombría, como si aquella decisión, comprarse un refugio en los Adirondacks, escapara a su comprensión—. Deberías comprarte una casa en Texas, no en un lugar perdido en las montañas al norte de Nueva York. ¿En qué estabas pensando? Dios, ¿cuándo la has comprado?

—La semana pasada. Fui a Lake Placid a pasar unos días sola. No sé... me pareció buena idea. Necesitaba aclarar las ideas. Vi esta casa. No está muy lejos de donde mis padres veranean, en Lake Champlain. No pude resistirme. Pensé, si no lo hago ahora, ¿cuándo?

—Tú y tus ideas. Hace meses que te oigo repetir la

misma frase. Lo único que va a aclarar tus malditas ideas es volver pitando a Texas y arreglar la situación con tu marido. Nada de comprar refugios en los bosques.

Susanna hizo como si no lo oía.

—La abuela es casi una leyenda en los Adirondacks, ¿lo sabías? De joven fue guía, antes de que ella y mi padre vinieran a Boston a vivir. Él era muy pequeño; estoy segura de que no se acuerda. La abuela se quedó de piedra cuando le dije que había comprado una casa de madera en Blackwater Lake.

Jim le puso delante la nueva margarita; tenía la mandíbula contraída. No dijo una palabra.

Susanna tomó la copa mientras se imaginaba de pie en el porche de su nueva casa, contemplando el hielo y la nieve en los lagos y las montañas de alrededor.

—Algo pasó cuando estaba allí. No sé cómo explicarlo. Como si aquel refugio estuviera allí, esperando a que yo lo comprara.

—¿Impulsada por una fuerza invisible?

Susanna pasó por alto el sarcasmo.

—Sí —tomó un sorbo de la margarita, que no estaba tan fuerte como la primera—. Mis raíces están allí.

—Y un cuerno, raíces. Iris y tu padre hace ¿cuánto, sesenta años que no viven en las Adirondacks? —Jim movió la cabeza, perplejo por la última jugada de Susanna. No le había hecho gracia que hubiera alquilado una oficina a medias con Tess, su hija, una diseñadora gráfica, ni que se hubiera mantenido sola cuando Tess se trasladó a su nueva casa de la parte norte de la ciudad, con su marido y su hija. Un local implicaba permanencia, y Jim Haviland no quería que Susanna se estableciera en Boston de forma permanente; quería que regresara con su marido. Así era como funcionaba su mundo.

Él de ella también, pero la vida no era siempre tan sencilla.

Además, sabía que a Jim le caía bien el teniente Jack Galway, ranger de Texas. Eso no la sorprendía. Ambos eran hombres para quienes las cosas eran o blancas, o negras. Sin matices.

Jim empezó a restregar la barra con el paño blanco, afanándose en la tarea, como si así pudiera liberar la frustración que ella le producía y comprender por qué había comprado un refugio en la montaña.

—Los Adirondacks están a ¿cuánto, cinco o seis horas en coche?

—Más o menos —Susanna tomó otro sorbo de margarita—. Hace unos meses que me he sacado la licencia de piloto. Jack no lo sabe. Puede que me compre una avioneta; hay un bonito aeropuerto en Lake Placid.

Jim se la quedó mirando, reflexivo.

—Un refugio en las montañas, una avioneta, cachemira negro... ¿Es que estás forrada?

A Susanna se le hizo un nudo en el estómago.

Desde el uno de octubre de aquel año que estaba a punto de terminar, su capital ascendía a diez millones de dólares. Era todo un hito. Sus amigos sabían que el negocio le iba bien, pero pocos imaginaban cómo de bien... ni siquiera su marido. No quería hablar de ello; no quería que el dinero empañara la opinión que tenían de ella. O de ellos mismos. No quería que la riqueza le cambiara la vida, salvo que quizá ya fuera demasiado tarde.

—He tenido suerte con algunas inversiones.

—Ja. Apuesto a que la suerte no tiene nada que ver. Eres lista, Susanna Dunning Galway. Eres lista, dura de pelar y... —se detuvo para tomar aliento, que exhaló con un suspiro de exasperación—. Maldita sea, Susanna, no se te ha perdido nada en los Adirondacks. ¿Sabe Jack lo del refugio?

—Nunca te rindes, ¿no?

—O sea, que Jack no lo sabe. ¿Qué intentas? ¿Cabrearlo tanto que acabe dándote por imposible? ¿O que venga a buscarte?

—No vendrá.

—No estés tan segura.

Una pareja joven entró en el local. Se sentaron en una de las mesas, muy juntos, ajenos a las celebraciones de Nochevieja, pero por motivos distintos a los de Susanna. Jim los saludó con afecto y salió de la barra para tomarles nota, pero antes lanzó a Susanna una mirada furibunda.

—¿Le dijiste a Iris que ibas a comprar una casa en su pueblo natal? —no le dio tiempo a responder—. No, no le diste la oportunidad de intervenir, porque eres obstinada y haces lo que te da la gana.

—No soy egoísta...

—Yo no he dicho que lo seas. Eres una de las personas más buenas y generosas que conozco. Solo he dicho que eres obstinada.

La cabeza le daba vueltas. Quizá debería haberlo consultado con Jack. Su nombre no constaba en la escritura, pero seguían casados. Pensaba decírselo... no se trataba de ningún secreto. En realidad, no. Cuando viajó a Blackwater Lake, no estaba pensando en su marido ni en su matrimonio. El refugio tenía que ver con ella, con su vida, con sus raíces. No podía explicarlo. Tenía la impresión de que el destino la había impulsado a ir al lago sola, como si sólo allí pudiera dar algún sentido a los últimos catorce meses.

Jim tomó nota a la pareja y regresó detrás de la barra. Antes de que Susanna pudiera decir palabra, le sirvió un cuenco humeante de chile con carne.

—Necesitas comer algo.

—Lo que quiero es otra margarita.

—Ni lo sueñes.

—Vivo al final de la calle —contempló el chile, picante y caliente en aquella noche gélida de Boston; pero no tenía hambre—. Si me desmayo en una zanja, alguien me encontrará antes de que me congele.

Jim se abstuvo de contestar. Davey Ahearn había entrado en el bar y se había sentado en su banqueta favorita, justo a continuación de la de Susanna. Todavía irradiaba el frío de la calle. La miró y movió la cabeza.

—Si no hay quien te aguante, Suzie. Yo que tú no me haría ilusiones. Te dejaríamos tirada en la zanja, para ver si el frío te reactiva el cerebro y vuelves a Texas.

—El frío no me molesta.

Claro que Davey no estaba hablando del tiempo, y ella lo sabía. Era un hombre fornido, un fontanero de bigote largo y espeso y, al menos, dos ex mujeres. Era otro de los amigos de juventud de su padre, padrino de la hija de Jim Haviland, Tess, y una constante china en el zapato para Susanna. Tess decía que era mejor no animarlo rebatiendo, pero Susanna raras veces podía contenerse... igual que Tess.

Davey pidió una cerveza y un plato de chile con galletitas saladas; Susanna hizo una mueca.

—¿Galletitas saladas con el chile? Qué asco.

—¿Y tú qué haces aquí? —Davey se estremeció, como si todavía se estuviera reponiendo de las gélidas temperaturas. Llevaban varios días padeciendo una fuerte ola de frío y hasta los vecinos de Boston estaban hartos—. Ve a jugar a los naipes con Iris y sus amigas. Tienen un millón de años y todavía saben cómo divertirse.

—Tienes razón —dijo Susanna—. No es buena señal que esté sentada en un bar de Somerville, bebiendo margaritas y tomando chile con carne con un fontanero cascarrabias.

Davey sonrió con guasa.

—Yo tomo el chile con un tenedor.

Susanna reprimió una carcajada.

—Ha sido un chiste malo, Davey. Muy pero que muy malo.

—Te he hecho sonreír —Jim le estaba sirviendo la cerveza y el plato del día, junto con tres paquetes de galletitas saladas. Davey los rasgó y las desmenuzó en el plato, haciendo caso omiso del gemido de Susanna—. Jimmy, ¿cuánto falta para despedirnos del año?

—Veinticinco minutos —respondió Jim—. Pensaba que tenías una cita.

—Y así era. Se puso furiosa y se marchó a su casa.

Aunque no tenía hambre, Susanna probó un poco de su chile con carne.

—¿Davey Ahearn sacando de quicio a una mujer? Imposible.

—¿Se burla de mí, señora Galway?

Jim intervino.

—Eh, dejadlo. Cuando den las doce, abriré una botella de champán. Invita la casa. ¿Cuántos somos? ¿Media docena?

Dispuso las copas en línea recta sobre la barra. Susanna lo miraba trabajar; el chile le abrasaba la boca y las dos margaritas en el estómago vacío se le estaban subiendo a la cabeza.

—¿Creéis que tuve a mis hijas demasiado pronto? —preguntó Susanna de repente, sin saber por qué. Debían de ser las margaritas—. Yo no. Surgió así, y punto. Sólo tenía veintidós años cuando, de repente, me quedé embarazada de las gemelas.

—Apuesto a que no fue tan repentino —repuso Davey. Ella hizo como si no lo hubiese oído.

—Y heme aquí con ese hombre, un texano cabezota e independiente que quiere ser ranger aunque estudió en Harvard. Nos conocimos cuando él estudiaba...

—Lo sabemos —dijo Jim con suavidad.

—Maggie y Ellen eran unas niñas monísimas. Adorables. No son gemelas idénticas.

Pero Jim y Davey también sabían eso. Le dolía el alma, y tuvo que reprimir una súbita necesidad de llorar. ¿Qué le pasaba? Las margaritas, la Nochevieja, el refugio en las montañas... No estar con Jack.

Jim Haviland estaba inspeccionando una a una todas las copas de champán para asegurarse de que estaban limpias.

—Eran unas niñas preciosas —reconoció.

—Sí, las veías cuando veníamos a visitar a Iris. Su casa siempre ha sido mi ancla cuando era niña... mis padres siempre andaban vagando de un lado a otro del país. No me extraña que viniese aquí cuando las cosas se pusieron feas con Jack —cerró los ojos, en un intento de morderse la lengua. Cuando los volvió a abrir, la habitación oscilaba un poco, así que carraspeó. Si se desmayaba y se daba un golpe en la cabeza, Jim Haviland y Davey Ahearn aprovecharían la oportunidad para llamar a Jack. Entonces, Jack les diría que se lo tenía merecido.

El corazón empezó a latirle deprisa.

—Es la segunda vez que Maggie y Ellen viajan solas en avión —entornó los ojos para que la habitación dejara de moverse, y se imaginó a Jack allí, de pie, con una de sus medias sonrisas de regocijo. No recordaba desde cuándo no tomaba dos margaritas seguidas. Él se atribuiría el mérito. Diría que estaba sola, que lo echaba de menos en la cama. Susanna se dio un pellizco mental—. La primera vez que viajaron solas, estaba hecha un manojo de nervios.

—Pues esta vez no estás mucho mejor —señaló Davey.

Tenía que reconocer que una tercera margarita la tumbaría. Con la segunda, estaba aguantando a duras penas. Por eso Jim Haviland había estado metiéndose con ella y le había servido chile: no sólo para hacerla pasar un mal rato, sino para prevenir la caída al vacío.

–¿Y si Maggie y Ellen deciden ir a la Universidad de Texas? –se llenó los pulmones de aire y miró a Davey de soslayo–. ¿Y si se quedan allí? Cielos, no las vería casi nunca. Y Jack...

Davey tomó un poco de cerveza y se limpió la espuma del bigote.

–¿Es que hay universidades en Texas?

La pulla traspasó su ánimo agitado.

–Eso no tiene gracia. ¿Y si los texanos vinieran aquí y empezaran a decir tópicos tontos sobre los del norte?

–¿Como qué? ¿Que decimos muchos tacos y hablamos demasiado deprisa? Maggie y Ellen no hacen más que reprochármelo. Algunos hasta tomamos galletas saladas con el chile –le guiñó el ojo–. Y tú también eres del norte, Suzie mía. No me importa en cuántos lugares vivieras de pequeña; tu padre creció en esta misma calle. Cuando Iris no pueda seguir valiéndose sola, tus padres dirán adiós a Texas y vendrán a vivir con ella. Cerrarán la galería de Austin en un abrir y cerrar de ojos.

–Ése es el plan –reconoció Susanna.

–Un fontanero, un barman y un artista –Davey movió la cabeza, asombrado–. ¿Quién lo habría dicho? Aunque a Kevin siempre se le dio bien el grafiti.

Susanna sonrió. Tanto su padre como su madre eran artistas, aunque ésta también era especialista en edredones antiguos. Sorprendieron a todos siete años atrás cuando fundaron una próspera galería en Austin y empezaron a restaurar una casa de los años treinta, un proyecto en apariencia interminable. Pero seguían veraneando a orillas del lago Champlain. Cuando Susanna era joven, vagaron de un lado a otro para enseñar, trabajar, abrir y cerrar galerías y dejarse llevar por su pasión por los viajes. Se quedaron atónitos cuando Susanna eligió dedicarse a las finanzas y se casó con un ranger texano, pero siempre se había llevado bien con sus padres y le gustaba tenerlos cerca, en Austin. No se inmiscuían en su relación con Jack, pero ni Kevin ni Eva Dunning comprendían por qué su hija se había ido a vivir a Boston con su abuela. Su reacción tanto con Susanna como con Jack había sido la misma: «No tardarán en recapacitar».

Mientras estudiaba una botella de champán helada, Jim dijo en tono distraído, como si le hubiera leído los pensamientos a Susanna:

—No llegaste a contarnos qué te hizo venir aquí. ¿Tuviste una pelea muy fuerte con Jack, o te despertaste un día pensando que necesitabas respirar el aire de Boston?

—Maggie y Ellen ya tenían pensado pasar aquí medio año.

—Ni que esto fuera París o Londres —dijo Davey—. Su semestre en el extranjero.

—Su semestre con Iris —le corrigió Susanna.

—Pues ya ha pasado un año —señaló Jim—. Y eso no justifica que tú decidieras venir.

—Un hombre me estaba siguiendo —las palabras brotaron de sus labios antes de que pudiera contenerlas—. Bueno, supongo que no me seguía en el sentido estricto de la palabra. Lo vi un par de veces por San Antonio, pero no puedo demostrar que me hubiera seguido. Ni siquiera sabía quién era hasta que no se presentó en mi cocina y empezó a hablar.

Davey Ahearn maldijo entre dientes. Jim se la quedó

mirando, con expresión lúgubre, olvidadas las guasas.

—¿Qué hiciste? —preguntó Jim. Susanna parpadeó deprisa. ¿Qué mosca la había picado? No se lo había contado a nadie, a nadie. Era un secreto, pensó.

—Procuré no provocarlo. Quería que le hablara a Jack en su nombre. Me contó de qué se trataba y se fue.

—¿Y después? —Jim estaba tenso.

—Después... Nada. Decidí venirme aquí con Maggie y con Ellen. Quedarme unas cuantas semanas —estuvo a punto de sonreír—. Aclarar las ideas.

Jim Haviland apoyó la botella de champán en la cadera mientras la miraba con suma atención; Susanna tomó un poco más de chile, pero sin apenas saborearlo. Por fin, el barman movió la cabeza.

—Dios. No le contaste a Jack que ese mal nacido se había presentado en tu cocina.

—Sé que parece una locura —dejó el tenedor en el plato y se sorbió las lágrimas. Al levantar la copa de margarita, advirtió que le temblaba ligeramente la mano—. Jack es un ranger. Tú se lo dirías si te estuvieran siguiendo, ¿no?

—Y tanto que sí. Una cosa es no decirle que has comprado un refugio en las montañas y otra muy distinta ocultarle que te han estado siguiendo.

—En su momento me pareció lo más sensato.

Jim inspiró con brusquedad; después, exhaló un largo suspiro.

—Díselo ahora. Utiliza el teléfono de la cocina. Llámalo ahora mismo y cuéntaselo.

—Es demasiado tarde; no serviría de nada.

—¿Es que ese tipo está en la cárcel? —Susanna lo negó con la cabeza. Jim la miró con fijeza, entornando los ojos—. ¿Muerto?

—No, no llegaron a acusarlo de nada. Es un hombre libre.

—Porque no dijiste que te estaba siguiendo...

—No, a nadie le interesaría eso. Ese tipo sabría explicarlo: una coincidencia, un malentendido, desesperación. Las autoridades no se molestarían con ese asunto, ni ahora ni entonces —tomó un sorbo de margarita; el hielo derretido estaba diluyendo el tequila—. Lo buscaban por un delito mucho más grave que el de asustarme.

Aquello captó el interés de Davey Ahearn.

—¿Ah, sí? ¿Qué es lo que hizo? ¿Matar a su mujer?

—Así es, Davey; eso fue exactamente lo que hizo —Susanna alzó la vista al televisor y contempló el movimiento de las agujas del reloj. Faltaban cuatro minutos para la medianoche. Tres minutos y cincuenta y nueve segundos. «Feliz Año Nuevo»—. Mató a su mujer.

Jack Galway se despertó el día de Año Nuevo en una cama vacía, con un penetrante dolor de cabeza y pensamientos sombríos sobre su esposa. Terminarían cada uno por su lado. No sabía cuándo ni cómo, pero ocurriría. Pronto. Estaba cansado de despertarse solo, de cabrearse por las cosas que Susanna no le contaba. Susanna y sus secretos.

Había celebrado la Nochevieja con sus hijas y con un millón de sus amigos adolescentes. Nada de alcohol. Todavía no habían cumplido los veintiuno y tenía que llevar a varios de vuelta a sus casas. Se acostó a la una. Solo.

El año anterior estuvo mejor. Maggie y Ellen celebraron la Nochevieja en casa de una amiga, y él y su esbelta esposa de pelo negro y ojos verdes se fueron derechos al dormitorio. Deberían haber resuelto algunas de sus «diferencias», pero no lo hicieron. El enfado y la frustración todavía estaban a flor de piel. Se habían aferrado a su silencio con obstinación... Y habían estado demasiadas semanas sin hacer el amor.

Jack apretó los dientes. No tenía sentido pensar en el

año anterior, pero creyó que una noche en la cama con él la disuadiría de regresar a Boston. Mentira.

Acorazándose contra el dolor de cabeza, se levantó de la cama y se puso unos vaqueros y una sudadera vieja. Con Susanna en Boston haciendo sus condenadas inversiones, solía guardar los vaqueros y las sudaderas en un montón en el suelo. ¿Qué más daba?

Bajó a tomarse una aspirina. Maggie y Ellen, despiertas y vestidas, estaban trasteando en la cocina, sacando cacharros y fuentes, la batidora, huevos, leche, limones, y un paquete de azúcar. Entonces, recordó el festival de Jane Austen con que pensaban celebrar el Año Nuevo. Té, bollitos, pudin de limón, sándwiches de berros y una película tras otra de Jane Austen. La fiesta duraría todo el día, y habían invitado a dos amigas.

Jack ahogó un gemido y tragó dos aspirinas. Notaba cómo se le extendía el dolor a los ojos.

Ellen lo apartó para dejar en la pila el cuenco vacío de la masa de los bizcochos. Era atlética y bonita, con el pelo de color castaño, muy parecido al de Iris Dunning antes de que encaneciera. Tenía los ojos oscuros, como él, y un carácter más apacible que el de sus progenitores; era extravertida y siempre tenía las piernas plagadas de moretones por su afición al rugby. Dejó el cuenco a remojo en la pila.

—Hemos decidido empezar con *Orgullo y prejuicio* de Laurence Olivier y Greer Garson. Es lo más lógico, ¿no crees, papá?

—Claro.

—Puedes verla con nosotras, si quieres.

—¡Ellen! —Maggie se volvió de su puesto ante los quemadores. Era morena y esbelta, como su madre, obstinada como sus dos progenitores, pero se las había ingeniado para heredar el talento artístico de Kevin y Eva Dunning.

Ella también tenía los ojos oscuros como su padre–. Papá no está invitado, ¿recuerdas? Ya sabes cómo es. Empezará a hacer observaciones.

Ellen se mordió el labio.

–Ah, sí. Qué despiste. Papá, no estás invitado.

–Estupendo –dijo Jack–. Saldré a correr para que estéis a vuestras anchas.

Regresó al dormitorio y se puso el chándal; tuvo que recurrir al adiestramiento y al autodominio para no volver a caer en la cama y soñar con su esposa. A Maggie y a Ellen se les estaba pegando el acento de Boston. Al menos, los festivales de Jane Austen y los tés a la inglesa databan de mucho antes. Jack no había puesto objeciones a que pasaran un semestre en Boston, viviendo con su abuela, para que pudieran conocerla mejor. Iris Dunning era una mujer muy especial. Pero no le hizo gracia que Susanna se fuera con ellas... claro que tampoco le había pedido que se quedara ni que volviera. A las claras, no. Pero ella lo sabía.

Pensó que Susanna no sobreviviría a las primeras nevadas. Su mujer se había acostumbrado a la vida en el sur de Texas y era su hogar. Sabía que aquél era su sitio, pero se resistía, aguantaba en Boston porque era más fácil que resistirse a él. Más fácil que reconocer sus miedos y afrontarlos.

Más fácil que confesarle la verdad.

Jack era consciente de su contribución a aquel distanciamiento. Lo había estado negando durante meses, pero no podía seguir haciéndolo. Seguía contribuyendo absteniéndose de hablar con ella, de decirle lo que sabía. Y lo que temía... aunque se suponía que él no tenía miedo a nada. También debía afrontar un par de cosas.

Desechó los pensamientos sobre su mujer. Quizá fuera precisa alguna acción por su parte, pero no sabía cuál. La situación actual era irritante, pero cometer una estupidez y perder a Susanna... impensable.

Salió a la cálida y luminosa mañana de San Antonio, inspiró el aire un tanto húmedo y se esforzó por oír el gorjeo de los pájaros. Inició su recorrido de quince kilómetros atravesando el agradable barrio de extrarradio en el que Susanna y él habían criado a sus dos hijas. En su hogar todo lo delataba como un hombre de vida familiar: un marido, un padre. Tenían un salón amplio, un cuarto para la ropa, y cuadros de girasoles y gallinas en la cocina. Recordaba haber enseñado a las gemelas a montar en bicicleta en aquella misma calle. Maggie no había querido ayuda; Ellen la había aceptado toda pero se las había arreglado para darse un par de galletas.

Detestaba que regresaran a Boston en tan sólo dos días. Sabía que podía ir con ellas; le debían algunos días libres.

El dolor de cabeza se disipó después del primer kilómetro agonizante. Después, empezó a correr con fluidez, sin pensar, poniendo un pie delante del otro. Eso mismo había estado haciendo en todos los aspectos de su vida durante los últimos catorce meses: poner un pie delante del otro. Con firmeza, si no con paciencia, abriéndose camino pero retornando siempre al mismo punto, sin llegar a ninguna parte.

—Maldita sea, Susanna.

No pensaba despertarse el próximo año sin su esposa. Diablos, no quería despertarse al día siguiente sin ella.

Seguramente, debería decírselo.

Regresó a casa sudoroso, sin resuello, purgado de la agitada noche y en condiciones de disfrutar de los dos últimos días con sus hijas. Se asomó al salón, donde Maggie y Ellen y sus amigas estaban celebrando su festival de Jane Austen. Las cuatro estrujaban pañuelos de papel en las manos y tenían los ojos llorosos. Jack sonrió. No tardarían en comerse el mundo, pero todavía estaban derramando lágrimas por Darcy. Maggie le lanzó una mirada de advertencia; Jack le guiñó un ojo y se retiró a su dormitorio.

Se duchó, volvió a ponerse los vaqueros y se dispuso a ver un partido de fútbol. Si supiera que podía bajar a la cocina y volver sin que nadie le ofreciera un sándwich de berros, iría por una cerveza.

Ellen llamó a su puerta y le informó que, al final, habían decidido invitarlo a tomar el té.

—Queremos verte probar el pudin de limón.

—Fui a Harvard —respondió—. Ya he probado el pudin de limón.

—Vamos, papá... Nos sentimos fatal tomando el té sin ti.

No había escapatoria. Había disfrutado de dos semanas perfectas con sus hijas. Se había tomado días libres y había hecho lo que ellas le habían pedido: ir de compras, visitar universidades, ir al cine, jugar al rugby en el jardín... Daba igual. Habían pasado el día de Navidad en Austin con sus suegros. Kevin y Eva no entendían lo que ocurría en el matrimonio de su hija pero se mantenían al margen.

—¿Qué prefieres, English Breakfast o Earl Grey? —preguntó Ellen.

—¿Es que hay alguna diferencia?

Estaba bromeando, pero su hija se tomó la pregunta en serio, como si le pareciera inconcebible que él conociera los distintos tipos de té.

—El English Breakfast se parece más a un té normal. El Earl Grey tiene un sabor ahumado...

—English Breakfast.

Habían puesto la mesa con la vajilla de porcelana, las servilletas de tela favoritas de Susanna, pequeñas fuentes cargadas de sándwiches de berros, bollitos calientes, pequeños cuencos de requesón, pudin de limón y mermelada de fresas. Había dos teteras, una de Earl Grey y otra de English Breakfast. Un servicio de mesa muy elegante, salvo que las chicas estaban en vaqueros, jerséis y zapatillas... Excepto Maggie, a quien le gustaba la ropa desfasada, o «de época», como ella la llamaba, y llevaba puesto un vestido para andar por casa que podría haber lucido la propia Donna Reed. Estaba en el suelo, con la espalda apoyada en el sofá, eludiendo mirar a su padre. Tenía la nariz colorada. Ellen lloraba cuando él estaba presente, pero Maggie no.

Estaban viendo *Sentido y sensibilidad*, con Emma Thompson. Susanna lo llevó a rastras al cine cuando la estrenaron. Una de las hermanas estaba en cama, enferma; la de la sensibilidad, si Jack no recordaba mal.

—Habéis visto esta película docenas de veces —comentó—. ¿Cómo podéis llorar todavía?

Las cuatro jóvenes le hicieron señas de que se callara.

—Silencio, papá —le ordenó Maggie.

Era la clase de «silencio» que podía dejar pasar porque se lo había buscado y porque Maggie ya no tenía tres años. Pero su estancia en Boston le había afilado la lengua, estaba convencido.

Ellen le pasó una taza de té con su platito correspondiente y un plato con un bollito, crema de limón y un minúsculo sándwich de berros.

—¿Sabes, papá? Deberías alquilar algunas de las películas de Jane Austen. Así aprenderías a ser más romántico.

—Ya soy romántico.

Sus dos hijas pusieron los ojos en blanco. Jack tomó un sorbo de té. El sándwich de berros resultaba tolerable, seguramente por lo diminuto que era. Los bollitos no estaban mal. El pudin de limón tenía grumos sobre los que se abstuvo de comentar.

—¿Qué hay en mí que no sea romántico? —preguntó.

—¡Todo! —exclamaron sus hijas y sus dos amigas al unísono.

Se libró de un análisis más exhaustivo de su naturaleza romántica gracias a la visita de Sam Temple. Maggie y Ellen simulaban no fijarse en él, pero todas las mujeres de Texas se fijaban en Sam. Rondaba los treinta y cinco, hacía tres años que era ranger, estaba soltero y era atractivo e inteligente. Entró en el salón con paso lento y echó un vistazo a la televisión.

—¿No es ese el tipo de *La jungla de cristal*? Menudo era. ¿Os acordáis de la escena en que dispara al chivato cocainómano?

Maggie echó mano al mando a distancia, pulsó el botón de pausa y lanzó una mirada furibunda a los dos hombres.

—Debería haber una ley que prohibiera a los rangers de Texas ver películas de Jane Austen.

Sam desplegó una amplia sonrisa.

—Pensaba que querías ser ranger de Texas.

Se puso en pie, elegante incluso con su peculiar vestido de Donna Reed y las zapatillas negras. Jack miró a Sam; éste se había percatado de que Maggie Galway ya no tenía once años, pero tenía la sensatez de no reflejarlo. Maggie se puso en jarras.

—¿Por qué no soltáis de una vez todos vuestros comentarios? Así podremos terminar de ver la película en paz.

—¿Qué comentarios? —dijo Sam, fingiendo no entender—. Ése es el actor de *La jungla de cristal*, ¿no?

Ellen se dispuso a rellenar las tazas. Sus amigas no estaban dispuestas a emitir sus propias opiniones.

—Maggie —le dijo a su hermana—, papá y Sam quieren ver las películas de Austen con nosotras, pero temen echarse a llorar.

La sonrisa de Sam creció aún más.

—Eh, leí a Jane Austen en el instituto. ¿En qué novela salía Darcy? Recuerdo ese nombre. Madre mía, Darcy. ¿Lo puedes creer? Ahora es un nombre de chica.

Maggie resopló y se negó a responder. Ellen clavó sus ojos oscuros en Sam.

—Te refieres a *Orgullo y prejuicio*. Tenemos la versión de 1940, con Laurence Olivier y Greer Garson, y la miniserie de 1995 con Jennifer Ehle y Colin Firth, si te interesan.

—Caray. Chicas, cualquiera se atreve a toseros —tomó un par de sándwiches de berros y se dirigió a la cocina. Jack lo siguió. Sam no se había pasado por su casa sólo para chinchar a sus hijas.

Sam abrió la nevera.

—Necesito algo para digerir esos sándwiches tan horribles —miró a Jack con una mueca—. ¿Qué tenían, perejil?

—Berros.

—Dios —Sam sacó una jarra de té con hielo, se sirvió un vaso y tomó un trago largo. Después, se apoyó en la encimera y miró a Jack con gravedad.

—Alice Parker salió ayer de la cárcel.

—Feliz Año Nuevo.

—Ha alquilado una habitación en la ciudad.

—¿Trabaja?

—Todavía no.

Jack desvió la mirada a la terraza, recordando cómo la menuda y rubia Alice Parker le había suplicado que volviera la cabeza cuando fue a detenerla apenas hacía un año. Estaba convencida de que Beau McGarrity había matado a su esposa, pero no podía demostrarlo. McGarrity era un eminente constructor con aspiraciones políticas. Alice era la agente de policía que había contestado a la llamada anónima de alerta y que había encontrado a Rachel McGarrity muerta delante de su casa, junto al coche, con un tiro en la espalda, disparo que, con toda probabilidad, había recibido cuando se disponía a abrir la puerta del garaje. El sistema automático de apertura estaba roto.

Beau y Rachel llevaban setenta y nueve días casados. El noviazgo había durado menos de cinco meses.

Jack entendía que a Alice Parker le hubiese entrado el pánico al enfrentarse con su primer homicidio. Era de noche, estaba sola, y era joven e inexperta. Pero no se limitó a cometer errores típicos... lo echó todo a perder. En lugar de aislar la escena del crimen y llamar a los detectives, tomó el asunto en sus manos y modificó las pruebas hasta el punto de invalidarlas casi todas, por no hablar de su propio testimonio ante el juez. El típico poli incompetente, impredecible y demasiado celoso en el cumplimiento de su deber.

Pero, antes de que nadie se hiciera una idea clara del perjuicio ocasionado, Alice Parker intentó compensar sus errores cometiendo un delito. Presentó un testigo visual, un vagabundo que trabajaba en lo que le salía y que aseguraba haber visto a Beau McGarrity escondido entre las azaleas, disparando a su esposa.

Fue entonces cuando el jefe de policía de Alice sospechó de ella y pidió a los rangers de Texas que investigaran su actuación. Jack desenmarañó la treta de Alice en menos de una semana. Había buscado al mendigo y lo había preparado, amenazado y pagado para que mintiera.

Jack se negó a volver la cabeza. Alice reconoció a regañadientes haber presentado un testigo falso para que le redujeran el cargo de delito grave en tercer grado a infracción de la clase A, después se instaló en la cárcel del estado para cumplir la pena de un año de prisión.

Como resultado de su conducta indebida y de su incompetencia, el caso del asesinato de Rachel McGarrity seguía abierto, aunque olvidado. Jack estaba convencido de que Alice Parker se había dejado cosas en el tintero, pero había guardado silencio durante su condena. Pero, de nuevo, era una mujer libre.

Una semana después de que Jack concluyera la investigación sobre Alice Parker, Susanna se marchó a Boston. Jack dudaba que fuera una coincidencia.

—No está en libertad condicional —le recordó Sam—. Puede ir a cualquier parte, hacer cualquier cosa, siempre que no quebrante la ley.

Jack asintió.

—Esperemos que reconstruya su vida.

—Quería ser ranger. Ahora eso queda descartado.

Pero los dos sabían que, de todas formas, no lo habría conseguido. Los rangers de Texas eran una unidad de investigación de elite y pertenecían al Departamento de Seguridad Pública. Había poco más de cien rangers en todo el estado y, por lo general, provenían de otras divisiones de dicho departamento, no de comisarías de policía de localidades pequeñas.

Jack se apartó de la puerta de la terraza mientras en el salón sonaba la música de cierre de *Sentido y sensibilidad*.

—Alice Parker no estaba a la altura de su uniforme.

—Puede que más de lo que creemos. Quizá quisiera hacernos creer que era una incompetente. Quizá matara a Rachel McGarrity ella misma... —Sam bebió un poco más de té, mientras daba vueltas a la idea—. Un año de cárcel gracias a una sentencia de conformidad es mucho mejor que una inyección letal por asesinato premeditado. Reconocer falta de competencia y presentar un falso testigo desviaría la atención de lo que de verdad hizo: disparar a una mujer por la espalda delante de su casa.

Jack movió la cabeza en señal de negativa.

—No hay móvil, ni pruebas, y dudo que fuera eso lo que ocurrió. Alice conocía a la víctima y al marido. Ése es uno de los riesgos de ser policía en una pequeña localidad. Tenía el caso resuelto en su cabeza y creyó que lo sacaría adelante, que metería a Beau McGarrity en la cárcel y obtendría cierto reconocimiento.

—Pero no le salió bien, ¿verdad? Nadie renuncia fácilmente a sus sueños, Jack —Sam dejó el vaso de té en la pila—. Ándate con ojo.

Jack sabía que aquél era el verdadero motivo de la visita de Sam en Año Nuevo; no quería evocar la investigación sobre Alice Parker sino comunicarle su recelo ante lo que Alice Parker pudiera hacer una vez libre. Sam Temple tenía instinto. Se había licenciado en la Universidad de Texas e ingresado en el Departamento de Seguridad Pública mientras hacía el máster en justicia criminal. Era duro, decidido y receloso, pero también justo. A la gente le caía bien... Algún día acabaría siendo gobernador de Texas, si alguna vez abandonaba el cuerpo.

Estaba mirando la encimera con el ceño fruncido.

—¿Qué diablos es eso?

Jack siguió su mirada.

—Una cafetera exprés. Las gemelas me la han regalado por Navidad.

—No...

—Vamos, Sam. Sabes muy bien lo que es una cafetera exprés.

—Como empieces a tomar capuchinos, teniente Galway, te echarán del cuerpo —pero volvió a ponerse serio, sereno–. Si Alice Parker intenta meter las narices en el caso McGarrity o ajustar cuentas contigo...

–Lo sabremos. No es tonta; sabe que tiene que olvidarse de este asunto y seguir adelante –Jack echó a andar de nuevo hacia el salón con una mano en el hombro del joven ranger–. Buscas cosas en qué pensar para no tener que comer más sándwiches de berros.

–Tú eres el que necesita distraerse. El año pasado, Susanna estuvo aquí en Nochevieja. Apuesto a que ha sido una larga noche para ti –de repente, rió–. Hace frío en Boston, ¿sabes? Menos seis grados. Las ráfagas de viento son heladoras.

–Me alegro.

–Si se tratara de mi mujer, iría a buscarla –los ojos negros de Sam llamearon–. Me la traería esposada.

–Sam...

El joven alzó una mano.

–Lo sé, no es asunto mío –entró en el salón para seguir chinchando a sus hijas. Jack sonrió en el umbral, escuchando cómo Maggie y Ellen se defendían con aplomo de un ranger de Texas quince años mayor que ellas. No se dejaban intimidar. Tampoco su madre, aunque a veces Jack pensaba que la vida sería más fácil si Susanna diera su brazo a torcer, al menos, de vez en cuando.

Poco después de que Alice Parker fuera detenida, se hizo evidente que carecían de pruebas para acusar a Beau McGarrity del asesinato de su esposa. La gente hasta empezaba a compadecerse de él, creyendo que era inocente, víctima de la corrupción policial y de la precipitación a la hora de juzgar.

Jack experimentó la familiar mezcla de furia y frustración que se apoderaba de todos sus músculos. Se puso rígido de pies a cabeza. Estaba furioso con Susanna, furioso consigo mismo, pero sabía lo que debía hacer. Cualquier día de aquellos, su esposa y él se sentarían a hablar sobre Beau McGarrity.

A la mañana siguiente, Maggie y Ellen salieron a correr con él. A los ocho kilómetros, Maggie se rajó, dijo que estaba de vacaciones y detuvo a una vecina que pasaba con su coche para que la llevara de vuelta a casa. Ellen habría aguantado hasta el final, pero a Jack tampoco le apetecía completar la ruta, así que tomó un atajo y se conformó con once kilómetros.

Después del almuerzo, las gemelas hicieron la colada y empezaron a preparar el equipaje para su viaje de regreso a Boston, a la mañana siguiente. Estaban sentadas en el salón, doblando la ropa, mientras en la televisión daban detalles sobre el frente frío que seguía instalado en el nordeste del país.

Ellen dejó caer una cesta de la ropa en el suelo y se sentó con las piernas cruzadas. Sacó un jersey de rugby y empezó a doblarlo.

—Papá —anunció—. Maggie y yo hemos estado hablando y hemos llegado a la conclusión... Bueno, hasta ahora no hemos dicho nada sobre lo tuyo con mamá...

—Hemos intentado mantenernos al margen —añadió Maggie.

«Llegó la hora», pensó Jack. Se acomodó en una silla; todavía sentía los once kilómetros en los músculos de las pantorrillas. Hasta el momento, sus hijas habían eludido darle sermones sobre su relación con su madre, pero sabía que tenían formada una opinión. Lo menos que podía hacer era escuchar.

—Adelante —les dijo.

Ellen tomó aire, como si estuviera a punto de reconocer algo terrible o vergonzoso.

—Creemos que mamá quiere que la arrulles.

—¿Que la «arrulle»? —Jack estuvo a punto de atragantarse. No era, ni mucho menos, lo que había imaginado—. ¿Cuántas películas de Jane Austen visteis ayer?

—Hablamos en serio, papá —dijo Ellen.

Maggie estaba ordenando un montón de su ropa de época. Ellen, Maggie y sus amigas habían peinado todas las tiendas de segunda mano de San Antonio y no hacían más que hablar del sinfín de prendas que habían comprado por un puñado de dólares. A Jack le parecían harapos.

—Ya sabemos que mamá es independiente y competente y que gana un pastón y todo eso —dijo Maggie—, y que ve los partidos de fútbol contigo y que habla de asesinatos y cosas de ésas...

—Pero necesita romanticismo de vez en cuando —concluyó Ellen.

—Que la arrulles —añadió Maggie con un destello en la mirada que indicaba que no se tomaba tan en serio aquella conclusión como su hermana.

Jack se pasó una mano por el pelo. Era negro, más salpicado de cabellos grises que antes, y no sólo porque tenía cuarenta años. La vida con tres mujeres había hecho mella en él. Cuando las gemelas se marcharan a la universidad, pensaba comprarse un perro. Un perro grande, feo, amenazador y... macho.

—Hijas, vuestra madre y yo nos conocemos desde que estudiábamos juntos en la universidad.

—¡Exacto! —exclamó Ellen—. Papá, a nadie le gusta pasar desapercibido.

—¿Qué quiere decir eso?

Ellen gimió, moviendo la cabeza como si su padre

fuera el hombre más lerdo de todo el planeta. Llevaba pantalones cortos y una camiseta de rugby, y los moretones de las piernas casi habían desaparecido. El sol de San Antonio le había puesto pecas en la nariz y aclarado el pelo castaño. Que él supiera, ni ella ni Maggie mantenían relaciones serias con ningún chico. Por él, estupendo. No tenía prisa en ver a ningún jovenzuelo «arrullando» a sus hijas.

Maggie dobló unos pantalones de golf a rayas que databan de 1975, uno de sus favoritos.

—Todos queremos pensar que somos especiales.

—No se trata de ver quién tiene la culpa —dijo Ellen—, ni de quién hizo mal esto o lo otro. Pero puedes agarrar el toro por los cuernos y... y...

—Arrullar a tu madre para que vuelva —concluyó Jack, con semblante inexpresivo.

Ellen lo miró con el ceño fruncido.

—Sí.

Maggie se recostó en el sofá.

—No esperamos que seas tú el que arrulle porque eres hombre, sino porque es tan evidente que es eso lo que mamá quiere y es tan... Vamos, papá, es tan sencillo.

Nada en su relación con Susanna Dunning Galway había sido nunca sencillo. Jack movió la cabeza.

—¿Qué clases habéis estado recibiendo en Boston?

Ninguna de las dos estaba dispuesta a retroceder. Ellen dijo:

—Antes de irnos a Boston, estabas distraído. ¿Te acuerdas? Tenías ese caso de corrupción policial. Detestas los casos de corrupción, no querías hablar de él, y creo que te afectó más de lo que tú o mamá os disteis cuenta en su momento.

Jack no podía creer que estuviera conversando con sus

hijas sobre las repercusiones de su trabajo en su vida conyugal.

—Me gustabais más cuando podía meteros en un parque. Mi trabajo y mi vida familiar son cosas aparte. Hay un muro de fuego entre los dos.

—¡Justo! ¡Tú lo has dicho! —Ellen lo señaló, victoriosa—. Mantienes una parte de ti separada de mamá. No hablas con ella.

¿Quién era la que seguía fingiendo que no ganaba millones? Se puso en pie. Debería haber puesto fin a aquella conversación en cuanto habían pronunciado la palabra «arrullar»; no acabaría como él quería. Echó a andar hacia la cocina.

—Vuestra madre sabe a qué atenerse conmigo y con mi trabajo. No necesito decírselo; ella ya lo sabe.

—Sí —dijo Maggie en voz queda—, seguro.

Jack se puso rígido, pero decidió fingir que no lo había oído, aunque sólo fuera porque iba a llevar a sus hijas al aeropuerto al día siguiente. Pronto se valdrían por sí mismas. Ya no eran niñas, sino mujercitas. No podía controlar todo lo que decían, pensaban o hacían. A veces deseaba poder hacerlo, como en aquellos momentos.

Al menos, defendían instintivamente a su madre. Aunque estuviera dispuesto a asumir toda la culpa de sus problemas matrimoniales, de la fuga de Susanna a Boston, no resolvería nada. Haría falta mucho más que almohadillas perfumadas de lavanda y rosas naturales para recuperar lo que habían tenido.

Salió echando humo a la terraza y dio una patada a una silla.

Arrullar a Susanna, hacerla sentirse especial, ¿qué significaba todo eso? Susanna era tan poco dada al sentimentalismo o al romanticismo como él. ¿Cómo reaccionaría si empezaba a escribirle poesías? Clavó la mirada en el cielo límpido de Texas y pensó en Boston y en la máxima de menos siete grados.

Quizá fuese más duro de mollera de lo que creía.

Todavía estaba pensando en dar patadas a otras sillas cuando sus hijas se marcharon al centro comercial con unas amigas. Dos minutos después de alejarse el coche, Alice Parker llamó a su puerta. Se había olvidado de lo menuda que era; le parecía increíble que hubiera pasado las pruebas de la academia de policía. Se la veía pálida e insegura... los efectos del año en prisión. Tenía el pelo rubio más largo, recogido en una coleta prosaica, y llevaba una camiseta blanca, vaqueros y muchas baratijas doradas.

—Buenas tardes, señorita Parker —dijo Jack con voz firme, formal—. Si tiene algo que decirme, puede esperar hasta que esté de servicio. Ahora no. No quiero verla en mi casa.

—Lo sé, lo sé. Intenté hablar con usted por teléfono, pero me dijeron que era su día libre —parte de la vacilación desapareció de sus ojos grises. Era atractiva, «mona», pero parecía cansada, incluso exhausta. Lo miró a los ojos—. He cumplido la pena, teniente.

—Está bien. ¿Qué quiere?

—Disculparme —tomó aire y apretó la mandíbula, como si las palabras supusieran un enorme sacrificio—. No debí pedirle que volviera la cabeza. No estuvo bien.

—Disculpa aceptada —no le preguntó por el resto, la inutilización de las pruebas, el falso testigo, la sensación de que le estaba ocultando algo. Un asesinato seguía sin resolverse en parte por culpa de su proceder—. Búsquese un trabajo, señorita Parker. Pase página. Reconstruya su vida.

—Beau McGarrity... Sigue siendo un hombre libre —Jack no dijo nada—. Supongo que tendré que aceptarlo. Mi departamento de policía no va a resolver el asesinato.

Usted lo sabe, señor. No quieren que sea Beau, no quieren remover el caso. Ya sabe, la gente piensa que intenté incriminarlo injustamente.

–Señorita Parker...

–Estoy pensando en irme a vivir a Australia.

–Buena suerte.

Alice Parker sonrió con amargura.

–No lo dice en serio. ¿Qué le da más rabia, teniente, que pagara a un tipo para que dijera haber visto a Beau en las azaleas o que sea una poli de mierda?

–Lo que me da rabia es que el asesinato de Rachel McGarrity siga sin resolverse –Jack entornó los ojos–. ¿No tiene nada más que contarme, señorita Parker?

–¿Como qué?

–¿Por qué recibió usted la llamada anónima de alerta sobre el rancho McGarrity aquella noche? ¿Y su relación con Rachel McGarrity? Creo que eran más amigas de lo que ha dejado entrever. Yo no investigo el asesinato pero, en mi opinión, todavía no ha contado toda la historia.

–Como usted mismo dijo, hay cosas que a uno no le queda más remedio que tragar. Hasta la vista, teniente.

–Manténgase alejada de mi casa –le dijo–. No quiero verla cerca de mi familia.

Ella se encogió de hombros.

–Entendido, señor –contestó, y se fue.

Casi era preferible que las gemelas regresaran a Boston al día siguiente por la mañana, y que Susanna estuviera con ellas. Alice Parker no había olvidado el asesinato de Rachel McGarrity, y había dispuesto de todo un año en la cárcel para meditar sobre lo ocurrido. Por fin era otra vez libre, y si quería llamar a su puerta en una cálida tarde de enero podía hacerlo. No quebrantaba ninguna ley.

No podía respirar.

Alice Parker tuvo que detener el coche y concentrarse en los ejercicios respiratorios que había aprendido en prisión para controlar los ataques de pánico. Detestaba los espacios reducidos. Ni siquiera de niña había soportado dormir con la puerta de la habitación cerrada.

El teniente Jack Galway le ponía los pelos de punta. Siempre había sido así. Recordaba el día que la había abordado para hacerle algunas preguntas; «Estoy aviada», se dijo entonces. Era un tipo duro.

Nunca la perdonaría. Alice ni siquiera quería su perdón... No sabía qué la había impulsado a ir a su casa. Sólo necesitaba dinero, una oportunidad para empezar de cero en Australia y para olvidarse de quién era: una poli metepatas que había conseguido que un asesino anduviera suelto por ahí. Beau McGarrity había matado a su amiga y mentora y no había sido castigado por ello.

«Sí, asúmelo. Olvídalo». Pensaba sacarle algo de pasta a ese asesino hijo de perra.

Sintiéndose mejor, Alice se puso en camino hacia la pequeña ciudad en la que había pasado toda la vida, salvo el año de cárcel. Estaba conduciendo un armatoste oxidado que le había comprado a la madre de una compañera de cárcel por setecientos dólares. Tenía que cuidar su economía: llevaba tres días fuera de la cárcel y ya se había comido buena parte de sus ahorros. Tenía un trabajo de camarera en el centro de la ciudad, pero era más un empleo de cara a la galería que una fuente de ingresos de verdad. Desde luego, así no conseguiría marcharse a Australia.

Sujetó el volante con ambas manos, sintiendo la familiar opresión en el pecho, el anhelo físico que experimentaba siempre que pensaba en Australia. Había sacado todos los libros que había encontrado sobre Australia de la biblioteca de la cárcel, y había soñado con ese país desde el momento que decidió que era allí donde quería estar, donde quería empezar una nueva vida. Sídney, Melbourne, Perth, Adelaida... cualquier ciudad serviría. En la cárcel le habían hablado de marcarse objetivos alcanzables. Australia se lo parecía; sólo necesitaba dinero para viajar hasta allí y empezar de cero.

El rancho McGarrity estaba a las afueras de la ciudad. No había cambiado nada en el transcurso de un año. Allí seguían los cipreses y las pacanas, los robles, los enormes arbustos de azaleas delante de la amplia casa de una sola planta. Alice tomó la larga carretera de acceso. Antes de descubrir Australia, soñaba con vivir en un lugar como aquél y ser una ranger de Texas. Había descargado de Internet los nombres y las fotografías de los más de cien rangers del estado y los había memorizado todos. Rachel McGarrity solía explicarle que, siempre que deseara algo, necesitaba visualizarlo, darlo por hecho en su cabeza. Entonces, sería mucho más probable que se hiciera realidad.

Alice ya no estaba tan segura de eso. Nunca había visualizado una cárcel, pero se había pasado un año entero en una celda. Todavía tenía impregnado el hedor del presidio en la piel, que aparecía pálida y opaca. Hacía meses que no se moldeaba el pelo ni se limaba las uñas.

Aparcó en el lugar donde Rachel había aparcado la noche en que murió y empezó a resollar. Cerró los ojos para controlar la respiración como había aprendido en los libros de yoga y en las clases de la prisión. Había hecho todo lo posible para mejorar. No había desaprovechado ni un minuto; su abuela habría estado orgullosa de ella en ese aspecto, aunque se alegraba de que no hubiera vivido para presenciar lo demás: la humillación de su detención, la cobardía de su sentencia de conformidad, la derrota de ver a Beau McGarrity todavía libre...

A Rachel le había encantado la vida en el sur de Texas. Decía que no se parecía en nada al barrio elegante de Filadelfia en el que se había criado. Se había sentido atraída por el romanticismo de Texas y se había casado con un texano... un despreciable chiflado que le había metido un tiro por la espalda y había intentado amañarlo todo para acusar a su mejor amiga del asesinato.

Bueno, mejor amiga era ir un poco lejos. Alice suspiró al recordar el día en que se conocieron, cuando detuvo a Rachel en la carretera por llevar un faro roto. La mujer de Beau McGarrity la invitó a tomar café. A Alice le pareció un poco raro, pero accedió. Rachel entró en la cafetería como si estuviera trabajando para la CIA, y habló de flores y de antigüedades hasta que, por fin, desveló sus intenciones: quería que Alice le hiciera algunas averiguaciones al margen de su trabajo.

Rachel era tan educada e ingenua, tan sincera, que Alice, sin pararse a pensar, accedió. A partir de entonces, se reunieron casi todos los días, durante un mes, y a Alice nunca le quedó claro qué era lo que estaba investigando... sólo que tenía algo que ver con Susanna Galway. Rachel tenía todas las piezas, pero todo pareció evaporarse cuando fue asesinada. Alice no llegó a contárselo al teniente Jack Galway. Nadie hizo ninguna alusión al respecto, y ella tampoco; pensó que estaría violando la intimidad de su difunta amiga.

Y había tenido miedo de acabar muerta si hablaba demasiado, mucho miedo. Recordaba el horror vivido al reconocer su monedero en el charco de sangre de Rachel. Tenía un monograma con sus iniciales; su abuela se lo había regalado un año por Navidad.

En lo único que pensó fue en deshacerse del monedero y en registrar toda la escena del crimen en busca de alguna otra prueba delatora. Que la gente pensara que era una poli incompetente... No le importaba.

Después, comprendió que eso era exactamente lo que Beau había esperado de ella: que le entrara el pánico y contaminara la escena del crimen, con lo que evitaría que las pruebas lo señalaran a él. Alice se sintió estúpida, como una cómplice involuntaria. En pleno ataque de aborrecimiento de sí misma, se le ocurrió la idea del falso testigo visual. Logró desconcertar a Beau: recordaba el pánico reflejado en su voz aquel día, en la cocina de Susanna Galway, cuando intentó que Susanna intercediera con su marido en favor de él.

Pero ése no era el único motivo por el que había ido a ver a Susanna. La mujer del ranger tenía alguna relación con todo lo ocurrido, pero Alice no sabía cuál.

En cualquier caso, el falso testigo no funcionó. Jack Galway se había encargado de aguarle el plan.

Alice recorrió la ondulante senda de piedras hacia la puerta principal, que se abrió justo cuando se acercaba a los peldaños. Beau McGarrity salió al porche. Era una tarde limpia y fresca, y las ardillas trepaban por los árboles. En verano, había un campo de girasoles en la parte de atrás, aunque Beau arrendaba la mayor parte de su tierra a varios rancheros. Sólo la tenía para lucirse. Rachel se había tragado la imagen ruda que había querido proyectar. Era un hombre alto, de pelo gris peinado con esmero, mandíbula cuadrada y ojos azules. Tenía hombros anchos y una corpulencia de la que había sacado buen provecho como jugador de fútbol en la universidad. Rachel y él se casaron a las pocas semanas de conocerse, un día que ella se encontraba en Austin, haciendo negocios. Era su segunda esposa. La primera, su novia de instituto, había muerto de cáncer hacía tres años. Era una santa, un duro ejemplo que seguir. No tenía hijos.

—Señorita Parker —dijo Beau McGarrity con su voz grave y gangosa—. Si no se marcha enseguida, llamaré a la policía.

Tampoco a él le agradaba la visita.

—Relájese, señor Beau; no he venido a tomarme la justicia por mi mano, sino a hacerle una proposición.

—Señorita Parker, nada de lo que pueda ofrecerme sería de interés para mí.

Alice se encogió de hombros. Se sentía minúscula y pálida al lado de Beau, aislada allí, en su precioso rancho, pero no vulnerable... no como la noche en que había encontrado a Rachel muerta en la oscuridad. Recordaba haber chillado como una idiota, agazapada detrás del coche de Rachel, esperando recibir también ella una bala en la espalda, antes de comprender que Beau la necesitaba viva... Como la asesina de Rachel.

—Susanna Galway grabó la conversación que tuvo con ella el día que se presentó en su cocina —Beau entornó los ojos, pero no dijo nada–. Sus hijas tenían una de esas pequeñas grabadoras digitales; Susanna la vio y pulsó la tecla de grabar –Alice hablaba en tono práctico–. Me sorprende que no se diera cuenta.

–Eso es absurdo. Se lo está inventando.

–No, señor Beau, no me lo estoy inventando. Le estoy diciendo la pura verdad. No es una grabadora normal, sino digital, de unos siete centímetros de largo por siete de ancho. Yo he escuchado la cinta. Ha estado granjeándose la simpatía de la gente durante todo este año, ¿verdad? Todo el mundo piensa: «Pobre señor Beau, es una víctima inocente de la incompetencia y la corrupción policiales». Pues espere a que lo oigan amenazando a la esposa de un ranger de Texas.

–No la amenacé.

–Fue sutil –dijo Alice–, pero no tanto.

–Salga de mi propiedad. Intenta crear nuevas pruebas falsas contra mí. Llevo meses bajo sospecha de asesinar a mi propia esposa.

–Y asesinó a su propia esposa, señor Beau. La asesinó porque está chiflado y paranoico. Veinticuatro horas antes de que la encontrara aquí fuera, muerta, yo le dije que, de ser su esposa, lo asfixiaría con la almohada mientras dormía. Así que la mató...

–Voy a llamar a la policía –se volvió para entrar otra vez en la casa. Alice alzó una mano; respiraba con dificultad.

–No, espere. Lo siento. Lo pasado, pasado está. Déjeme terminar.

Beau no dijo nada, pero permaneció donde estaba. Alice prosiguió.

–Dio la casualidad de que me presenté en la casa de los Galway justo después de que usted se marchara... Confiaba en ver al teniente Galway y defender mi conducta.

Horas después me arrestaron, y allí estaba la señora Galway, pálida y asustada, contándome que usted había entrado en su cocina y que había grabado la conversación. Pensé que le daría la cinta a su marido, pero no llegó a hacerlo, seguramente, porque el caso era un embrollo en aquellos momentos. ¿Para qué iba a meterse en él?

Beau se enderezó; parecía recuperarse un poco del susto.

—Esa cinta. ¿Cree que la señora Galway todavía la tiene consigo?

Aquélla era la parte peliaguda. Rachel la había prevenido a menudo de no complicar demasiado las cosas. Pero no podía decirle a Beau que Susanna Galway le había plantado la cinta en la mano aquel día, ante su puerta... Susanna pensó que Alice seguía investigando el asesinato de Rachel y quiso deshacerse de la condenada cinta.

—No sé si servirá de algo —le había dicho—, pero, por favor, llévesela.

Alice compró una grabadora digital y escuchó la cinta. No había nada en ella que pudiera salvarle el pellejo, nada por lo que un fiscal pudiera procesar a Beau. Aun así, a los rangers de Texas no les haría gracia que un sospechoso de asesinato hubiese intentado amedrentar a la esposa de uno de sus tenientes. A Jack Galway no le haría ni pizca de gracia pero... peor para él.

Alice imaginó que Jack la interrogaría sobre la cinta cuando fue a arrestarla, pero no llegó a hacerlo. Ella no le proporcionó voluntariamente ningún dato. Prefería ver a los rangers sudando tinta para sacarle la información; a ella se le había caído el mundo encima, mientras que Beau McGarrity quedaba libre después de haber asesinado a su esposa.

Se olvidó de la cinta. No valía nada; era irrelevante.

Después, en la cárcel, empezó a soñar con Australia.

Conservaba la cinta, y apostaría cualquier cosa a que Beau la querría. No bastaba para acusarlo de asesinato, pero sobraba para echar a perder las posibilidades que tenía de regresar al mundo de la política, siempre que nadie supiera que Alice Parker, policía corrupta, la había tenido en su posesión durante todos aquellos meses. Si Beau se enteraba, no le daría dinero por ella; no le haría falta. Alegaría que Alice volvía a las andadas, que estaba amañando pruebas.

Alice se volvió para contemplar el césped en sombra que se extendía ante ella. Le encantaban los olores.

—Sé que Susanna conserva la cinta. Por eso he venido. Puedo recuperarla y entregársela.

—Señorita Parker, consiguió acabar en la cárcel por su propia incompetencia y su empeño por atribuirme a mí el asesinato de mi esposa. ¿Por qué iba a creer que las cosas han cambiado? ¿Por qué no puede tratarse de otra encerrona, de un ardid para acusarme de un delito que no he cometido?

—Deje de declararse inocente, señor Beau. Ya se ha librado de ser juzgado por asesinato. Ya no puedo hacer nada para inculparlo... Ni siquiera me importa ya. Es hora de que vele por mis propios intereses —Alice volvió a mirarlo, parpadeando, consciente de que no estaba ni siquiera mínimamente nerviosa—. Quiero cincuenta mil dólares para empezar una nueva vida.

Beau McGarrity profirió una exclamación burlona.

—¿De verdad cree que le pagaría cincuenta mil dólares por «nada»?

—Por una cinta en la que se le oye a usted poniendo los pelos de punta a Susanna Galway en su cocina.

—Si hubiera algo en esa cinta que pudiera quitarme el

sueño, si es que existe siquiera, ¿por qué no se la dio la señora Galway a su marido?

—Seguramente, porque no le llegaba la camisa al cuello. No lo sé —Alice hizo una pausa y encogió los hombros—. Mire, Beau, lo conozco, y va a dar vueltas a este asunto hasta que le salga humo por las orejas. La idea de que haya una cinta circulando por ahí, fuera de su control, lo volverá loco.

—Podría haber hecho copias.

—Lo dudo. Yo creo que sólo quiere olvidarse de que existe.

—Entonces, ¿por qué no la destruye?

—Es la mujer de un ranger. No va a destruir una posible prueba, aunque dude de su relevancia. Si lo ha hecho, asunto concluido. Sólo recibo el dinero si presento la cinta y no surge ninguna copia en un intervalo de tiempo razonable.

Beau inclinó la cabeza hacia atrás para mirarla con aquella actitud superior típica de él. Rachel le había confesado que, al principio, creyó que era aplomo: no se dio cuenta de la verdad hasta más tarde. Su marido era un cretino frío y arrogante. Puso a su primera esposa en un pedestal cuando murió, después, intentó poner a Rachel en otro, pero ésta no podía dar la talla: era real. Su difunta esposa, en cambio, era un espejismo.

—Señorita Parker...

Solía ser agente Parker; todavía se acordaba. Conocía a todos los habitantes de la localidad, y todos la llamaban agente Parker.

—Piénselo —le dijo—. Lo llamaré dentro de unos días.

—Esto es extorsión. Chantaje. No puede...

—Estaremos en contacto, señor Beau —echó a andar por la senda de piedra, inspirando los aromas del jardín. Se había criado en aquel país, era su hogar. Pero podría acostumbrarse a Australia; quería tener esa oportunidad. Volvió la cabeza y vio a Beau McGarrity todavía de pie en los peldaños de la entrada, seguramente, pensando en qué parte del jardín de atrás podría enterrarla si decidía retorcerle el pescuezo. Menos mal que no sabía que tenía la cinta de Susanna en la guantera–. No le hablará a los rangers de Texas de nuestra conversación, ¿verdad? –le gritó.

–Lárguese.

Alice sonrió con dulzura.

–Eso pensaba.

Una ventisca ascendía por la costa, prometiendo descargar unos dos palmos de nieve en Boston. A Susanna le cayeron los primeros copos gruesos y húmedos al salir de la estación de metro, de regreso a la casa de Iris. Como tenía la agenda repleta de citas con clientes, había eludido desplazarse en coche al centro de la ciudad. Había sido un buen día. Ayudar a las personas a resolver sus finanzas y a marcarse objetivos era uno de los grandes placeres de su trabajo. No se trataba sólo de dinero, cifras y cálculos, sino de personas y de sus vidas. Tenía clientes que ahorraban para la universidad de sus hijos, para su primera vivienda, para tomarse un año libre y poder colaborar con organizaciones con fines humanitarios, como Médicos Sin Fronteras. Una clienta estaba saliendo a flote después de un cáncer y una depresión profunda por la que había estado a punto de cortar con todo. En aquellos momentos, estaba ilusionada, ansiosa de agotar el crédito de sus tarjetas.

A Susanna no se le daba tan bien seguir sus propios consejos. Siempre animaba a las parejas a hablar de dinero. ¿Qué significaba para ellos? ¿Qué aspectos positivos y negativos asociaban con el dinero desde la niñez? ¿Qué querían conseguir con el dinero, individualmente y como pareja?

Jack y ella habían dejado de hablar de dinero salvo para las cuestiones básicas. Si pagaban las facturas y tenían de sobra para gastos, Jack se despreocupaba del resto. «Riqueza acumulada» iba después de «endodoncia» en la lista de las cosas que le hacían ilusión en la vida. Había días en los que Susanna pensaba que a Jack no le importaba lo más mínimo que hubiese invertido su dinero y parte del de él y que, entre los dos, tuvieran un capital neto de diez millones de dólares.

Otros días, pensaba que le importaría mucho. Y que no le agradaría. En particular, no le agradaría que no se lo hubiera contado. Claro que él tampoco se lo había preguntado ni había mostrado el menor interés por sus inversiones. Y apenas comentaba con ella su labor como defensor de la ley. Su relación se había estado resquebrajando incluso antes de que Beau McGarrity entrara en su cocina.

Se levantó el viento, abofeteándole el rostro como si quisiera llamar su atención. Habían pasado cinco días desde el regreso de Maggie y Ellen, y sus hijas todavía hablaban por los codos sobre anécdotas con sus amigas, tiendas de ropa antigua, Jane Austen y papá esto y papá aquello. Susanna se alegraba de que hubieran disfrutado de la visita, y habían tenido el detalle de decirle que la habían echado de menos. Dudaba que les hiciera mucha gracia que estuviera nevando.

Tomó la estrecha calle de su abuela, constituida en su mayor parte por casas grandes, multifamiliares, construidas a finales del siglo diecinueve y principios del veinte. Iris Dunning había adquirido una de las pocas casas unifamiliares de la calle, una vivienda de 1896 de dos plantas, con fachada de estuco y porche delantero acristalado, un porche trasero abierto y un garaje anexo de una sola plaza, toda una hazaña en la populosa Somerville. Plantó árboles de flores y perennes, peleándose con las mofetas, los gatos, los mapaches y el vecino cascarrabias de turno.

Susanna se quitó las botas en el vestíbulo delantero y encontró a sus hijas haciendo los deberes en el comedor. Iris había ido al bar de Jim por sopa de almejas. Nunca se perdía la noche de las almejas.

—Ha llamado papá —dijo Maggie. Estaba envuelta en un chal de los años cincuenta que había encontrado en el desván de la abuela y se había puesto unos mitones. «Qué exagerada», pensó Susanna. A la abuela le gustaba mantener la casa fresca, pero no tanto—. Quiere que lo llames. Al móvil.

Ellen alzó la vista de su portátil.

—Le hemos contado lo de la nieve. Mamá, ¿puedes creer que hace menos de una semana estábamos en el sur de Texas y que ahora está «nevando»? Espero que suspendan las clases.

—Cuidado con lo que deseas —sonrió Susanna—. La abuela te pondrá a despejar la nieve con la pala.

Tomó el inalámbrico de encima de la voluminosa mesa del comedor y se sentó en una silla que pedía a gritos un retoque. Era una habitación cómoda, cálida, con sus muebles de madera oscura y motivos florales en el papel de pared. Sus padres solían amenazar a Iris con presentarse en la casa y reformarla, arrancar el papel, rasgar las alfombras, deshacerse de las baratijas, pero ella no les hacía caso. Le gustaba su casa tal como estaba. Siempre que no hubiera goteras, no tenía pensado cambiar nada.

Susanna marcó el número de Jack, y éste contestó al primer timbrazo.

—Estoy en la terraza —dijo, con su acento grave y reposado de Texas—. Hace una noche preciosa.

—Mentiroso. Andáis por los diez grados y está lloviendo.

—Ah. Te has fijado.

—Sólo porque estamos siguiéndole la pista a la ventisca. Menos mal que no se presentó la semana pasada, cuando las gemelas tomaron el avión. ¿Qué ocurre?

—Quería que supieras que Alice Parker ha salido de la cárcel. Alquiló una habitación en San Antonio durante varios días. Ahora ya no está. Sus amigas de la cárcel dicen que estaba obsesionada con Australia. Puede que se haya ido para allá.

Hablaba en tono profesional, pero no práctico. Susanna lanzó una mirada a las gemelas, que fingían no prestar atención. Maggie contemplaba con el ceño fruncido sus deberes de matemáticas, y Ellen tecleaba en su portátil.

—Necesitaría un pasaporte, dinero... —Susanna tomó aire, y advirtió que las gemelas ya no simulaban estar estudiando—. Jack, ¿te preocupa que quiera perjudicarte? Tú la detuviste. Cree que es culpa tuya que no hayan acusado a nadie del asesinato de Rachel McGarrity.

—Alice Parker no tiene por qué contarle a nadie dónde está o qué pretende. Siempre que no quebrante la ley, puede hacer lo que quiera.

Susanna frunció el ceño.

—Entonces, ¿por qué me cuentas que ha salido de la cárcel?

Jack tardó un momento en contestar.

—Por ninguna razón en particular.

¿Qué quería decir con eso? Jack Galway nunca hacía nada sin un propósito; era el hombre más reflexivo que conocía. Estaba acalorada, nerviosa, como si se encontrara en una sala de interrogatorios y le estuviera mintiendo a un ranger de Texas, y no manteniendo una conversación con su marido.

—Bueno, espero que Alice Parker recomponga su vida. ¿Quieres hablar con las gemelas?

—Claro —dijo en un tono indescifrable—. Pásamelas.

Le pasó el teléfono a Ellen y huyó a la cocina, desde donde se abalanzó al aseo. Se refrescó la cara con agua. Tenía los ojos llenos de lágrimas. Estaba temblando, y su reflejo aparecía pálido en el pequeño espejo ovalado. Se tocó los labios con dedos húmedos y casi pudo imaginar que era Jack quien la tocaba. Lo había amado tanto, con tanta intensidad... ¿Qué había pasado?

«Susanna, Susanna... No creerás que he matado a mi esposa».

Beau McGarrity. Todavía podía oír su voz persuasiva y dolida aquel día en la cocina. No la había amenazado abiertamente, ni a ella ni a sus hijas. La amenaza se reflejaba en sus ademanes, en su tono de voz, en el hecho de que hubiera entrado en la cocina desde la terraza, sin llamar. Susanna había estado haciendo unos movimientos de taichí en el salón, siguiendo una cinta. Las gemelas estaban en sus prácticas de teatro y de fútbol. No se le había ocurrido cerrar con llave la puerta de la terraza.

Encendió la grabadora, aunque no sabía lo que Beau McGarrity pensaba hacer o decir. Al principio, ni siquiera sabía quién era, salvo que lo había visto en dos ocasiones aquella misma semana, una vez en el pueblo y otra en el instituto.

No sabía que a Alice Parker le habían abierto un expediente, ni que Jack la detendría aquella misma tarde. Darle la cinta cuando llamó a su puerta le pareció lo más acertado en su momento.

No decirle nada a Jack sobre la visita de Beau McGarrity también.

Cuando Jack volvió a casa aquella noche, le dijo que había detenido a Alice y no mencionó la cinta, Susanna pensó que no servía de nada, que era irrelevante... y que Alice no le había hecho ninguna alusión al respecto. ¿Por qué iba a hacerlo? Iba a acabar en la cárcel y tenía la vida destrozada. De haber encontrado algo útil en la cinta, la habría entregado ella misma, aunque sólo fuera para que procesaran a Beau McGarrity y poder demostrar su inocencia.

Jack se mostró muy taciturno aquella noche, menos expresivo incluso de lo habitual. Se alegraba de haber puesto fin al caso de Alice Parker. El departamento de policía local seguiría investigando el asesinato de Rachel McGarrity. Jack abrió una cerveza, tomó un largo trago, cerró los ojos y recostó la cabeza en el sillón.

En lo único que Susanna podía pensar era en su reacción si le decía que Beau McGarrity se había presentado en su casa. Su trabajo nunca había rozado a su familia de aquella manera, nunca. Los dos estaban acostumbrados a que ella temiera por él, pero no por sí misma o por sus hijas.

Fue incapaz de contarle lo ocurrido. No imaginaba cuál sería su reacción. Su propio miedo era irracional, visceral. Haría como si no hubiese pasado nada, se marcharía a Boston con las gemelas, dejaría que las aguas volvieran a su cauce, aclararía las ideas y después... se lo diría.

Alice Parker había salido de la cárcel y Susanna seguía sin contarle a su marido lo que había ocurrido aquel día caluroso y confuso, hacía más de un año.

Pero lo amaba. Dios, cómo lo amaba.

—¡Mamá! —era Ellen, gritando—. ¡Papá quiere hablar contigo!

Susanna se secó la cara y las manos y salió del aseo. Las

gemelas estaban en la cocina, y Ellen le pasó el teléfono susurrando:

—Le hemos contado lo del refugio. Pensábamos que lo sabía.

—Está cabreado —añadió Maggie, más como una constatación que como una advertencia.

Susanna asintió y se refugió de nuevo en el aseo. Necesitaba intimidad absoluta para aquella conversación.

—Un refugio en los Adirondacks —le dijo a su marido en tono alegre—. ¿A que es maravilloso?

—¿Cuándo pensabas decírmelo?

En aquellos momentos, no había nada sereno, profesional o reflexivo en él. Era Jack Galway en su faceta más glacial.

—No lo sé. Ni siquiera me había parado a pensar —pero era una mentira como un piano, y cuando sorprendió su reflejo en el espejo, vio en él su cargo de conciencia—. Lo siento. Fue un arrebato, pero debería habértelo dicho.

—No lo sientas. Me importa un bledo lo que hagas —y colgó.

Susanna se quedó mirando el teléfono. Después, pulsó la tecla de rellamada. Jack dejó que saltara el buzón de voz. Susanna volvió a pulsar la tecla de rellamada. Otra vez el buzón de voz. A la tercera, fue la vencida. Jack descolgó, pero no dijo nada. Ella, sí.

—Maldita sea, Jack. ¿Me has colgado?

—Sí, y voy a colgarte otra vez.

—¡Pues yo seguiré llamándote hasta que te tranquilices!

—Eso es acoso. Haré que te detengan, aunque estés en Boston.

Nadie podía sacarla de sus casillas como él.

—Atrévete —inspiró hondo y decidió no contraatacar. Por una vez, intentaría ser razonable—. Entiendo que te tomes lo del refugio como un desplante, pero no lo compré con esa intención. Sinceramente, no pensé en nada... Me pareció cosa del destino; no pude resistirme. Está en un enclave precioso, justo a orillas del lago Blackwater. La abuela se crió allí. Tienes que verlo.

—¿Por qué?

—¿Que por qué? —repitió, aturdida. Aquel hombre la volvía loca. Sabía formularle las preguntas más difíciles, incómodas e indiscretas. Claro que estaba adiestrado para interrogar. Podía hacer que un criminal confesara un asesinato, así que, para él, el refugio en los Adirondacks era pan comido.

—Sí. ¿Por qué tengo que verlo?

—No lo sé... Es lógico. Eres mi marido.

—¿Se trata de una invitación?

Susanna se humedeció los labios. La había tomado por sorpresa y lo sabía.

—Supongo. Claro.

—Sabes lo que dice Sam, ¿no? —su voz se tornó más grave, más suave—. Dice que debería presentarme allí, esposarte y traerte a rastras a Texas.

A Susanna estuvo a punto de caérsele el teléfono en el lavabo.

—Sabía que te dejaría sin habla —dijo su marido—. Buenas noches, cariño. Disfruta de tu refugio —y colgó otra vez.

En aquella ocasión, Susanna no volvió a llamar.

Cuando salió a la cocina, Iris ya había vuelto, y estaba calentando cuatro raciones de la famosa sopa de almejas de Jim Haviland. Las gemelas estaban poniendo la mesa. Era una escena hogareña, tres generaciones de mujeres en la cocina limpia y sencilla de Iris, con sus techos altos, los antiguos armarios pintados y labores enmarcadas de punto de cruz. A sus ochenta y dos años, Iris Dunning aún conservaba su figura alta y airosa. Susanna podía imaginarla de joven, trabajando de guía en los Adirondacks. Cuando se mudó a Boston, la gente dio por hecho que era viuda, pero no había llegado a casarse. Estaba en el ocaso de su vida, con el pelo blanco y fino, la piel translúcida y arrugada, pero tenía la mente afilada, y se había mantenido activa y participativa. Hacía taichí en el hogar de jubilados. Antes de que su nieta y sus bisnietas fueran a vivir con ella, alquilaba habitaciones a estudiantes universitarias como suplemento de sus ingresos y como compañía.

Susanna se dejó caer en una silla, junto a la mesa. Le temblaban las rodillas tras la conversación con su marido. Iris le lanzó una mirada mientras removía la sopa.

—Jimmy Haviland dice que lo estás rehuyendo.

—He estado ocupada —respondió Susanna; pero no era del todo cierto. Sí, había estado ocupada, pero las dos últimas veces que se había pasado por El Bar de Jim su obstinado propietario le había preguntado si ya le había contado a Jack lo de su perseguidor. Seguiría preguntándoselo hasta que dijera que sí. No se chivaría a la abuela, no era el estilo de Jim. Pero a Jack... quizá sí.

Ellen le puso un recio cuenco blanco delante.

—Mamá, sentimos haberle contado a papá lo del refugio...

—No, no es culpa vuestra. Ya se lo iba a decir yo. Se me había ido de la cabeza.

Maggie lanzó a su madre un ceño de duda, pero no dijo nada. Ellen suspiró.

—Intentamos hablar con él cuando estuvimos en casa. Le dijimos que debía intentar ser más romántico.

—¿Romántico? ¿Vuestro padre? —Susanna sonrió, moviendo la cabeza con afecto hacia sus inocentes hijas—.

Acaba de amenazarme con esposarme y llevarme a rastras a Texas.

Iris colocó la sopera en el centro de la mesa.

—No sé —dijo, con un brillo pícaro en sus ojos verdes—. Puede que sea un comienzo.

4

Jim Haviland llevaba treinta años regentando un bar de barrio y se consideraba un buen juez de carácter. Era cuestión de experiencia y de supervivencia, dos factores que habían afilado su instinto para con las personas. Aun así, debía reconocer que la mujer de la barra lo tenía perplejo. Debía de rozar la treintena. Era menuda, de corta estatura, pelo rizado y teñido de rojo, y piel pálida, casi apagada. Llevaba kilos de maquillaje y media tonelada de baratijas doradas. Aros, anillos en ambas manos, brazaletes, una delgada cadena de oro con un minúsculo colgante en forma de corazón y otra más gruesa. No le haría gracia llevar tanto metal encima en plena ventisca. Pero por fin había dejado de nevar, y las labores de despeje estaban en su punto álgido. Los chicos de las máquinas quitanieves se pasarían más tarde para cenar. Aquel día tocaba guisado de ternera.

Su atuendo llamaba la atención en aquel barrio. Llevaba un jersey ajustado, acanalado, de color azul celeste y cuello en forma de uve; vaqueros ajustados; y unas botas de cuero de estilo cowboy con las que acabaría con el trasero en la acera helada en menos que cantaba un gallo. Sacaba partido de su feminidad, pero irradiaba una dureza que Jim era incapaz de reconciliar con las joyas, la ropa, las uñas pintadas. No lo sorprendería que llevara una pistola de calibre 22 dentro de la bota.

Tras cerciorarse de que no usaba cócteles embotellados, había pedido una margarita. El acento no era de allí, pero a Jim no se le daba bien situar a las personas por su forma de hablar. Sirvió un par de cañas a dos bomberos que acababan de entrar protestando de los peligros de los calefactores eléctricos y de los alargadores sobrecargados. Davey Ahearn, desde su banqueta del final de la barra, escuchaba con atención, saboreando una cerveza, pero sin quitar ojo a la mujer del maquillaje y la margarita.

—¿Nueva en la ciudad? —le preguntó Jim.

—Llevo aquí dos días. ¿Tan evidente es?

—¿Con ese acento? —Jim le sonrió—. ¿De dónde vienes?

—De Texas. De una diminuta ciudad a las afueras de Houston.

—Espero que te hayas traído un buen abrigo.

La joven señaló el perchero que estaba junto a la puerta, y los brazaletes de oro se deslizaron por su esbelta muñeca.

—No, pero he comprado uno de oferta esta misma mañana. Me dijeron que era un anorak básico. No sabía que existiera una prenda que se llamara así. También me he comprado un gorro y unos guantes; las manoplas me ponían de los nervios —posó sus ojos grises en él—. Pero pienso abstenerme de comprar ropa interior larga.

Tenía encanto, fuera quien fuera.

—Ésa es una de las ventajas de tener un bar —dijo Jim—. Puedo sobrevivir a un invierno en Boston sin ropa interior larga. Te gustará la ciudad en primavera. ¿Piensas quedarte hasta entonces?

—Espero venirme a vivir aquí, pero ¿sabe cómo andan los alquileres? Caray. Están por las nubes —tomó otro sorbo de la margarita, con aspecto de disfrutar de cada gota.

—¿Ya has conseguido trabajo?

—Más o menos.

—¿Cómo te llamas?

—Audrey —dijo—. Audrey Melbourne.

Jim la estudió un momento, advirtiendo que no se arredraba ante aquel claro escrutinio. No había duda de que era dura de pelar.

—¿De qué huyes, Audrey Melbourne?

Se encogió de hombros.

—¿De qué huyen las mujeres?

—De la justicia y de los maridos —respondió Jim. Davey Ahearn les lanzó una mirada, sin decir nada, aunque Jim sabía que el instinto de su amigo estaba en alerta roja.

—Pues creo que se equivoca —Audrey Melbourne se bajó de la banqueta; parecía aún más pequeña—. La mayoría huimos de nosotras mismas.

Se alejó hacia el perchero, y se puso su nuevo anorak, el gorro y los guantes como si fueran un traje espacial. Se marchó sin mirar atrás.

—Vaya... —Davey exhaló un largo suspiro—. Espero que vuelva pronto. Esa bonita nena traerá problemas.

Uno de los bomberos resopló.

—Todas las mujeres traen problemas.

Dos universitarias se molestaron por el comentario y empezó la discusión. Jim no intervino. La gente necesitaba pasatiempos. Quizá él necesitara pensar en una pelirroja texana que había entrado en su bar. No era inusual que un desconocido se dejara caer por allí para tomarse una copa. Dudaba que Audrey Melbourne volviera a aparecer.

Una ráfaga de viento gélido azotó la cara de Alice Parker mientras trepaba por un banco de nieve ennegrecido de medio metro de altura para acceder a su coche. La matrícula de Texas la delataba pero, qué diablos, también su acento texano. Se había presentado en Boston en mitad de la endiablada ventisca, y tenía tanto frío que le dolían las mejillas.

—Debería haber comprado el maldito anorak Everest —masculló, mientras esquivaba una franja de hielo. Incluso enarenado estaba resbaladizo. Tendría que comprarse otras botas si acababa quedándose más de un par de días. Ni loca se establecería en Boston de forma permanente; prefería la cárcel.

No entendía por qué Susanna Galway estaba viviendo allí, en una vieja calle bulliciosa de un barrio de clase trabajadora, con la sal, la arena y el hollín afeándolo todo. Tenía una bonita casa en San Antonio, un ranger de Texas como marido. ¿Qué diablos le pasaba?

Alice intentó sacarse las llaves del bolsillo con una mano enguantada, pero al ver que no lo lograba, acabó quitándoselo. El invierno era complicado. No podía creer que hubiese recorrido más de tres mil kilómetros en su tartana para localizar a Susanna y para que Beau creyera que ésta aún conservaba la cinta. El constructor seguía sin picar el anzuelo: no hacía más que mandarla al infierno y amenazarla con denunciarla por chantaje y extorsión. No era más que un farol. Le pagaría por robar la cinta y cerrar la boca; Alice sabía que lo haría. Recapacitaría. Debía pagar de alguna manera.

Claro que también podía meterle a ella un tiro en la espalda e ir tras la cinta él mismo, pero era una medida un poco extremada. Ni siquiera Beau podría librarse de dos asesinatos. Dejaría que ella le hiciera el trabajo sucio y le pagaría.

Y, si acababa matándola, Jack Galway y Sam Temple lo atraparían. Al menos, iría a la cárcel por su asesinato, si no por el de Rachel.

Una anciana abrió la puerta del porche acristalado de su casa de estuco a pocos metros de distancia. Llevaba pantalones remetidos en botas forradas de lana de borrego, una chaqueta oscura de lana, bufanda roja, gorro rojo de punto y guantes a juego. Tenía que ser Iris Dunning, la abuela de Susanna.

Alice había sabido por Beau que Susanna Galway estaba viviendo en Boston con su abuela y sus hijas. Beau creyó que la noticia la haría desistir de su plan, y lo cierto era que Alice se lo había pensado mucho. Era una locura recorrer tres mil kilómetros y arriesgarse a entrar en la casa de Susanna para robar algo que no estaba allí.

Pero ¿qué otra cosa podía hacer? Tenía la cinta. A Beau no le haría gracia saber que siempre había estado en su poder: para empezar, no le daría el dinero. Además, podría pasársele por la cabeza liquidarla. Si quería que su plan surtiera efecto, debía seguir los pasos debidos.

Volvió a trepar por el banco de nieve.

—¿Señora Dunning? —Alice pisaba con cuidado por la acera, porque no quería resbalar—. Disculpe, señora, no quería asustarla. Me llamo Audrey Melbourne; soy nueva en la ciudad. Me han dicho que usted podía tener una habitación en alquiler —mentira, pero era una buena manera de entablar conversación.

Los luminosos ojos verdes de la anciana se posaron en

Alice. Eran idénticos a los de Susanna: tenía que ser Iris Dunning.

—Lo siento, ahora mismo no alquilo habitaciones. ¿Eres estudiante?

—No, pero he venido a vivir a Boston y éste me parecía un barrio agradable.

—Lo es —dijo Iris—. Llevo aquí viviendo muchos años y nunca me han robado.

Esa realidad cambiaría, pensó Alice, porque tendría que fingir un atraco para convencer a Beau de que le había quitado la cinta a Susanna.

—Bueno, señora, no quiero entretenerla con el frío que hace...

—¿Has cenado ya? Jimmy Haviland prepara una comida deliciosa y abundante. Su crema de almejas es la mejor de la ciudad, pero hoy no toca.

A Alice le repugnaban las almejas; tenían un aspecto viscoso.

—Lo sé... Acabo de estar allí. Creo que esta noche sirve guisado de ternera.

—Entonces, vamos... Te invito —Iris Dunning parecía dispuesta a agarrar a Alice del brazo y a llevarla al bar—. Yo también estuve una vez sola en la ciudad. Mi nieta y sus hijas han salido a cenar fuera. Me agradará la compañía.

—No quiero molestarla...

—No es ninguna molestia, y puedes dejar de llamarme señora. Iris bastará.

Alice estaba sorprendida. No la extrañaba que Susanna hubiese acabado allí: su abuela era un alma bondadosa que acogía a cualquiera.

—Me encantaría cenar contigo, Iris, pero pagaré mi comida.

Entraron juntas en el bar, y Alice enseguida advirtió el

patente recelo del propietario y de su amigo del bigote espeso. Si Iris se dio cuenta, no lo reflejó. Se dirigió a una mesa del fondo. Alice sonrió con nerviosismo a los dos hombres, que seguían mirándola con el ceño fruncido. Bueno, era una buena señal. Al menos, Iris Dunning tenía personas que cuidaban de ella. No sería difícil aprovecharse de una persona tan cándida.

—Vamos, Jimmy —dijo cuando el propietario se acercó a tomarles nota—, no vayas a sermonearme sobre los desconocidos. Puedo cenar con quien yo quiera. La señorita Melbourne acaba de llegar a la ciudad.

—Audrey —le corrigió Alice con una sonrisa.

—Yo jamás te sermonearía, Iris —repuso Jimmy—. ¿Qué vas a beber con la ternera?

—Una copa de vino blanco. Hace siglos que no tomo vino. ¿Y tú, Alice?

—No, señora, yo no bebo. Una Coca-Cola.

—Y no racanees con la ternera cuando me llenes el plato, Jimmy. He almorzado poco.

Jimmy no parecía muy contento. Iris suspiró, con vibrantes ojos verdes.

—Jimmy, sé todo sobre las mujeres que andan solas. Están o viudas, o divorciadas, o arruinadas, o a la fuga, o han salido de la cárcel —dirigió su luminosa mirada a su nueva amiga—. ¿He acertado, Audrey?

Alice rió.

—En un par de cosas.

—¿Lo ves? Lo sabía. Al menos, no has dicho que no en todo.

Susanna se encontraba en su oficina, en la cuarta planta de un edificio de fines del siglo diecinueve con vistas al cementerio más antiguo de Boston: Old Granary. Estaba de pie junto a las altas ventanas apuntadas, mirando la nieve caer sobre las antiquísimas lápidas de piedra.

Tess Haviland, la hija de Jim y ex compañera de oficina, acababa de irse. Parecía haberse aliado con su padre en sus intentos por convencerla de que volviera a Texas, con Jack. Susanna se había mostrado tan escurridiza como con Jim, pero tras la marcha de Tess, se había quedado melancólica, pensando en Jack.

El zumbido del intercomunicador la arrancó de su melancolía, y el portero anunció la llegada de Destin Wright. Susanna se dejó caer en el sillón de su escritorio y fue víctima de una repentina jaqueca. Llevaba varios días dando largas a Destin. Suspiró. Confesarle a su marido que un sospechoso de asesinato se había presentado en su cocina no podía ser más difícil que tratar con Destin Wright.

—Dígale que suba —dijo por el intercomunicador.

Utilizaría el antiguo ascensor, y no las escaleras, y hallaría la manera de sacarla de quicio en menos de veinte segundos tras su llegada. Susanna se levantó y descorrió el cerrojo de la puerta para no tener que hacerlo pasar.

Destin no se molestó en llamar; empujó la puerta translúcida de cristal con expresión sonriente.

—¿Qué hay, Susanna? ¿Era Tess la que salía hace un momento del portal?

—Sí, ha venido a hacerme una visita...

—No me invitó a su boda, ¿sabes?

A Susanna empezaba a palpitarle la sangre detrás de los ojos.

—Destin, Tess y tú ni siquiera sois amigos.

—¿Qué? Si nos criamos juntos.

—Eres diez años mayor que ella.

—¿Y?

Susanna desistió. Destin Wright se había criado en la calle paralela a la de su abuela y nunca había ocultado su deseo de salir de aquel barrio trabajador a la primera oportunidad. Rondaba los cuarenta y cinco años y con su atractivo rubio encajaba en el estereotipo de niño bien, licenciado en Harvard, salvo que abandonó sus estudios en la universidad local sin ni siquiera haber completado el primer año de carrera. Varios años atrás, fundó una compañía virtual y amasó millones, pero se arruinó de la noche a la mañana. Había tenido una idea divertida, pero sin proyecto empresarial y con unos gustos demasiado caros. Quería empezar de nuevo... con la ayuda de Susanna.

—Destin...

Éste alzó una mano.

—No, espera. No he venido a darte la lata sobre el dinero —sonrió con timidez, como si supiera que se había pasado de la raya con sus tácticas diversas para abordar el mismo tema. Era encantador, enérgico y egocéntrico a más no poder. Llevaba un lujoso abrigo de pelo de camello que aún conservaba de sus días de prosperidad—. Sólo he venido a decirte que he seguido tu consejo y que he planteado un proyecto empresarial. De cabo a rabo.

—Bien hecho, Destin.

Se rascó la nuca sin dejar de mirarla.

—Se me ha ocurrido que quizá quieras echarle un vistazo. Como un favor.

Susanna lo negó con la cabeza, inflexible.

—Sabes que no pienso participar en ese proyecto. Ya te lo he dicho: mi trabajo no consiste en eso, aunque creyera que no es mala idea ayudar a un vecino de mi abuela.

—Sólo una miradita...

—No. Lo siento. Pero puedo recomendarte a una persona...

—No puedo pagarle a nadie. Vamos, Suze, ya sabes cómo funciona esto. Necesito hacer un trato. He reducido mis gastos lo más posible. Diablos, hasta me han embargado el BMW.

A Susanna no le cabía en la cabeza que Destin hubiera podido reunir el respaldo y la concentración necesarios para fundar una compañía. Suerte, agallas, carisma, un mínimo de pericia... Si hubiera acudido a ella a tiempo, quizá lo hubiese ayudado a retener parte de su fortuna cuando la fiebre del «punto com» cayó en picado, pero el mismo optimismo implacable que había impulsado a Destin Wright a fundar una compañía arriesgada lo había hecho mantenerla demasiado tiempo. No había visto llegar el final, y la caída fue dura.

—Sólo necesito que apuesten por mí —dijo, incapaz de resistirse.

—Si tienes una buena idea, encontrarás quien te respalde. Pero no seré yo.

—Con cien de los grandes podría despegar...

—Ni un centavo, Destin —había aprendido por experiencia a ser muy firme y muy clara con él. Con Destin no funcionaban las sutilezas—. Y no pienso cambiar de idea.

—Podrías ser socia fundadora. Suze, estás aburrida, y lo sabes. Esto sería emocionante, una nueva empresa, tu experiencia y pericia mercantil combinadas con mis ideas y mi energía —hizo una pausa, sin duda para comprobar si sus palabras estaban causando algún impacto. Al ver que no, suspiró—. Está bien, está bien. Tienes el pozo lleno y no quieres que meta mi cubo roñoso y agujereado. Lo entiendo —tenía muy buen sentido del humor para haber oído un no al menos por cuarta vez. Sonrió de forma súbita—. Tendré que esforzarme un poco más para convencerte. Si te tomas dos segundos para echar un vistazo a mi proyecto...

—Puedo ofrecerte galletas y una taza de café aguado, nada más —lo interrumpió Susanna. Destin soltó una lustrosa carpeta negra sobre su escritorio.
—Si tienes ocasión —dijo, sin más. Después, echó a andar hacia la puerta—. Te veré por el barrio. ¿Sabes?, la gente empieza a comentar que estás podrida de dinero. Le oí decir a un tipo que debías de andar por los cinco millones.
—A la gente le gusta hablar.
—Si tienes cinco millones, cien de los grandes no supondría mucho, aunque los tiraras por el inodoro, y yo...
—Destin —movió la cabeza, incapaz de reprimir una carcajada—. Mira, hablaré con alguna persona. Si esta idea no funciona, otra cuajará. Saldrás adelante.
Pero Destin apenas la había oído; no había ido a verla para oír palabras de consuelo. Quería consejos gratis y dinero. Salió por la puerta, y Susanna se recostó en el sillón, exhausta. Destin nunca sabía cuándo parar... y, a veces, Susanna se preguntaba si ella no desistía demasiado pronto.
Pensó en Jack, y en lo que podría estar haciendo aquella tarde de jueves. ¿Desistiría de ella? ¿Habría desistido ella ya de él? Los ojos se le anegaron de lágrimas, y se apresuró a apagar el ordenador, a guardar los papeles que necesitaba en su cartera y a desconectar la cafetera. Había tenido un día horrible pero, al menos, aquella noche había crema de almejas en El Bar de Jim.

Susanna se sentó en una banqueta de la barra y pidió un plato de crema de almejas. Las gemelas estaban con sus amigas, y Iris ya se había pasado por El Bar de Jim y estaba en casa, viendo un concurso y tratando de decidir si iría a Blackwater Lake con ella y con las gemelas el sábado siguiente. Ellen y Maggie tenían unos días de vacaciones y Susanna les había propuesto ir al refugio de los Adirondacks a caminar con raquetas por la nieve, a hacer esquí alpino... «A congelarnos de frío», había comentado Maggie, sin mucho entusiasmo.

–Destin se ha pasado antes y ha preguntado por ti –dijo Jim, mientras le ponía delante un cuenco de crema humeante. Susanna gimió.

–Espero que le hayas dicho que ya no vengo por aquí. Me está volviendo loca. Estoy tentada a invertir en su nuevo proyecto sólo para quitármelo de encima.

–¿Es bueno?

–No lo sé. No le dejo que me lo cuente. Jim, no puedo darle el dinero que pide...

–Eh –Jim alzó una mano–. No hace falta que me lo expliques.

Susanna suspiró.

—Destin no es mal tipo.

—Es un mamón —barbotó Davey Ahearn desde el otro extremo de la barra. Se encogió de hombros a modo de disculpa cuando Susanna lo miró—. Perdóname por el lenguaje. Pregúntale a Destin cuánto dio al barrio cuando amasó su fortuna, a ver lo que dice. Tú eres rica, Suzie. Tú das.

Probó la crema, que estaba densa y suave, perfecta.

—¿Qué te hace pensar que soy rica?

Davey sonrió de oreja a oreja.

—Soy fontanero, ¿recuerdas? Oigo cosas. Sé lo que pagas por tu oficina del centro, y sé lo que le diste a la familia del bombero que murió en ese incendio en Navidad.

—Se suponía que era un regalo anónimo —replicó Susanna con el ceño fruncido.

—Con un par de ceros menos, lo habría sido.

Jim Haviland se echó un paño blanco al hombro.

—Tess me dijo que se había pasado por tu oficina hace unas semanas para echarte un sermón. Me ha llamado esta mañana. Dice que no te ha visto desde entonces y quería saber si había algún indicio de que hubiera surtido efecto.

Susanna añadió un poco de pimienta a la sopa, con cuidado de eludir la mirada crítica de Jim.

—¿Y qué le dijiste?

—Le dije que no, maldita sea, que no estaba surtiendo efecto. Mírate: de negro de la cabeza a los pies.

Susanna se miró el jersey y los vaqueros negros.

—Me gusta el negro.

—La Malvada Bruja del Este —comentó Davey, tarareando la musiquilla de la canción.

—Si no se la ve —Susanna mantuvo la voz firme, decidida a no dejarse afectar por aquellos dos hombres—. Sólo las piernas y los chapines de rubíes. Puede que fuera de rojo.

Davey lo negó con la cabeza.

—No. De negro; toda de negro.

Jim salió a atender una de las mesas y regresó detrás de la barra. Siempre tenía clientela las noches de la crema de almejas, aunque eso no alteraba su ritmo de trabajo.

—No te hemos visto mucho el pelo por aquí últimamente —le dijo a Susanna.

—He estado hasta arriba de trabajo.

—Tanto dinero... —la chinchó Davey—. Contarlo debe de absorber todo tu tiempo.

—No pienso hacerte caso, Davey Ahearn.

—No servirá de nada. Por eso no te hemos visto mucho por aquí, porque sabes que no vamos a dejar pasar lo de ese tipo que asesinó a su esposa.

A Susanna se le encogió el estómago; se quedó mirando la crema. De repente, ya no tenía apetito.

—Davey, por el amor de Dios...

—¿Todavía no se lo has dicho a Jack? —preguntó Jim con suavidad. Susanna lo negó con la cabeza.

—Ya os lo dije, no tiene sentido. Ha pasado más de un año. La mujer que echó a perder la investigación ha salido de la cárcel y Jack... No sé, estará persiguiendo fugitivos o algo así. Ese asunto ya está olvidado. Lo que me ocurrió ya no tiene importancia —Susanna así lo creía, aunque el asesinato de Rachel McGarrity siguiese siendo un caso abierto—. Nadie se inmutará al oírlo.

Jim repartía cubitos de hielo en unos vasos, preparando bebidas para sus clientes.

—Tu marido sí.

—¿Es que una mujer no tiene derecho a guardarle secretos a su marido?

Davey resopló.

—Sólo sobre alguna que otra visita a hurtadillas al canódromo.

—¿Cuándo os vais a las montañas? —le preguntó Jim, cambiando de tema, a Dios gracias.

—El sábado por la mañana —Susanna hundió la cuchara en la sopa y sonrió—. Voy a llevarme pantalones negros, camisas negras, calcetines negros...

—¿Ropa interior negra? —preguntó Davey, que no dejaba pasar ni una. Susanna fue incapaz de reprimir la carcajada, pero le dijo a Jim:

—¿Puedo tirarle la crema?

—Ni hablar. Te he puesto almejas de más —de repente, trasladó el peso de su cuerpo de una pierna a otra, una insólita muestra de incomodidad—. Oye, Susanna, antes de que te vayas, y sobre todo si Iris se queda aquí. Quizá quieras conocer a su nueva amiga.

—Ah, Audrey. Tenía intención de conocerla. La abuela dice que se reúnen aquí a cenar de vez en cuando.

—Dos, tres veces por semana. Es de Texas, ¿lo sabías? De Houston.

Susanna dejó la cuchara en el plato con cuidado, para no reflejar su sorpresa.

—No, no lo sabía. La abuela no me lo ha dicho, y no se me había ocurrido preguntárselo. Sigue.

—No hay mucho más que contar —dijo Jim—. Audrey Melbourne, de Houston, menuda, pelirroja, rizos, kilos de maquillaje y de joyas baratas. Se presentó poco después de Año Nuevo diciendo que estaba pensando en venirse a vivir a Boston, pero que no le hacían gracia los precios de los alquileres. Encontró un lugar donde vivir a pocas manzanas de aquí; dice que es temporal. Pensé que no la volvería a ver por aquí después de la primera noche, pero ha hecho migas con Iris y... —se interrumpió y miró a Susanna con atención—. ¿Te encuentras bien?

—Melbourne... —casi no podía articular palabra. Estaba temblando de forma ostensible, conmocionada. Davey descendió de la banqueta, dispuesto a acudir en su ayuda. Susanna echó la cabeza hacia atrás, intentando serenarse—. La próxima vez que venga, llámame, ¿quieres? ¿Tienes mi número de móvil? Quiero conocerla.

—Susanna —los ojos azules de Jim la estaban taladrando, y Susanna recordó que tenía una larga experiencia con las medias mentiras de su propia hija. Jim dejó la copa que había estado preparando en una bandeja y le retiró el cuenco de la sopa—. Si hay algo que deba saber sobre Audrey Melbourne, debes decírmelo. Ahora mismo. Sin rodeos.

—Es que... No quiero que se acerque a mi abuela.

—¿Tampoco a Maggie y a Ellen?

Susanna se lo quedó mirando aturdida, incapaz de pensar.

—¿Cómo?

—Las gemelas. Tomaron la crema con Iris y Audrey hace unos días, cuando estabas en tu clase de taichí.

—¡Dios mío!

Sin darse cuenta de lo que ocurría, Susanna se cayó de la banqueta, pero Davey Ahearn la alcanzó al instante, sujetándola con un brazo musculoso y tatuado.

—Con cuidado, chica —le dijo.

—No suelo alterarme de esta manera —pero sus hijas, Maggie y Ellen, la abuela... Susanna se llevó una mano trémula a la sien, como si eso pudiera ayudarla a poner en orden sus pensamientos—. Maldita sea. Podría equivocarme... Eso espero. Hace tanto tiempo que vivo con un ranger que... —miró a Davey y esbozó una sonrisa débil nada convincente. Éste seguía sosteniéndola con su férreo brazo.

—Susanna, ¿quién es Audrey Melbourne?

No le contestó a él; se volvió hacia Jim.

—¿Sabes dónde vive?

—No —respondió el barman—. Y no te lo diría aunque lo supiera. Si vas a su casa te meterás en líos; lo veo en tus ojos. Entonces, tendría que llamar a Jack y contárselo todo —tomó la bandeja de las bebidas y se enderezó—. Contesta a la pregunta de Davey, Susanna. ¿Quién es esa mujer?

—No estoy segura... En serio, podría estar equivocada. La mujer en la que estoy pensando es rubia...

—El rojo es de bote —le informó Davey, todavía sin soltarla.

La sacudida de adrenalina remitió un poco, la tensión empezó a abandonar sus músculos. Tenían derecho a saberlo, se dijo Susanna; aquél era su barrio, Iris era su amiga.

—El hombre del que os hablé, el que mató a su esposa —empezó, e hizo una pausa para tomar aliento; notaba la crema de almejas en la boca del estómago—. La policía que la encontró acabó en la cárcel por mala conducta profesional. Contaminó las pruebas. La soltaron en Nochevieja. Desapareció varios días después. Estaba obsesionada con Australia, y todo el mundo pensaba que...

—Melbourne —dijo Jim—. Eso está en Australia.

Davey soltó a Susanna, que se sostenía con más firmeza.

—Sabía que era un nombre falso —la miró con aspereza—. ¿Vas a llamar a Jack o nos lo dejas a Jimmy y a mí?

O sea, que Jack lo sabría de una forma u otra.

—Yo lo llamaré —le dijo—. Pero antes deja que me asegure de que es ella.

Alice intuyó que algo iba mal en cuanto entró en El Bar de Jim. Era noche de almejas, y se presentó a propósito a una hora tardía para no encontrarse con Iris. No quería llamar demasiado la atención sobre su amistad y trataba de espaciar sus reuniones, para no hacer evidente que la anciana era su objetivo.

Había pronóstico de lluvia aquella noche y el bar estaba tranquilo; en la televisión estaban retransmitiendo en diferido un partido de béisbol de los Red Sox. Davey Ahearn lo estaba siguiendo, concentrado, se encontraba de espaldas a Alice cuando ésta ocupó una banqueta de la barra. Jim Haviland le sirvió el plato de crema de almejas antes incluso de que ella se lo pidiera.

Sí, allí pasaba algo raro.

Nunca había tenido mucha intuición, pero la cárcel la había enseñado a sensibilizarse con su entorno, a percibir el ánimo reinante, a ver avecinarse los problemas para no salir escaldada. Había estado intentando mostrar su mejor faceta allí, en Boston. Se sorprendía deseando que Iris Dunning se hiciera una buena opinión de ella. Era como estar adoptando la nueva personalidad que utilizaría en Australia... como si estuviera siendo ella misma. Eso era lo que solía pensar sobre sus padres. Cuando estaban sobrios y lúcidos, eran ellos mismos. Imperfectos pero honrados, preocupados por su hija. Cuando estaban ebrios o drogados, no. Su abuela decía que estaban poseídos, pero Alice no se lo creía. Nunca podía ver al diablo en sus padres, aunque hubieran perdido el conocimiento vomitando. No eran malos, sólo un par de desgraciados.

Alice no era como ellos.

Su verdadero yo era agradable, optimista, compasivo, amable con los ancianos y en absoluto rencoroso. Sí, estaba haciendo lo posible por sacarle cincuenta mil dólares a un asesino, pero en la cárcel también había aprendido a ser práctica, a aprovechar lo que tenía. Objetivos alcanzables.

Detestaba mezclar a Iris y a las mujeres Galway en su plan, pero no le quedaba otro remedio.

Si tuviera que juzgarse a sí misma, en fin... se perdonaría. Vería a una mujer que había sufrido mucho y que sólo intentaba empezar de cero, quizá apretarle las tuercas a un asesino que se había librado de su merecido castigo a cambio de nada. No era tan terrible.

Beau seguía resistiéndose... pero acabaría cediendo. Le hacía preguntas a Alice sobre Susanna Galway, repetía cosas que le había dicho aquel día en su cocina, alegando que no era nada malo. Pero no estaba seguro; quería oír lo que se había grabado en esa cinta.

Todas las semanas, Alice se decía: «Está bien, una semana más». Debía mantenerse en sus trece, porque no era aconsejable jugar con Beau. No podía desistir demasiado pronto o Beau empezaría a hacerse preguntas y se volvería peligroso. Había empezado a hacerse preguntas sobre lo que Rachel y ella andaban tramando, pensando que podían estar planeando liquidarlo y quedarse su dinero. Se había estado preguntando sobre el comentario de Alice de asfixiarlo con la almohada y... ¡bum! En un abrir y cerrar de ojos, Rachel estaba muerta, y el monedero con las iniciales de Alice flotaba en su charco de sangre.

Lo que Beau necesitaba era un incentivo. Quizá ella sólo tuviera que ponerse manos a la obra, entrar por la fuerza en la casa de Iris, registrar la habitación de Susanna y fingir que había encontrado la cinta. Después, le diría a Beau que se la entregaría o a él o a los rangers de Texas. Quizá a los medios de comunicación. Algo que lo hiciera morderse las uñas.

Estaba haciendo tiempo, lo sabía, por culpa de Iris y de las noches de almejas en El Bar de Jim, tratando de creer que podría empezar de cero allí, en Boston, y quizá no tener que irse a Australia. Aquélla era su mayor debilidad: siempre buscaba la salida más fácil. Siempre dejaba a medias sus metas y se convencía de que con eso bastaba. ¿Por qué ser ranger de Texas cuando podía ser poli de una pequeña localidad? Rachel McGarrity solía instarla a que reconociera aquella tendencia y la combatiera. Si quería ser poli de una pequeña localidad, estupendo, misión cumplida. Si no, debía luchar por lo que quería.

Alice no había probado la crema. La nuez de mantequilla ya se había derretido. Rasgó el paquete de crackers. Tenía un mal presagio. Intentó sonreír a Davey Ahearn, pero no la estaba mirando.

—No quería creerlo.

Alice reconoció la voz de Susanna Galway y se sintió un poco como aquel día en que el teniente Galway la llamó aparte para hacerle unas cuantas preguntas sobre la investigación de Rachel McGarrity. Un ranger de Texas estudiando el caso. Supo que sólo sería cuestión de tiempo que la detuviesen por conducta indebida o algo peor.

Pero, en aquella ocasión, Alice no se molestó en intentar ocultar lo que había hecho.

—Señora Galway, por favor, sé que esto tiene mala pinta —Alice mantuvo el tono respetuoso, pero se preguntó si tendría las mejillas coloradas o pálidas, si revelarían lo asustada y angustiada que se sentía—. No quiero hacerle ningún daño ni a usted ni a su familia.

Susanna ladeó la cabeza; la melena negra le caía por la espalda y tenía los ojos verdes entornados, pero Alice se daba cuenta de que estaba desconcertada, asustada.

—Has usado un nombre falso.

—Estoy cambiándome el nombre por el de Audrey Melbourne. Quiero empezar de nuevo.

—¿Aquí? ¿No es mucha casualidad que te hayas presentado en el mismo barrio donde vive la familia del ranger que te metió en la cárcel?

—El teniente Galway no me metió en la cárcel —dijo Alice—, sino yo misma con mi comportamiento.

La esposa de Jack Galway inspiró con brusquedad. Era tan alta y grácil... Alice se sentía diminuta en comparación. A punto estuvo de no superar las pruebas de la academia de policía por culpa de la estatura. La gente le decía que era mona, pero no poseía la belleza impactante de Susanna Galway.

—Si querías empezar de cero —prosiguió Susanna con voz tensa—, no estarías aquí, en Boston, en mi barrio. No cuela, señorita Parker.

—Lo sé —hablaba en voz baja, respetuosa, consciente de que Jim Haviland y Davey Ahearn la estaban observando, escuchando, dispuestos a entrar en acción si cometía alguna estupidez. Había ensayado aquel momento miles de veces durante las últimas semanas—. He venido porque quería compensarlos por el daño que he causado. Me enteré de que había dejado a su marido después de mi detención.

—Eso no tuvo nada que ver contigo —dijo Susanna en tono gélido. Alice no estaba tan segura, pero asintió de todas formas.

—Ahora lo sé. Seguramente, lo sabía antes de venir.

—Pero te has quedado.

—¿Adónde iba a ir si no? Estoy ahorrando dinero para irme a Australia. ¿Se lo ha dicho Iris? Me cae muy bien, señora Galway. Nunca haría nada para lastimarla. Vamos, si quisiera vengarme, he tenido semanas para hacerlo.

Susanna palideció un poco al oír las últimas palabras de Alice.

—Por favor, créame —dijo Alice en voz queda, ansiosa.

—Lo que yo crea o deje de creer no tiene importancia —Susanna se metió las manos en los bolsillos del abrigo; tenía una postura rígida, seria, decidida. Y asustada, pensó Alice. A Susanna Galway no le gustaba reconocer que tenía miedo—. No quiero que te acerques a mi abuela ni a mis hijas.

Alice asintió.

—Está bien. Lo entiendo.

Pero el tono no salió bien, y vio que Susanna interpretaba las palabras como Alice había querido decirlas: con desafío y a la defensiva. No tenía que mantenerse a distancia de nadie; era una mujer libre. No había amenazado a Iris ni a Maggie ni a Ellen Galway. No las había seguido. No había quebrantado la ley. Su presencia en el barrio de Susanna era una provocación, sí, pero no un delito.

—Aléjate de mi familia —dijo Susanna.

Alice no replicó, aunque no se imaginaba no viendo a Iris otra vez, al menos, para explicarle quién era y por qué le había mentido. No quería que Iris tuviera un mal concepto de ella. No sabía por qué, pero le importaba lo que la anciana pensara de ella.

Susanna salió con paso firme del bar, y Alice alzó la vista a Jim Haviland, sintiendo cómo los ojos se le llenaban de lágrimas.

—Debes de pensar que soy patética.

—Pienso que has dado un susto de muerte a Susanna Galway y que has utilizado a una anciana inocente...

—Nunca le haría daño a Iris, nunca. La considero una amiga.

Pero sabía que no iba a llegar a ninguna parte con él y, en la otra punta de la barra, Davey Ahearn parecía dispuesto a sacarla de allí y a aplastarle la cara contra un banco de nieve. Se bajó de la banqueta y arrojó dinero sobre el mostrador, junto al cuenco de crema casi intacto. De todas formas, se tragaba las almejas a duras penas; ni siquiera eran comparables a un buen plato de chile con carne.

Se sorbió las lágrimas, consciente de que no estaba conmoviendo lo más mínimo a ninguno de los dos hombres.

—Soy una mujer libre. Puedo entrar y salir cuando y por donde quiera.

—Entonces, sal —dijo Davey Ahearn con un ápice de sarcasmo—. ¿Quieres?

Eso hizo, descolgó el anorak pero no se molestó en ponérselo. Uno de ellos llamaría a Jack Galway: Jim, Davey, Susanna. Jack no se quedaría tranquilo mientras una mujer a la que había metido en la cárcel, una poli corrupta, estuviera rondando el barrio en el que vivían su esposa y sus hijas. Fuesen cuales fuesen los problemas existentes entre Susanna y él, en cuanto se enterara, tomaría el primer avión que saliera de San Antonio.

Alice empujó la puerta y salió a la noche gélida. Hubo un tiempo en que deseó vengarse de Jack Galway por lo que le había hecho, en que se habría alegrado de pensar que estaba angustiado por su familia por culpa de ella. Pero ya no se trataba de eso, se dijo. La venganza no tenía sentido. Se trataba de reunir dinero para Australia y para su nuevo comienzo, y no podía seguir engañándose. No había otra salida: se le agotaba el tiempo.

Durante el trayecto al aeropuerto de San Antonio, Sam Temple intentó convencer a Jack de que llamara a Susanna y la avisara de que estaba en camino.

—Es de las que madrugan —dijo Sam—. Ya debe de estar levantada.

Jack lo negó con la cabeza.

—No pienso discutir con ella.

Estaban en el moderno deportivo de Sam, y la hermosa mañana no lograba mejorar los ánimos de ninguno de los dos hombres.

—No es preciso que discutas —dijo Sam—. Sólo di: Suze, cariño, voy a ir a Boston te guste o no.

—Eso no puede fallar —repuso Jack con ironía.

—No hace falta que te pongas Neanderthal con ella —Sam conducía deprisa, tan alerta a las seis de la mañana como en cualquier otro momento del día o de la noche. Nada parecía afectarlo—. A las mujeres no les hace gracia que los hombres nos presentemos sin avisar.

—Susanna es «mi» mujer. La conozco desde que era una universitaria flacucha con una calculadora por cerebro.

Sam le sonrió. Llevaba un traje y el sombrero de ala ancha blanco que solían gastar los rangers de Texas. Las gafas de sol de firma no eran tan típicas.

—No fue su cerebro lo que llamó tu atención.

Jack no dijo nada. Llevaba pensando en su esposa desde que, hacía una hora, había escuchado el mensaje que le había dejado en el buzón de voz la noche anterior. Había tardado exactamente quince minutos en reservar una plaza en el primer vuelo que salía para Boston, llamar a Sam y hacer la maleta. Se había levantado pronto para salir a correr, así que llegaría a Massachusetts antes de que a Susanna se le ocurriera pensar que podía haberlo sacado de sus casillas y que estaría en camino.

Sabía lo que había hecho la noche anterior al dejar el mensaje. Susanna siempre sabía lo que hacía.

—¿Jack? Pensé que te localizaría —mentira, había llamado a propósito al móvil porque sabía que era medianoche y que él estaría en casa, en la cama, junto al teléfono fijo—. Quería que supieras que Alice Parker se ha presentado aquí, en Boston. Bueno, en Somerville. La abuela y ella han hecho buenas migas en las últimas semanas, y sé que es inquietante, pero hablé con ella esta noche. Con Alice, quiero decir.

Aquel último comentario le había producido a Jack un escalofrío, porque significaba que Susanna se había enfrentado con Alice Parker sin llamarlo primero ni pedirle consejo sobre cómo abordarla. O, mejor dicho, sobre cómo no abordarla.

—Se ha cambiado de nombre, ahora es Audrey Melbourne. Me ha asegurado que no pretende hacernos daño. Dice que ha venido a hacer las paces y que se ha quedado más tiempo del que pensaba. La situación está bajo control. Sólo te lo cuento porque sé que estabas preocupado por ella. Si tienes alguna pregunta, llámame. Adiós.

Si tenía alguna pregunta... Diablos, no tenía ninguna. Sabía muy bien lo que iba a hacer: tomar el primer avión que saliera para Boston y estrangular a su mujer. Después, se ocuparía de Alice Parker, también conocida como Audrey Melbourne.

—¿Vas desarmado? —preguntó Sam.

Jack asintió. No era un asunto oficial, sino estrictamente personal. En Boston, tendría que obedecer las leyes de uso de armas de Massachusetts, como cualquier otro hijo de vecino. Sólo era agente de la ley en Texas.

—Yo no —dijo Sam—. Iría armado hasta los dientes.

—Y te despedirían.

Llegaron al aeropuerto. Jack rescató su bolsa de viaje del asiento de atrás y se dispuso a abrir la puerta, pero Sam lo intentó por última vez.

—¿Quieres que la llame yo?

—Claro. Llámala.

Sam sonrió.

—No puede hacerme daño por teléfono —pero cambió el tono a otro más serio—. Estaré ojo avizor por aquí. Lo mismo le hago una visita a Beau McGarrity, para ver qué se trae entre manos.

—Te lo agradecería.

—Alice Parker no está en el barrio de tu mujer para hacer las paces ni nada parecido. Lo sabes, ¿verdad, Jack? —Sam agarró el volante con las dos manos—. Piensa que es culpa tuya que Beau siga libre. Susanna tiene razón: si Alice pensara vengarse, ya lo habría hecho. Anda detrás de otra cosa.

Jack estaba de acuerdo. Alice se había precipitado cometiendo un delito que le había costado un año de cárcel; podía imaginarla precipitándose otra vez, metiéndose en líos con la ley o, peor aún, con Beau McGarrity. Se lo había jugado todo para imputar a McGarrity el asesinato de su esposa y había perdido. ¿Qué iba a impedir que lo intentara de nuevo?

—Debería haberle comprado un billete para Australia el día que se presentó en mi casa. Si la sorprendo haciendo algo ilegal, por insignificante que sea, se lo notificaré a la policía de Boston y la traeré a Texas en un abrir y cerrar de ojos. Mantenme informado de lo que ocurra por aquí.

—Eso haré.

Jack se apeó del coche y cerró la puerta. Se le formaba un nudo en el estómago cuando pensaba en volver a ver a Susanna. En los veinte años que llevaban casados, lo que sentía por ella no había disminuido ni un ápice, tanto si era amor como una furia cegadora... la que lo dominaba en aquellos instantes.

—Eh, teniente.

Sam Temple había salido del coche y lo estaba mirando por encima del techo del vehículo. Jack sentía el cálido sol matutino en la espalda.

—¿Qué pasa?

—Hoy día disponen de teléfono en los aviones —Sam sonrió—. Todavía estás a tiempo de llamarla.

Susanna se dio el capricho de tomarse un café de máquina y unos almendrados en el elegante mercado de Faneuil Hall. Era el típico día de mediados de febrero que volvía poéticos a los habitantes de Boston: máximas de unos diez grados, el sol brillando, la nieve derritiéndose... Ni siquiera los charcos que se formaban en las aceras les agriaban el humor. Se respiraba la primavera en el aire, y para ellos eso bastaba. Pero Susanna llevaba demasiado tiempo viviendo en el sur de Texas para llamar primavera a diez grados centígrados, en particular, porque sabía que no durarían. Ya estaban pronosticando más nieve para el fin de semana, pero antes, ella y las gemelas harían su escapada a las montañas. Iris se sentía inclinada a acompañarlas. No le había sentado muy bien descubrir que su nueva amiga era una ex presidiaria a la que Jack había detenido.

—Me siento como una idiota —le había dicho a Susanna la noche anterior.

—No digas eso, abuela. Alice lleva aquí varias semanas, y ninguna de nosotras sospechaba nada. Acompáñanos a las montañas. Salir de la ciudad nos sentará bien.

—Posiblemente —reconoció Iris, pero su vacilación respecto al viaje sorprendía a Susanna. Empezaba a preguntarse si en Blackwater Lake se hallaba alguna clave del pasado de su abuela que ésta no hubiera contado. Volver no le resultaba fácil; no representaba la aventura que Susanna había imaginado.

Vendería el refugio y no volvería a poner el pie en Blackwater Lake si eso era lo que Iris quería.

Maggie y Ellen se habían tomado la noticia de Alice con serenidad, mucho más que Susanna. Se habían criado con un ranger de Texas como padre y estaban decididas a no alterarse ante aquella intrusión del trabajo de Jack en sus vidas. Cuando les dijo que le había dejado un mensaje en el buzón de voz adivinaron sus intenciones. Maggie sonrió con ironía.

—Caray, mamá. Conque lo pinches con un palo bastaría.

Ellen estaba horrorizada.

—No sé, mamá. Puede que esta vez te hayas pasado de la raya. Hace tiempo que no ves a papá, no sabes cómo está últimamente.

—Ellen tiene razón —dijo Maggie—. Está mucho más irritable.

Pero Susanna no necesitaba que sus hijas le describieran a su marido. Irritable o no, no se tomaría nada bien su mensaje nocturno... y menos aún que Alice Parker se hubiera estado arrimando a Iris y a sus hijas. Vería móviles perversos, conspiraciones, todas las posibilidades horribles, terribles y desagradables, porque lo habían formado para eso.

No, se corrigió, porque eso era lo que cualquiera, incluida ella, pensaría dadas las circunstancias. No le importaba lo que Alice dijera, lo menuda y linda que estuviera con el pelo teñido y su aspecto femenino; no se le había perdido nada en Somerville.

Susanna dejó el café a medias y aprovechó a entrar en una tienda de deportes de calidad. Esperaba que, a su regreso de los Adirondacks, Alice Parker ya se hubiera ido. Dudó si comprar palos para las raquetas de nieve pero, después, desistió y se dirigió de nuevo a su oficina. Le gustaba pasear por el bullicioso mercado; salió a Beacon Street y echó a andar hacia la cúpula dorada del Massachusetts State House, la cámara legislativa estatal.

Pese a que los días eran más largos y las temperaturas más moderadas, todavía estaban en pleno invierno. Llevaba su abrigo negro de cachemira, guantes y botas negros pero, dados los comentarios de Jim Haviland y de Davey Ahearn sobre la Malvada Bruja del Este, se había comprado una bufanda de color escarlata. No se sentía avergonzada de su traje negro de pantalón. Era una profesional de un negocio conservador... las personas le confiaban su dinero. No podía ponerse aros ni jerséis de tonos pastel como Alice Parker.

Se detuvo un momento ante un escaparate, y se cubrió la cabeza con la bufanda al recibir el impacto gélido de una ráfaga de aire. Miró calle arriba por el rabillo del ojo y se quedó sin aliento. Giró en redondo, convencida de que había visto mal, pero no era así.

Jack estaba a la entrada de su edificio decimonónico, con la mano apoyada en la cabeza de una de las gárgolas de mármol.

Susanna no se movió. Jack tenía los ojos oscuros clavados en ella. Llevaba puesto su sombrero blanco de ala ancha, chaqueta de ante, botas y pantalones vaqueros, y le parecía que era el hombre más irresistible del planeta.

Pero controló un impulso visceral e inexplicable de salir corriendo. Claro que no llegaría muy lejos si su marido pretendía hablar con ella, pero aquella era su oficina, su ciudad, su territorio. La presencia de Jack se asemejaba a una invasión y, sin embargo, era lo que había deseado. Llevaba meses soñando con que Jack se presentaría en Boston y le diría que la quería de vuelta en su vida. Que la «arrullaría», como dirían Maggie y Ellen. Pero no era eso. Quería saber que le importaba, quería oírselo decir. Quería que la instara a contarle todos sus secretos, y ver cómo los comprendía. Quería que él también reconociera sus miedos y secretos, por fin. Quería que hablaran.

Bueno, a veces, era eso lo que quería; otras, no tenía ni idea, sólo una certeza de que algo había ido mal entre ella y su marido.

Claro que Jack no estaba allí por ninguna de esas razones. Había viajado a Boston por su mensaje del día anterior. Por Alice Parker.

Susanna se cercioró de que las piernas la sostenían antes de seguir avanzando por la calle. Se quitó los guantes y los embutió en el bolsillo del abrigo.

—Hola, Jack —dijo con calma—. ¿Llevas mucho tiempo esperando?

—Treinta minutos —su acento texano era lento y deliberado; le producía un hormigueo por la espalda y era como humo filtrándose por los poros de su piel. Se sentía nerviosa, alerta. Jack seguía mirándola con fijeza, sin revelar nada de lo que sentía–. Tu portero no quería dejarme entrar.

—Muy inteligente por su parte.

—Un portero desarmado y un par de feas gárgolas. No hay mucha seguridad.

—No necesito mucha seguridad.

Jack se apartó de la gárgola. Para entrar en el edificio, Susanna tendría que rodearlo, no sólo pasar de largo. La oportunidad de dar media vuelta y huir se había evaporado, si alguna vez había existido. Jack ladeó la cabeza y la estudió con aquellos ojos adiestrados, más ranger que marido en aquellos momentos. Después, dijo:

—Tienes la nariz roja.

—He estado dando un paseo —se quitó la bufanda escarlata y notó la mirada de Jack sobre sus cabellos, al caer–. He tenido reuniones esta mañana y me estaba tomando un descanso.

—Sam ha intentado convencerme de que te avisara de mi llegada.

—Sam siempre me ha caído bien —el viento volvió a soplar, pero, en aquella ocasión, no parecía igual de frío–. Has venido por Alice Parker.

Jack mantuvo cualquier reacción bajo control.

—He venido por ti.

—Porque estás enfadado conmigo.

Jack dio un paso hacia ella, lo bastante para que Susanna percibiera su calor.

—Mucho.

—Me preguntaba qué te haría subir a un avión —carraspeó, deseando poder controlar su reacción ante la presencia de Jack. Veinte años acostándose con él no habían apagado la atracción. Y hacía tanto tiempo que no lo tenía a su lado, amándola...–. Mmm... Hay un café un poco más abajo. Podemos hablar allí.

Jack sonrió con sagacidad.

–¿Qué pasa, Susanna? ¿No quieres estar a solas conmigo? –deslizó un dedo por la mejilla fría y por la curva de la mandíbula, desatando estremecimientos cálidos por todo su cuerpo–. No importa. Puedo besarte aquí mismo, en plena calle.

–Por Dios, Jack –murmuró–. Podrías ser más desapasionado.

Su mirada oscura se mantenía clavada en ella.

–En lo referente a ti, no.

–Está bien –dijo Susanna con brío, furiosa consigo misma por desear que la besara, allí mismo, en aquella bulliciosa calle del centro de Boston–. Podemos subir a mi oficina. Está en la cuarta planta.

–Me gustaría verla –se limitó a decir Jack, y a ella se le cerró la garganta, porque quizá fuera cierto. Quizá quisiera ver su oficina.

El vestíbulo era pequeño, elegante, con suelos de mármol, remates de latón y madera oscura y de calidad. Una escalera ondulante conducía al segundo piso. Había un minúsculo ascensor antiguo, pero Susanna se imaginó en la cabina, con Jack, y el ascensor averiado entre planta y planta. Echó a andar escaleras arriba, precediéndolo, sintiendo su mirada en ella mientras subía deprisa y se desabrochaba el abrigo. Estaba acalorada, nerviosa e intentaba reagrupar sus defensas. Jack había tenido tiempo para acostumbrarse a la idea de verla, para planear su estrategia, cómo abordarla. A ella la había tomado por sorpresa. «Mea culpa», pensó. Debería haber sabido que su mensaje lo impulsaría a tomar el primer avión.

Se quitó el abrigo en el segundo tramo de escaleras y se lo echó al brazo, pero la bufanda resbaló al suelo. Jack la recogió y volvió a colocarla sobre el abrigo. Todas las terminaciones nerviosas que Susanna tenía estaban al rojo vivo. Apretó el paso por el tercer tramo de escaleras. Oía el clic clac de las botas de Jack, que mantenía un paso firme detrás de ella.

No lograba respirar con normalidad. Avanzó tambaleante por el pasillo hacia su puerta, disgustada consigo misma. Subía por las escaleras todos los días. Corría, levantaba pesas, hacía yoga y taichí. Estaba en buena forma. No era el ejercicio lo que la dejaba sin resuello, sino tener a su marido pisándole los talones.

—Es aquí —dijo, y con la mayor naturalidad posible, metió la llave en la cerradura y abrió la puerta. La empujó y le indicó que pasara—. Tú primero.

Jack le dirigió uno de sus escrutinios rápidos y profesionales, pero las comisuras de sus labios temblaban de manera nada profesional. Interpretaba los jadeos de Susanna por lo que eran: la reacción que provocaba en ella. Pero había algo más en su mirada, una aspereza que no había advertido antes. Jack se adentró en la oficina, y ella cerró la puerta nada más entrar. Todo estaba en orden y en silencio.

—Te colgaré la chaqueta —dijo Susanna.

—No —volvió la cabeza para mirarla—. No me quedaré mucho tiempo.

Estaba furioso; por fin se daba cuenta. Por una parte, se sentía culpable porque, sinceramente, no debería haberle dejado aquel mensaje. Por otro lado... un Jack furioso no querría arrancarle la ropa y hacerle el amor en su nuevo sofá de cuero.

No necesariamente, claro.

Gimió para sus adentros. ¿Qué le pasaba? Arrojó el

abrigo sobre una silla y se ajustó la chaqueta del traje, cerciorándose de que la blusa no estuviera torcida y de que su combinación de encaje y seda no asomara por debajo.

Jack dejó la bolsa de viaje en el suelo entarimado, soltó el sombrero encima y se acercó a las ventanas. Bajó la vista al cementerio.

—¿Te gusta trabajar con un puñado de cadáveres a los pies?

—John Hancock está enterrado allá abajo. Ya sabes, héroe de la revolución americana, antiguo gobernador de Massachusetts... Los padres de Benjamin Franklin también —se retiró el pelo con las dos manos, recuperando por fin el aliento—. Las víctimas de la masacre de Boston.

—Visitamos juntos el cementerio cuando estábamos en la universidad —Jack le lanzó una mirada, su expresión sin suavizarse aún—. En otoño.

—Lo recuerdo. Y trajimos a las gemelas cuando todavía estaban en el parvulario.

Jack no respondió. Susanna se preguntó si estaría recordando aquel día con las niñas trotando por delante, entre las lápidas en sombra, o el otro, años atrás, cuando eran universitarios y estaban locamente enamorados. O ninguno de los dos. Quizá sólo estuviera echando humo por la llamada nocturna sobre Alice Parker.

—No quería despertarte —dijo, sabiendo que la entendería—. Por eso te dejé el mensaje en el buzón de voz. Era tarde...

—¿Cuándo supiste que Alice estaba aquí?

—Anoche. Jack, te llamé lo antes posible.

—¿A qué hora?

Se acercó a su escritorio y se sentó delante del ordenador. Estaba en modo de espera, con la pantalla en negro. Pulsó la barra espaciadora.

—Antes de medianoche. Tardé un poco en asimilar la situación. Alice Parker lleva aquí varias semanas. Debió de presentarse al poco de salir de la cárcel. La abuela y ella han estado viéndose dos o tres veces por semana. Iris la invitó a pasar a casa una mañana —Susanna contempló cómo aparecían las imágenes en el monitor—. No lo sabía. Me quedé atónita. Me costaba trabajo asimilarlo, y estuve hablando con ella y con las gemelas.

—¿Ah, sí? —Jack no cedía. Susanna asintió, todavía sin mirarlo.

—Les dije que se alejaran de Alice Parker.

—¿Y a Alice?

—Que se alejara de nosotras.

—Entonces, ya está —declaró—. Por lo que a ti respecta, el asunto está resuelto. Te has encargado de todo.

—No quería decir eso.

Giró en su sillón para mirarlo, más serena tras los minutos de que había dispuesto para adaptarse a su presencia. Pero no entendía por qué no lo había llamado al teléfono fijo. ¿Acaso, en el fondo de su corazón, había sabido que se presentaría en Boston? ¿Había querido que lo hiciera?

No. Había querido evitar hablarle de Beau McGarrity y de Alice, de lo ocurrido aquel día en su cocina. Que lo adivinara él. ¿Era por eso por lo que Alice había viajado a Boston? ¿Por McGarrity? Susanna experimentó una oleada de pánico, y se preguntó si no se le habría pasado algo por alto aquel día con Beau McGarrity. Algo que Jack habría captado si se lo hubiese contado.

Estaba tan segura de que no había nada que él, o Alice, o los fiscales, cualquiera, hubiese podido utilizar para ayudarlos a resolver el asesinato de Rachel McGarrity... Pero ¿y si se había equivocado?

—Lo siento, Jack —se limitó a decir—. Fue una estupidez dejarte ese mensaje anoche. No sabía lo que hacía.

—Siempre sabes lo que haces.

Susanna se puso en pie y se colocó a su lado, junto a la ventana.

—Debiste de ponerte hecho una furia para subir a un avión a primera hora de la mañana.

Su mirada se suavizó durante medio segundo.

—Cíñete al tiempo presente.

—Está bien, todavía estás furioso —suspiró, y fijó la mirada en el cementerio cubierto de nieve—. Debería haber estado más alerta. Me previniste sobre Alice. Debería haber investigado más cuando la abuela me dijo que había hecho una amiga en El Bar de Jim —tomó aire, y tragó saliva al notar que él se acercaba, pero mantuvo la mirada en las lápidas—. No quería creer que era Alice Parker.

—Lo sé.

Jack le dio la mano, y Susanna le dejó entrelazar sus dedos con los de ella; después, se volvió hacia él. Jack le acarició los labios y hundió los dedos en su melena negra, mirándola con sus ojos oscuros, disipada la aspereza, la furia. Susanna no sabía lo que vería en sus ojos, pero la besó con suavidad, como si algo más intenso hubiera sido demasiado después de tantos meses de separación.

—Me alegro de verte —susurró Jack.

Susanna apoyó la palma de la mano en su sólido pecho y enterró la frente en su hombro mientras él la abrazaba. Las lágrimas se agolpaban en sus ojos, y pensó en Alice Parker cambiándose de nombre y trabando amistad con su abuela de ochenta y dos años.

—Déjame ayudar —dijo con suavidad.

No era una orden, pero tampoco una súplica. Susanna levantó la cabeza de su hombro y vio cómo recuperaba el aplomo, cómo volvía a vestirse de experimentado agente de la ley.

—Jack, esta vez se trata de nosotros: de la abuela, de las gemelas, de mí. Somos nosotras las que estamos tratando con los malos.

La mirada de Jack se oscureció.

—¿Por qué diablos crees si no que estoy aquí?

—¿Cuánto tiempo piensas quedarte? —Susanna se retiró de sus brazos, luchando por recuperar un mínimo de serenidad.

—Me deben algunos días. Puedo quedarme el tiempo que haga falta.

—Mañana por la mañana nos vamos a los Adirondacks.

Jack desplegó una media sonrisa.

—¿Qué hay de mi invitación?

A Susanna se le aceleró el pulso. Lo imaginaba en las montañas, con ella. ¿Era eso lo que quería?

—Jack, creo que puedo resolver esto yo sola. No quiero echarte a perder las vacaciones.

La expresión de Jack era inescrutable; estaba relegando sus emociones a un lugar profundo e inaccesible.

—No he venido porque crea que no puedes resolver la situación. Puedes llamar a la policía de Boston. He venido porque quiero ayudar.

—Y un cuerno —le espetó, y se dejó caer en la silla para estudiar a aquel hombre inteligente e independiente al que llevaba amando media vida—. Es tu venganza por haberme venido a vivir a Boston.

—Sea lo que sea, Susanna, estoy aquí, y no pienso irme a ninguna parte hasta no haber hablado yo mismo con Alice Parker. Haz de tripas corazón —recogió el sombrero y la bolsa del suelo y echó a andar hacia la puerta; se detuvo a medio camino y se volvió hacia ella. Tenía los ojos muy oscuros. Susanna solía olvidar lo intimidatorio que podía llegar a parecer... salvo que nunca se había sentido intimidada por Jack Galway. Nunca. Se señaló el sombrero—. Si me hubieras llamado a las seis de la mañana, también habría venido. A Alice Parker no se le ha perdido nada con mi familia.

—Lo sé, pero tú mismo dijiste que no podemos hacer nada a menos que quebrante la ley...

—Susanna —dijo—, dime que no te alivia verme aquí.

Susanna apretó los labios; no podía articular palabra. Jack sonrió, como si ya hubiese obtenido la respuesta que deseaba, y abrió la puerta. Dedicó a la oficina otra atenta mirada.

—Es agradable. Lo estás haciendo muy bien.

—Gracias —tenía la garganta cerrada, los nervios de punta por la visita. Nadie podía atravesar sus defensas y adivinar sus puntos flacos mejor que su marido. Intentó respirar con normalidad—. ¿Adónde vas?

—Al metro.

En otras palabras, no tenía intención de decírselo. Haría lo que le diera la gana. Alivio... Sí, claro. Era un alivio tenerlo allí.

Pero, en parte, lo era, y eso acrecentaba la maraña de emociones. Susanna se recostó en su sillón, pasándose las manos por el pelo, y le dirigió la mirada más natural que pudo improvisar.

—¿Te espero para cenar? Mmm... ¿Te preparo la cama de la habitación de invitados?

—Ahora llegamos al quid de la cuestión. ¿Dónde duerme el marido esta noche? —se puso el sombrero de ala ancha y le guiñó el ojo de forma seductora—. No te preocupes, cariño. Ya te lo diré.

Se fue cerrando la puerta con delicadeza al salir, como si quisiera decirle que tenía pleno control de lo que hacía. Susanna apretó varias teclas del ordenador y contó hasta diez. Al llegar a siete, salió disparada de la silla hacia el pasillo.

Se inclinó sobre la barandilla. Jack estaba en el piso inferior.

—No creas que me has puesto a la defensiva —le gritó—, porque no es así. Quiero que me mantengas informada. No voy a consentir que andes corriendo como un loco por mi ciudad...

Jack seguía bajando los peldaños; sus pasos resonaban en la escalera. Susanna pensó en los demás ocupantes del edificio, se preguntó si la tomarían por una chiflada. La mayoría no sabía que estaba casada con un ranger de Texas; eso no encajaba en su perfil de próspera asesora financiera de Boston.

—¡Jack! —dio una palmada al pasamanos, frustrada. Su marido sabía cómo sacarla de sus casillas.

No hubo respuesta.

—Está bien —murmuró—. Como tú quieras, teniente Galway.

Regresó dando zancadas a su oficina, dio un portazo y se dejó caer en el sofá de cuero. Se tocó los labios allí donde Jack la había besado y maldijo en silencio, no por el beso sino por su reacción a éste. Su marido era una presencia abrumadora. Sería tan fácil retroceder y dejar que él se ocupara de todo... Salvo que nunca lo había hecho en todos los años que llevaban juntos. Jack no la respetaría si lo hiciera. Pero sería tan fácil...

Pues bien, no iría con ellas a los Adirondacks. Sólo había comprado raquetas de nieve para ella y para las gemelas. Además, no tenía espacio para él. No tendría disponible la habitación de invitados del refugio si Iris se apuntaba al viaje, y con Alice Parker en la ciudad, Susanna no tenía intención de dejar a su abuela sola.

Mientras se serenaba, comprendió que estaba sacando las cosas de quicio. Jack había viajado a Boston por Alice Parker. Daba lo mismo que no llevara la placa ni la pistola; estaba allí por su trabajo.

Era un detalle que le convenía recordar.

Alice estaba en la acera, delante de El Bar de Jim, decidiendo si debía entrar y disculparse ante Iris por haber mentido. No parecía buena idea. Jim Haviland y Davey Ahearn estaban furiosos con ella, y tanto éstos como Susanna Galway considerarían cualquier contacto con Iris Dunning como una afrenta.

Alice sabía que se estaba compadeciendo de sí misma. Se había sentido así desde que Susanna le había leído la cartilla la noche anterior. Todavía le dolían sus acusaciones. Claro que se había quedado en Boston más tiempo del pretendido. Mintiendo a una anciana. Animándola a que le contara su vida. Iris le había hablado de Blackwater Lake y del hombre del que se había enamorado hacía muchos años, mientras Alice permanecía sentada, tragando a duras penas la crema de almejas, escuchando.

Despreciable, así era ella.

No quería que Iris la odiara.

Alice maldijo en silencio y se dio la vuelta con intención de marcharse, pero tropezó con Destin Wright. Éste la agarró por los hombros y la detuvo.

—Eh, eh, eh... Pareces una peonza. ¿Qué ocurre?

Era la última persona a la que deseaba ver estando deprimida. Destin Wright siempre se compadecía de sí mismo, incluso cuando había sido millonario, seguro. Nunca tenía bastante. Era un idiota egocéntrico, y Alice no soportaba escucharlo durante mucho rato. Había coincidido con él en El Bar de Jim en varias ocasiones, cuando intentaba no tropezar con Iris. A nadie parecía caerle bien Destin, aunque lo toleraban, tirándolo incluso de la lengua cuando empezaba a hablar y no se callaba nunca. Parecía creer que el mundo giraba sólo para él.

—Odio esta ciudad —barbotó Alice—. No me extraña que la gente emigre al sur. No sé por qué me marché de Texas.

Destin se encogió de hombros.

—Todo el mundo odia Boston en febrero.

—Lo odiaría en cualquier época del año. Me importan un comino la historia y los edificios antiguos; odio viajar en metro y me traen sin cuidado Harvard y sus demás universidades. Todas para ti.

—Para mí, no. No me aceptaron en Harvard.

Todo giraba en torno a él. Alice se metió las manos en los bolsillos del anorak. No llevaba guantes; detestaba los guantes.

—He mentido sobre quién soy.

Aquello avivó su interés.

—¿En serio? ¿Quién eres?

—No me llamo Audrey Melbourne, al menos, todavía no. Legalmente, no. Soy Alice Parker. Fui policía de Texas y eché a perder una investigación sobre un asesinato y cumplí condena por presentar un falso testigo.

—Caray...

—Susanna Galway... —Alice parpadeó a la luz de la farola; todavía anochecía demasiado pronto para su gusto. Volvió a mirar a Destin, consciente de que éste perdería el interés enseguida–. Es la esposa del ranger de Texas que me detuvo.

–¿Jack te detuvo? –Destin rió, impresionado–. No me extraña. Es duro de pelar.

–Sí, lo es.

Destin se volvió a medias; estaba apuesto y distinguido con su abrigo de pelo de camello, bufanda y guantes negros. Opulento, pensó Alice, aunque sabía que estaba sin blanca, casi tanto como ella.

–Quizá sea por eso por lo que Susanna ha estado tan distraída –dijo– y no quiere echar un vistazo a mi proyecto empresarial. Porque ha estado preocupada por ti. Sé que apostaría por mi idea. Es brillante.

Alice resistió el impulso de poner los ojos en blanco. Ya se había figurado que Destin no tardaría en desviar la conversación a él y a sus planes de fundar una nueva compañía. A su entender, suplicar cien mil dólares a Susanna Galway era igual de censurable que extorsionar a Beau McGarrity para sacarle cincuenta mil dólares. Al menos, Beau obtendría algo a cambio; Susanna sólo se quitaría a Destin de encima.

–No pido caridad –dijo por enésima vez desde que se conocían–. Es que es una oportunidad de oro. Sólo quiero que alguien...

–Reconozca tu genialidad –concluyó Alice en su lugar.

Destin se balanceó sobre los talones y asintió.

–Sí... Sí, es que es una idea genial. Cien mil dólares como capital inicial. No es mucho pedir.

–¿Tanto dinero tiene Susanna?

–¡Leche, cien de los grandes es calderilla para ella!

Alice notaba cómo el frío de la acera empezaba a traspasarle las botas. Se había comprado botas de invierno de oferta, pero eran feas y grandes. Aquella noche se había puesto sus botas de estilo vaquero; eran baratas. De haber logrado ser ranger de Texas, se habría comprado botas buenas. Pero eso ya era impensable, y hasta Australia se le estaba escurriendo entre los dedos.

—Tiene que haber una manera de convencer a Susanna de que afloje la bolsa —dijo Destin.

—¿Cuánto dinero crees que tiene?

—Uf, cinco millones fácil. Quizá hasta diez a estas alturas. Tiene un instinto magnífico para los negocios. Es inversionista y asesora financiera, no empresaria... ahí es donde yo entro en juego.

Estaba llegando al punto en que sería capaz de estrangular a su propia abuela con tal de lograr otra oportunidad de entrar en el mundo empresarial. Alice podía verlo en sus hermosos ojos azules, oírlo en su voz grave. ¿Y si estaba buscando donde no era su billete a Australia y a su nueva vida? ¿Debía olvidarse de Beau y exprimir unos cuantos de los grandes a la multimillonaria Susanna Galway?

Salvo que tal vez, Beau no la permitiría olvidarse de Beau.

Y tampoco podía olvidarse del Galway que era ranger de Texas.

Destin echó a andar hacia El Bar de Jim, pero Alice le tocó el brazo.

—Ahora mismo, soy persona *non grata* ahí dentro. Nadie cree que he venido a enmendar lo que hice... Sospecho que soy en parte responsable de que Susanna y Jack vivan separados. Me siento fatal por eso. En cualquier caso, me gustaría hablar contigo. ¿Te importa si vamos a algún otro sitio?

Destin la miró un momento, sin la careta cautivadora, como para confirmar que estaba en lo cierto sobre él.

Aquél era el Destin Wright a quien la gente le traía sin cuidado, el Destin Wright que creía que el mundo estaba en deuda con él. Era inteligente y ambicioso, y sería capaz de cualquier cosa. Cualquier escrúpulo que exhibía era mera apariencia, un medio para alcanzar un fin. Hacía lo que era preciso para agradar y así obtener lo que quería.

–Claro –dijo–. Vamos a hablar a algún otro sitio, señorita Alice Parker Audrey Melbourne.

De no ser por la puerta translúcida y los pensamientos sobre John Hancock y los difuntos padres de Benjamin Franklin, en aquellos instantes, Jack estaría haciendo el amor con su mujer en el sofá de cuero de su oficina y no luchando contra el viento frío de febrero.

La temperatura descendía a la par del sol. Al pasar delante de El Bar de Jim, vio a tres obreros entrando en el local, seguidos de estudiantes universitarios. El pub no había cambiado mucho desde que Jack había sido estudiante. El protocolo dictaba, sin embargo, que antes de charlar con Jim Haviland sobre su nueva clienta de Texas, debía pasarse a ver a Iris Dunning.

Pulsó el timbre del porche acristalado. Al principio, Iris no quería dejarlo pasar.

–Pensaba que eras un matón –dijo cuando por fin abrió la puerta. Jack sonrió y le dio un beso en la mejilla.

–Los matones no llevan sombreros blancos de ala ancha.

–Nadie lleva sombreros de ala ancha por aquí.

–No sé, Iris –rió Jack–. Las cosas cambian.

Iris llevaba unas mallas y un jersey rosa que la hacían parecer la ancianita dulce que era. Y una gran mujer, que había vivido la mayor parte de su vida sola, que había criado a un hijo sola, y que se había hecho un hueco en una ciudad extraña. Le plantaba cara a la vida, y raras veces alguien la subestimaba.

La siguió al interior de la casa, donde muy pocas cosas habían cambiado desde la primera vez que había puesto el pie en ella, a los veinte años, tan enamorado de Susanna Dunning y de sus ojos verdes que apenas podía caminar derecho. La casa seguía igual... lo mismo que su amor. Sintió un tirón emocional, una necesidad de proteger a Iris, a su mujer y a sus hijas, aun sabiendo que a las cuatro les gustaba moverse con libertad.

Se fijó en los tres pares de raquetas de nieve alineados en el vestíbulo. Aún tenían las etiquetas. El refugio en los Adirondacks... Todavía le escocía.

Iris entró en el salón y se sentó en un sillón en cuyo respaldo descansaba una de sus colchas de ganchillo.

—Supongo que has venido por Audrey —dijo cuando Jack se sentó con ella—. ¿O debería llamarla Alice? Jack, en serio, hacía mucho, mucho tiempo que no me engañaban de esta manera.

—No debería haber venido aquí, y lo sabe. Lo siento, Iris.

—No es culpa tuya. Audrey parece tan auténtica y dulce que cuesta no sentir afecto por ella. Tiene una personalidad muy cautivadora. ¿Y dices que antes era policía?

Como si ser genuina, dulce y cautivadora fuese incompatible con ser agente de la ley. Jack sonrió; estaba familiarizado con los prejuicios de Iris.

—Era agente de policía de una pequeña ciudad. La detuve por mala conducta profesional y por presentar un falso testigo.

—Tengo entendido que echó a perder una investigación policial.

Jack asintió, mientras reparaba en los indicios de que su esposa y su hija vivían allí: libros abiertos, vídeos, velas aromáticas y crema de manos. Maggie y Ellen habían pedido a gritos poder pasar un año con su bisabuela en Boston... o solas en París. Eso Jack podía entenderlo. Pero Susanna... Debería estar en Texas, con él. Era así de sencillo.

—¿Tienes idea de dónde vive Alice Parker... o Audrey Melbourne? —preguntó.

—No muy lejos de aquí. Dice que tiene un trabajo, pero no sé si es cierto —Iris lo miró con ojos inteligentes, alerta—. ¿Sabe Susanna que has venido?

—Sí —no le dio más explicaciones—. ¿Dónde están las gemelas?

—De compras. No quieren ir a las montañas sin provisiones. Tal como se comportan, cualquiera diría que nos vamos a la luna. No es un lugar tan recóndito... —se recostó en el sillón, sonriendo, como si recordara viejos tiempos. Después, volvió a mirar a Jack—. Yo también voy. Susanna no quiere dejarme aquí sola hasta que no averigüe qué anda tramando esa Alice Parker.

—Susanna no va a averiguar nada. Las cuatro vais a manteneros alejadas de ella —pero advirtió lo despótico que sonaba su tono de voz y lo suavizó—. Iris, se trata de algo serio. Una mujer fue asesinada. Alice pasó un año en la cárcel.

Iris asintió.

—Lo sé, Jack, y Susanna también. Sabe cuáles son sus limitaciones —hizo una pausa, estudiándolo—. Confía en ella.

Jack no iba a llegar a ninguna parte; con Iris Dunning, no.

—No sé por qué vais a ir a los Adirondacks cuando podríais pasar la semana en San Antonio —sabía que la estaba provocando. A Iris no le gustaba viajar y, en particular, no le gustaba Texas. Que su único hijo y su nieta se hubiesen asentado allí la horrorizaba–. Allí está todo mucho más bonito que aquí, en el norte, con este frío.

–Texas no me gusta –frunció los labios, segura de sus opiniones–. Estuve allí en agosto, el año en que Maggie y Ellen nacieron, y era como vivir en el infierno. Y tú siempre estás ejecutando a gente –pero el ánimo pícaro de Iris no duró, y movió la cabeza; parecía disgustada consigo misma y muy mayor–. Temo haberle contado a Audrey... a Alice demasiadas cosas: de Kevin y Eva, de ti y Susanna, lo orgullosa que estoy de que Maggie y Ellen vayan a ir a la universidad. Jack... Nunca pensé que me convertiría en una vieja estúpida.

Jack le tomó las manos, plagadas de lunares marrones y surcadas de venas, aunque los dedos se mantenían largos y esbeltos. Que Alice Parker hubiese minado la confianza de una anciana sobre su capacidad para juzgar a los demás no le hacía ninguna gracia.

–Iris, escúchame –dijo con toda la suavidad que le permitía su enojo–. No quiero que te preocupes por lo que puedas haberle contado a Alice. Pensabas que era tu amiga. Tu simpatía y tu franqueza te han ayudado en la vida más que perjudicado. A Susanna y a las gemelas no les pasará nada.

–¿Has venido por ellas?

–He venido por todas vosotras –al menos, Iris se daba cuenta de que estaba allí por su familia, no por su trabajo. Le dio unas palmaditas en las manos–. No quiero que te culpabilices. No has hecho nada malo.

–Me vi reflejada en ella –le dijo–. Eso estuvo mal.

–Eso es humano, no malo –le guiñó el ojo–. Lo que ha estado mal es que Susanna me lo contara todo en un mensaje.

Le soltó las manos, y ella movió la cabeza.

—Vaya par. Esta separación se está prolongando demasiado, ¿sabes?

—Lo sé.

Los ojos verdes de Iris llamearon.

—Creo que la idea de ese otro ranger de esposarla no era desacertada.

Jack rió.

—Le diré a Sam que lo respaldas —consultó su reloj—. Hazme un favor, Iris; dile a Susanna que se reúna conmigo en El Bar de Jim a las siete y media.

—Se lo diré. ¿Adónde vas?

—A reconocer el terreno —Jack anduvo hacia el pasillo, pero volvió la cabeza en el umbral—. Y dile a Susanna que no es una buena noche para una persecución.

Susanna se acomodó en su banqueta favorita de El Bar de Jim cuando todavía quedaba una hora para reunirse con su marido: una cita a la que no pensaba asistir. Iris ya le estaba diciendo que era una testaruda al no querer hablar con él, y tal vez tuviera razón. No podía evitarlo. La situación se le iba de las manos y no sabía qué otra cosa hacer.

—Jim, ¿mi abuela te ha llamado testarudo alguna vez?

Jim le estaba sirviendo una Coca-Cola.

—Una vez al mes, más o menos.

—Es una palabra un tanto anticuada, ¿no crees? Testarudo.

—Funciona. Por qué, ¿es eso lo que eres?

—Lo que estoy siendo —señaló—. No lo que soy.

—¿Por qué estás siendo testaruda? —preguntó Jim, poniéndole el vaso delante.

—No puedo evitarlo —sabía lo que Jack haría si esperaba a las siete y media. Le leería la cartilla. Ella, Maggie y Ellen y la abuela no podrían separarse de él hasta que no tuviera la certeza de que Alice Parker no pretendía hacerles daño. Cuando se quedara tranquilo, podrían hacer lo que quisieran. Quizá, hasta les prohibiría ir al refugio. Susanna tomó un sorbo del refresco; sabía que Jim y Davey Ahearn la estaban mirando, Davey desde su banqueta de la otra punta de la barra—. Reconocerías a mi marido, ¿verdad?

—¿A Jack? Claro. Un tipo fuerte. Ranger de Texas.

—Con sombrero blanco de ala ancha —apuntó Davey.

—Es un profesional muy serio —dijo Susanna. Davey se encogió de hombros.

—Yo también, pero tengo que asegurarme de que no se me caen los pantalones.

—¿Y eso qué tiene que ver?

—Todos tenemos estereotipos contra los que luchar —replicó con arrogancia.

Jim intervino en la conversación moviendo la cabeza.

—No le hagas caso, Susanna. Jack está en Boston, ¿verdad?

Susanna tomó otro sorbo de refresco.

—Sí.

—¿Le has contado lo del hombre que te siguió?

A juzgar por su tono de voz, Jim ya sabía que no se lo había contado, pero Susanna lo negó con la cabeza de todas formas.

—Todavía no. Pero lo haré. No os adelantéis.

—Suzie y el teniente —dijo Davey, sin dirigirse a nadie en particular. Se volvió a Susanna frotándose su cuidado bigote—. Menuda pareja. Creo que todo este asunto de la separación no es más que una manera de animar vuestra vida sexual.

—¡Davey! —Susanna estuvo a punto de caerse de la banqueta—. Dios mío, no me extraña que tus tres últimas parejas te hayan dejado tirado. Jim... —se detuvo con brusquedad al advertir que Jim Haviland estaba sacando brillo a la barra con ahínco, concentrado en la tarea, aunque estaba impoluta. Entonces, se le hizo la luz—. Ah, ya entiendo. Jack ya se ha pasado por aquí, pero no pensabais decírmelo. Pensabais distraerme durante una hora con especulaciones sobre mi vida sexual y después... —sentía el calor que le subía a las mejillas—. ¡Para que luego digan que los hombres no se ayudan entre sí!

—¿Y las mujeres no? —resopló Davey.

—Estuvo aquí hace un rato —confesó Jim—. He comprendido mejor la situación hablando con él durante cinco minutos que contigo durante todo un año.

Susanna estaba palideciendo.

—Jim, no le contarías lo que te dije en Nochevieja, ¿verdad? Sobre ese hombre... el que mató a su mujer.

Jim lo negó con la cabeza, y Davey dijo:

—Eso va en contra del código de conducta de Jimmy. Del mío no, pero me echaría de aquí si abriera la bocaza. Jimmy cree que una mujer debería contarle a su marido que un hombre la ha seguido.

—Y yo —dijo Susanna—. En circunstancias normales.

—No hay circunstancias normales cuando un hombre acecha a una mujer —dijo Davey.

—Ya os lo dije... No me estaba siguiendo. No rompió ninguna ley, sencillamente...

—Te puso los pelos de punta —dijo Davey con suavidad, y Susanna pensó que, en el fondo, la comprendía.

No iba a acudir a la cita de Jack. No le importaba ser testaruda, ni siquiera insensata. No podía explicar su comportamiento.

Tenía el corazón desbocado y la cabeza como un bombo, pero en lo único que pensaba era en irse de allí, tan lejos de Alice Parker como le fuera posible... y de Jack, en su actitud de investigador experimentado, aplicando toda su formación y conocimientos no a extraños, sino a su propia familia. La irritaba. La asustaba. Se sentía expuesta, desnuda, vulnerable.

No quería pensar en Rachel McGarrity, asesinada delante de su propia casa, ni en Beau McGarrity, abriendo la puerta de la terraza y entrando en su cocina.

Quería ir a las montañas y andar con raquetas por la nieve, encender la chimenea y disfrutar de aquellas últimas vacaciones de invierno antes de que Maggie y Ellen se fueran a la universidad.

Plantó un par de dólares sobre la barra.

—Ya veo que, a vuestros ojos, soy culpable —intentó tomárselo a bien—. Jim, ¿puedes ponerme medio litro de la sopa de hoy? No quiero cocinar.

—Es crema de maíz —dijo Davey—, pero Jimmy le ha puesto curry. Sabe a rayos. Intenta complacer a las universitarias vegetarianas.

Jim suspiró.

—Probé una nueva receta —se volvió hacia Susanna—. ¿A qué hora salís mañana?

Susanna tomó un sorbo de su refresco, se afianzó la correa del bolso en el hombro y fingió no estar prestando atención. Davey no picó.

—Vaya, vaya, Jimmy. Nuestra Suzie va a largarse a espaldas de Jack Galway, ranger de Texas —chasqueó la lengua—. Maldita sea, Suzie. No te tomaba por una cobarde.

—Olvídate de la sopa —dijo Susanna, y empujó el vaso medio lleno de refresco hacia Jim—. Pararé en un burger por el camino —se bajó de la banqueta sintiendo que las rodillas no la sostenían muy bien–. Puedes contarle a Jack lo que quieras.

–No le cuentes nada, Jimmy –dijo Davey–. Se liará a tiros en el local.

Susanna se abrochó el abrigo. No se lo había llegado a quitar.

–Por una vez –dijo–, Davey tiene algo de razón. Jack no se liará a tiros en el local, pero no tengo derecho a pedirte que me hagas el trabajo sucio. No le digas nada. Ya lo averiguará él solito.

Davey la miró de soslayo; moviendo el bigote al tiempo que la cabeza.

–Sabes, pequeña, a veces lo cortés no quita lo valiente.

–¿Quieres decir que debería ceder y hacer lo que Jack me pide, reunirme aquí con él?

–Por Dios, Susanna, sabes muy bien que esto no tiene nada que ver conque te piques porque tu marido te ha pedido que te reúnas aquí con él. Tiene que ver con que no quieres confesar.

–¿Confesar? Con eso lo has dicho todo. Como si él fuese el interrogador y yo la criminal culpable...

Davey se encogió de hombros.

–Sí, eso es.

No, no era eso, pensó Susanna. Estaba intranquila por la presencia de Alice Parker en el barrio, y desconcertada por la presencia de Jack en Boston. No podía pensar con claridad. Era racional en los demás aspectos de su vida, pero en lo referente a la seguridad de Iris y de sus hijas y a su relación con Jack, a veces, tenía que recurrir a su instinto de supervivencia. O, al menos, creer que lo hacía.

–Vamos, Davey –dijo, haciendo un esfuerzo por sonreír–. Sabes que no puedo quedarme.

–¿Por qué no? –tomó el vaso de cerveza; su plato de

crema de maíz al curry seguía intacto–. ¿Qué puedes perder?

Jim gruñó con sagacidad.

–Una hora de delantera.

Alice estaba sudando dentro del anorak, el gorro y los guantes. Destin había apagado la calefacción del coche, aunque, de todas formas, no funcionaba muy bien. Se quitó los guantes, fijándose en que Destin estaba tamborileando con los dedos sobre el asiento. Habían urdido un plan terrible pero, por el momento, ninguno de los dos se había echado atrás.

Estaban aparcados delante de la casa de Iris, al otro lado de la calle. Susanna se acababa de marchar con Iris y con las gemelas a pasar una semana en las montañas. Iris le había contado a Alice sus dudas respecto al viaje: no había estado en Blackwater Lake desde que se marchó de allí con su hijo hacía más de cincuenta años.

—No podemos hacerlo a ciegas —dijo Alice, sin mirar a Destin—. Necesitamos obtener información. Susanna nos quitará de en medio si cometemos el más mínimo error.

Su plan era apenas un esbozo. Con Susanna, Iris y las gemelas fuera de la ciudad, Destin y ella podrían colarse en la casa y echar un vistazo. Podrían leer los informes financieros de Susanna. Destin sabría cómo encontrarlos, y, así, podrían decidir cómo abordarla... y cuánto sacarle para que Susanna considerara más cómodo darles el dinero que acudir a las autoridades.

El coche estaba otra vez frío, y Destin empezó a tocar los mandos de la calefacción. Ya se había quejado de no poder comprarse un coche nuevo con el que sustituir el BMW.

—No sabes lo que es que te embarguen un BMW.

—No, Destin, no lo sé —le dijo Alice—. De eso puedes estar seguro.

—Ves cómo la cotización de tus acciones se va a pique y cómo los ceros de tu patrimonio neto desaparecen... pero que te embarguen el BMW, eso es la cruda realidad. Es tangible.

Le estaba poniendo dolor de cabeza. Una celda sí que era tangible, pensó Alice. Un año en chirona por corrupción sí que era la cruda realidad.

Destin aporreó los mandos de la calefacción.

—¡Detesto el invierno! Hace un año, podía pasar un fin de semana en la playa y descansar. Ahora... —se recostó en el asiento—. Ahora tengo que invertirlo todo en volver a salir adelante.

—Eso es, Destin. Concentrémonos en eso.

Sonó el móvil, y Alice se lo sacó del anorak. Sabía que era Beau McGarrity; nadie más tenía su número. Sentía un nudo en la garganta, y notaba la torpeza de sus manos, el miedo devorándole las entrañas. No podía permitir que Destin se percatara. Debía creer que era dura y dueña de sí, apta para el plan que iban a llevar a cabo. No podía correr el riesgo de que escurriera el bulto o, peor aún, de que creyera que él tenía que asumir el mando.

—Creo que no piensas irte —dijo Beau. Alice se humedeció los labios; los tenía cortados por el frío seco de su viejo coche.

—Yo no diría eso. En cuanto tenga el dinero, pienso irme a Australia y empezar de cero.

—Jack Galway ha salido hoy para Boston. Tú estás en Boston. Sam Temple, otro ranger, está husmeando por mi casa —el tono de Beau era práctico, pero Alice sabía que no se trataba de una llamada de cortesía—. Si me la estás jugando...

Alice se puso rígida.

—Mira quién fue a hablar. Fue usted quien quiso achacarme el asesinato, señor Beau. No me hace ninguna gracia. Estoy dispuesta a correr un tupido velo...

—Por cincuenta de los grandes.

—Así es.

Beau hizo una pausa; guardó silencio durante tres largos segundos. Alice los contó. Ya pensaba que había perdido la comunicación cuando Beau dijo, casi distraído:

—Nunca me he fiado de Susanna Galway.

Alice sentía el aire caliente del coche en la cara, secándole la piel, las fosas nasales. Destin seguía tamborileando con los dedos sobre su rodilla y mirando por el parabrisas. Alice había cubierto de nieve y barro las placas de Texas de su coche, por si acaso Jack Galway pasaba por allí. Lo había visto antes llamando a la casa de Iris.

—Oye —dijo—. Quizá no fue muy acertado que me presentara en tu casa aquel día. Me acababan de soltar y no pensaba con claridad...

—Consigue la cinta —la voz de Beau era firme, pensativa—. Quiero saber por qué la señora Galway no la destruyó ni se la dio a su marido. Quiero saber por qué la guardó.

—Las respuestas no son parte del trato. Oiga, señor Beau... —Alice intentaba parecer animada, llena de fanfarronería y aplomo—. No me debe nada hasta que no le dé mi parte –no quería decir que iba en busca de una cinta por si acaso Destin estaba escuchando, para variar; no solía prestar atención a las conversaciones a no ser que girasen en torno a él. No le había hablado de Beau ni de la cinta: no quería asustarlo. Destin podía ser su vía de escape de todo aquel lío–. Lo mismo se ha deshecho de ella y yo estoy aquí, perdiendo el tiempo. Pero lo averiguaré, ¿entendido?

–Haz eso.

Beau cortó la comunicación, y Alice suspiró de alivio; un reguero de sudor le recorría la espalda. Apagó la calefacción del coche y miró a Destin.

–No sé si podemos esperar a que Susanna llegue a las montañas. Se nos agota el tiempo. Tú tienes tus problemas y yo los míos.

Destin asintió, entusiasmado.

–Los Adirondacks son increíbles. Pensé en comprarme una casa en Lake Placid, pero me decidí por un apartamento en White Mountains... claro que tuve que venderlo para paliar los gastos. Salí perdiendo. Lo que quiero es comprarme otro en Aspen, Colorado.

Lo que Alice quería hacer era amordazarlo.

–Iris me dio una llave de su casa. Me pidió que le regara las plantas y le recogiera el correo durante su ausencia. Debe de haber olvidado que la tengo, porque no me ha pedido que se la devolviera.

–Estupendo –Destin sonrió; cada vez parecía menos dispuesto a echarse atrás–. Podemos entrar por la puerta sin forzar la cerradura. Ni siquiera será allanamiento de morada.

Bueno, lo sería si dejaban la casa patas arriba, pero Alice no pensaba decírselo.

–¿Estás listo?

Destin ni siquiera vaciló.

—Adelante.

Antes incluso de entrar en El Bar de Jim, Jack supo que había cometido un error táctico con Susanna. Varios, de hecho. No la había llamado para avisarla de su llegada, no le había hecho el amor en la oficina y le había dado la orden de que se reuniera con él. Con lo cual, debía de tener las defensas en alerta roja.

Conocía a su mujer.

Se acercó a la barra.

—¿Me ha dado plantón?

—Me temo que sí —dijo Jim Haviland.

Davey Ahearn se volvió desde su banqueta en la otra punta de la barra. Jack creía haber visto al fontanero sentado en aquella misma banqueta, veinte años atrás, durante su primera visita a aquel barrio. Davey cenaba allí todos los días pero sólo tomaba una cerveza cada noche. Que él y Jim Haviland siguieran siendo amigos de Kevin Dunning, el padre artista de Susanna, lo maravillaba.

—La vi salir de aquí como alma que lleva el diablo hace tres cuartos de hora —dijo Davey—. Iris en el asiento delantero y Maggie y Ellen en el de atrás, con el coche cargado hasta los topes. Deben de haber hecho el equipaje en tiempo récord.

—¿Sabéis dónde está ese refugio? —preguntó Jack, con los labios apretados.

—En Blackwater Lake —dijo Jim—. Es lo único que sabemos.

Jack asintió y salió del bar sin añadir palabra. Mientras se alejaba, creyó oír a Davey Ahearn suspirar de alivio.

La temperatura había caído en picado con la puesta de

sol, pero no notaba el frío. Anduvo hasta la casa de Iris y usó la llave que tenía de la casa. Debería haberse quedado con ella esperando a que Susanna y las gemelas volvieran a casa y, después, haber salido a realizar sus gestiones. En cambio, se había pasado por el bar, se había presentado en la comisaría de policía para ver si sabían algo de Alice Parker o de Audrey Melbourne y había llamado a Sam Temple.

La casa estaba tranquila y fría; habían dejado la calefacción al mínimo. Jack encendió la luz del pasillo y empezó a subir por la escalera alfombrada, pensando en buscar en el dormitorio de Susanna algún dato sobre el refugio. Quería una dirección, un número, la sensación de que su familia estaba a salvo allí. Después, decidiría si era preciso viajar a los Adirondacks o quedarse a buscar a Alice Parker.

Todavía no había visto a sus hijas.

Se detuvo en el rellano y llamó a Susanna al móvil, pero oyó una grabación de que lo tenía apagado o fuera de cobertura. Maldición, lo había desconectado.

Susanna ocupaba la habitación delantera del final del pasillo, donde siempre se habían alojado durante sus visitas a Boston. Se preguntó si yacería despierta en la amplia cama, recordando las veces que habían hecho allí el amor, en silencio, susurrando en la oscuridad, creyendo que nada se interpondría jamás entre su amor: ni el trabajo, ni el dinero... Nada.

¿Qué diablos había pasado?

Se detuvo en el umbral del dormitorio. Las cortinas estaban echadas, pero a la habitación llegaba el tenue resplandor de la luz del pasillo de abajo. Buscó a tientas el interruptor de la luz.

Oyó una inspiración brusca y supo que era demasiado tarde. Se puso en guardia y logró esquivar un poco el golpe que acabaron asestándole detrás de la oreja izquierda. El dolor estalló en la cabeza y se propagó por mandíbula y cuello. Guiándose por el instinto y su formación, alargó el brazo y arrebató el arma a su atacante antes de que éste pudiera golpearlo otra vez.

Era un palo, algo largo y delgado. Rasgó el aire con él, intentando agredir a su atacante y hacerlo perder el equilibrio, pero quienquiera que fuese ya se había alejado por el pasillo.

Se oían pisadas frenéticas por las escaleras. Jack se inclinó hacia delante, sobre las rodillas, tratando de mantenerse consciente.

Olía a lavanda en la habitación a oscuras. Lo reconocía porque era el aroma favorito de Susanna.

Oía voces. Susurros en el vestíbulo principal.

Sofocó una oleada de náuseas, se puso en pie a duras penas y, tambaleándose, buscó el interruptor. La luz lo deslumbró. Sentía un hormigueo en la cara, y veía puntos negros. La sangre le palpitaba en la cabeza.

Lo habían golpeado con uno de los bastones de Iris: ésa era el arma que había arrebatado a su atacante. No lo soltó. ¿Unos ladrones que aprovechaban la ausencia de los ocupantes de la casa? Podían haber visto a Susanna, Iris, Maggie y Ellen cargando el coche y saliendo de viaje y haberse decidido a entrar. Posible pero no probable.

Se palpó el pelo detrás de la oreja. Tenía sangre. Era una herida fea.

Con el bastón en la mano, bajó las escaleras y recorrió el pasillo hasta la parte de atrás de la casa. Oyó que una puerta se cerraba con fuerza más allá. Reprimió el dolor y las náuseas y se adentró deprisa en la cocina y, después, en el pequeño porche trasero. Sintió la bofetada del frío invernal. Oía a un perro ladrar en el barrio, música, coches por la calle. El jardín estaba tranquilo; las luces de las casas vecinas arrojaban sombras inquietantes sobre la nieve.

El dolor agudo de la cabeza pasó a ser un martilleo constante. Se olvidó de él y recorrió el camino abierto entre la nieve hasta la entrada de la antigua casa de Iris. Nada. Los intrusos habían salido de allí pitando.

Jack tomó un puñado de nieve, se lo aplicó al chichón de la cabeza y regresó a la cocina. Metió un par de cubitos de hielo en una bolsa de plástico para sándwiches y reparó en la pila de libros que había sobre la mesa. Su mujer, sus hijas y Iris Dunning, a sus ochenta y dos años, estaban solas en la carretera.

Jack no perdió tiempo registrando a fondo la habitación de Susanna. Encontraría Blackwater Lake y el refugio por sus propios medios. No necesitaba direcciones precisas.

Cerró la casa con llave y regresó a El Bar de Jim.

Estaba atestado; Davey Ahearn discutía con unos obreros sobre las posibilidades que tenían los Red Sox aquella temporada. Jack no se sentó; le resumió a Jim lo ocurrido en la casa de Iris.

—Blackwater Lake. ¿Puedes darme una idea general de dónde está?

—En la región de High Peaks —dijo Jim—. ¿Quieres una bolsa de hielo para esa herida?

—Te lo agradecería.

Jim tomó la bolsa de plástico con cubitos medio derretidos, desapareció en la cocina y regresó medio minuto después con una bolsa de hielo.

—Puedo llamar a la policía —le dijo a Jack.

—No quiero que me entretengan; los llamaré cuando esté en camino. No les hará gracia —Jack se puso la bolsa de hielo en el chichón y apretó los dientes con desagrado—. No vi venir el golpe. Maldita sea; no habían forzado la puerta. Las ventanas estaban intactas. ¿Quién más tiene una llave?

—¿De la casa de Iris? El mundo entero.

Jack asintió, gesto que lamentó de inmediato, porque el dolor se le extendió a los dientes y detrás de los ojos.

—¿Audrey Melbourne?

—No lo sé. Ha visto mucho a Iris durante estas semanas. Puede que Iris le pidiera que le cuidara la casa mientras estaba en las montañas, antes de que Susanna la descubriera —Jim Haviland llenó un plato de crema de maíz al curry y se lo puso delante—. Tienes que comer algo antes de ponerte en camino. Te serviría un whisky, pero te espera un largo viaje hasta los Adirondacks.

—No es una mujer dócil —dijo Jack. Jim parecía comprender que se refería a Susanna.

—No, no lo es.

—Eso es un eufemismo —señaló Davey Ahearn. Se acercó con andares lentos y desplegó un mapa sobre la barra, junto a la crema de Jack—. Claro que no nos caería tan bien si fuera demasiado dócil —después, pasó a darle indicaciones sobre cómo llegar a Blackwater Lake, marcándole el recorrido con un bolígrafo rojo—. La adrenalina te mantendrá despierto —concluyó, y regresó a su banqueta.

La crema estaba fuerte y caliente, pero no le sentó muy bien. Jack comió todos los crackers mientras estudiaba la ruta. Pike, Northway, Blackwater Lake. Llegaría sin perder el conocimiento.

—Cuidado con los alces —dijo Davey—. Chocas contra sus patas, se caen sobre el parabrisas y mueres aplastado.

Alces. Diablos.

—Gracias por la advertencia —Jack plegó el mapa y se lo guardó en el bolsillo de la chaqueta—. Tendré que alquilar un coche.

Davey rechazó la idea con un ademán.

—No hace falta; yo tengo medio de transporte. Me he comprado una camioneta nueva, pero todavía no me he deshecho de la vieja. Es tuya el tiempo que la necesites —se sacó las llaves del bolsillo del pantalón y miró a Jack con una sonrisa irónica—. A veces, pienso que si hubiera ido tras una ex esposa o dos en lugar de decir: al cuerno, no pasaría aquí todas las noches.

Jim Haviland movía la cabeza con burlona exasperación.

—Se engaña a sí mismo, Jack. Han sido sus mujeres quienes lo han espantado. Se alegraron de librarse de él y viceversa. La vida de casado no le va. Su camioneta está en buen estado. Pide un ojo de la cara por ella, por eso no la ha vendido todavía.

—Pido un precio justo —se quejó Davey.

Los obreros que, al parecer, habían echado un vistazo a la camioneta, profirieron exclamaciones de protesta desde su mesa, y estalló una nueva discusión. Jack logró hacerse con las llaves y averiguar dónde estaba aparcada y se fue.

Los charcos de la nieve derretida se estaban helando, creando traicioneras franjas de hielo negro. Las casas y las farolas refulgían en la fría oscuridad. Jack atravesó la calle. Susanna debía de estar muy cabreada para haberse marchado aquella noche.

Y asustada. Salvo que nunca le hacía gracia reconocer que tenía miedo, incluso trataba de negárselo a sí misma. Era mejor ponerse furiosa y obstinada, guardar secretos. Huir.

La camioneta de Davey Ahearn olía a humo de cigarrillos pero, por lo demás, estaba impecable. El motor arrancó al primer intento. Parecía funcionar bien.

Susanna sabía calcular los beneficios de sus inversiones

hasta el último centavo, pero no se le ocurriría calcular lo que pasaría si lo dejaba plantado en un bar de Boston y partía hacia la espesura sin decírselo.

Y, para colmo, le habían dado un golpe en la cabeza.

El viaje a los Adirondacks duraría de cinco a seis horas, pero Jack dudaba que su humor mejorara durante el trayecto.

Susanna pagó el peaje a la salida de la autopista de Massachusetts Turnpike y siguió rumbo al oeste, adentrándose en el estado de Nueva York. Había encendido el móvil y les había dicho a Maggie y a Ellen que su padre se había presentado en Boston.

Ellen suspiró desde el asiento de atrás.

—Le dijimos que no se comportara como un ranger, implacable y reservado. Sabe que te pone furiosa.

—Y estaba furiosa —reconoció Susanna—. Ahora, no tanto.

—No —dijo Maggie—. Porque es él quien lo está. Es un fenómeno que estudiamos en clase de psicología.

Un semestre de psicología y ya era una experta. Susanna miró a Iris de soslayo; contemplaba el paisaje oscuro por la ventanilla, manteniéndose al margen de la conversación.

—No puedo creer que lo dejaras plantado —dijo Ellen, incrédula—. Caray, mamá.

—No intentaba provocarlo —suspiró Susanna, que ni siquiera sabía explicarse a sí misma su intención—. No se trata sólo de que se haya presentado sin avisar. Sinceramente, estoy molesta con todo este asunto de Alice Parker.

Ellen no lo entendía.

—Pero, mamá, papá es un ranger de Texas. Puede ayudarnos a averiguar qué es lo que pasa, por qué está aquí, por qué nos mintió. Fue él quien la detuvo.

—Ellen tiene razón —dijo Maggie con sabiduría—. Alice Parker es responsabilidad de papá. Si se tratara de dinero o de uno de tus clientes, querrías que él oyera tus consejos y respetara tu preparación.

—Esto no tiene que ver sólo con tu padre —dijo Susanna con voz firme, haciendo caso omiso del nudo de pánico que sentía en el vientre—. Sino con todos nosotros. Normalmente, su trabajo no nos afecta de esta manera. Oye, arreglaremos este asunto entre vuestro padre y yo —sonrió a las gemelas por el espejo retrovisor—. No os preocupéis. Concentrémonos en pasárnoslo bien en las montañas.

Hicieron un alto para llenar el depósito al norte de Albany. Mientras Iris y las gemelas se desperdigaban por el servicio y las estanterías de golosinas, Susanna buscó un rincón y marcó el número del móvil de Jack.

Jack contestó al segundo timbrazo, y ella inspiró con brusquedad al oír su voz. Ni siquiera el sí sonaba complacido o paciente. Claro que, en su lugar, ella tampoco lo estaría.

—Soy yo —dijo—. Estamos haciendo una parada corta a unos quince kilómetros al norte de Albany.

—No me lleváis mucha delantera.

—¿Qué?

—Davey Ahearn me ha prestado una camioneta.

—Jack, no tienes por qué venir a los Adirondacks con nosotras. Alice Parker está en Boston...

—Tengo indicaciones para llegar al lago, pero no al refugio. ¿Vas a dármelas tú o tendré que apañármelas solo?

Susanna abrió una puerta de cristal y extrajo un botellín de agua fría; le temblaban las rodillas. Había ocurrido algo; se lo notaba en la voz. No estaba irritado y de mal humor sólo porque hubiese salido corriendo de Boston, no la estaba siguiendo para vengarse. También estaba preocupado, no sólo frustrado con ella.

—¿Ha ocurrido algo? Jack...

—Estoy perdiendo la señal. Ya hablaremos después.

Susanna se apresuró a darle indicaciones.

—Jack...

—Nos vemos dentro de unas horas.

Se cortó la comunicación, y Susanna tomó su bolsa de patatas fritas y se reunió con Iris, Maggie y Ellen en la caja.

—¿Has hablado con papá? —preguntó Ellen.

—Sí, viene hacia aquí.

Ellen rió.

—¿Quieres decir que nos está siguiendo a Blackwater Lake? Genial. Me muero por verlo con raquetas de nieve.

Maggie miró a su madre con ojos entornados.

—Mamá, ¿va todo bien?

—Que yo sepa, sí.

Iris se mostraba recelosa, pero no dijo nada. Amontonaron las golosinas en el mostrador, Susanna pagó, y regresaron al coche. Las temperaturas habían descendido ostensiblemente, y era noche cerrada. A medida que avanzaban hacia el norte, se cruzaban con menos coches por la carretera. Iris, Maggie y Ellen se quedaron dormidas, y Susanna se concentró en la carretera, intentando no pensar en Jack siguiéndola a equis kilómetros de distancia. Grandes salientes rocosos y altos árboles perennes flanqueaban el camino, y debía estar pendiente de los alces, los ciervos, las placas de hielo y de no sucumbir al sueño. En resumen: debería haberse ceñido a su plan de partir al día siguiente.

A tres horas al norte de Albany, tomó la salida correspondiente, una carretera estrecha y serpenteante que atravesaba el pueblo de Keene Valley. Estaban en la región de High Peaks, en el parque nacional de los montes Adirondacks, una reserva de seis millones de acres de tierra privada y estatal en la parte norte del estado de Nueva York. Contaba con treinta mil ríos y arroyos, más de dos mil lagos y estanques y cuarenta montes de más de setecientos cincuenta metros de altura.

El lago Blackwater era profundo, frío y ácido, y estaba situado entre los pueblos turísticos de Saranac Lake y Lake Placid.

Iris se despertó, como si presintiera que se acercaba a su hogar de la niñez.

—Aquí se respira distinto. ¿Lo notas?

—Sí —Susanna sonrió a su abuela—. Hace mucho más frío.

Pasaron junto al albergue del lago, una casa de distribución irregular, situada junto a la orilla, que había sido propiedad de los padres de Iris cuando era niña. Susanna bordeó el lago hasta que se desvió de la carretera principal y tomó una estrecha senda helada. Las gemelas se despertaron con los baches.

—Dios —susurró Maggie—. Está tan oscuro aquí arriba...

—¿Y el frío? —preguntó Ellen—. Debemos de estar a muchos grados bajo cero. Papá pondrá el grito en el cielo.

La senda de tierra se dividía en dos caminos de acceso, y Susanna tomó el de la izquierda, que conducía directamente a la puerta de atrás del refugio. No había garaje. Aparcó y apagó el motor; en el coche reinaba el silencio. Maggie se inclinó hacia delante y susurró:

—Abuela, no puedo creer que te criaras aquí. Este sitio me pone los pelos de punta.

—Porque no estás acostumbrada —replicó Iris—. A mí Boston también me ponía los pelos de punta al principio.

Todos esos edificios, y tanta gente, tantas farolas que impedían ver las estrellas... –inspiró hondo, abrió la puerta y alzó la vista al cielo tachonado de estrellas–. Está igual que como lo recuerdo.

A Susanna la preocupaban cuestiones más prácticas. Salió al aire frío y seco, abrió el maletero de su ranchera con tracción en las cuatro ruedas e instó a las gemelas a que la ayudaran. La casa estaba abierta, el propietario se había encargado de limpiarla y de abastecerla de provisiones.

Maggie se estremeció en el aire gélido y quieto. Susanna movió la cabeza.

–Tendrías menos frío si no llevaras un abrigo de 1957.

–No te preocupes, me he traído toda la ropa de invierno. No pienso morirme de frío aquí arriba –Maggie tomó una mochila y se la echó al hombro; después, tomó otra–. Vamos a tener que hacer mil viajes.

Ellen cargó con todo lo que podía.

–¿Por qué no entramos y encendemos algunas luces?

Maggie y ella se alejaron hacia la puerta de atrás, e Iris las siguió a paso más lento. No hacía viento, no se oía ningún ruido en la cercana espesura ni en el lago cubierto de nieve.

El interior del refugio se iluminó, y las gemelas profirieron exclamaciones de placer. Susanna las oía correr de un lado a otro, echando un vistazo a la amplia cocina, la chimenea de piedra del salón, las ventanas que daban al lago, el dormitorio de la planta baja... Subieron las escaleras hasta las dos habitaciones de la planta superior. Susanna entró detrás de su abuela en el porche cerrado de atrás y en la cocina, con sus cálidos colores.

–¿Por qué no te acuestas, abuela? Ya desharemos mañana el equipaje. Puedes ocupar el dormitorio de abajo.

Iris lo negó con la cabeza.

Se había puesto su gorro de punto rojo, pero parecía cansada por el largo viaje; todos y cada uno de sus ochenta y dos años se hacían evidentes en su rostro.

—No, dormiré arriba. Quizá Jack y tú necesitéis un poco de intimidad.

—Abuela...

Iris sonrió.

—He dicho «quizá».

Maggie y Ellen bajaron con estrépito las escaleras.

—¡Mamá, esta casa es genial! —exclamó Ellen—. Me muero de ganas de encender un fuego. ¡Mira qué chimenea! Cuando dijiste que era un refugio, pensé en *La casa de la pradera* o en Daniel Boone.

—Es preciosa —dijo Maggie, más comedida, pero igual de complacida por la elección de su madre.

Habían dejado casi todo el equipaje amontonado en el suelo de la cocina. Buscaron sus mochilas, cansadas después del largo viaje. Ellen tomó la maleta de Iris, y Maggie agarró del brazo a su bisabuela.

—Te acompañaré escaleras arriba, no vayas a caerte la primera noche que estamos aquí. Te tendrían que llevar en helicóptero a un hospital.

—Hay un hospital muy cerca, en Saranac Lake —dijo Iris.

Ellen atravesó el salón, pero se detuvo al pie de la escalera y se volvió hacia su madre.

—¿Esperamos levantadas a papá?

Susanna lo negó con la cabeza.

—No, subid a acostaros —le dijo—. Yo lo espero levantada.

Mientras esperaba a Jack, Susanna arrastró su maleta al dormitorio de la planta baja y lo guardó todo en la cómoda y el armario de roble. La cama de matrimonio ya estaba hecha, con una manta eléctrica y un suave edredón doblado a los pies. Tenía un baño completo contiguo, con toallas de color morado y velas con aromas del bosque. Susanna guardó sus accesorios de baño y se preguntó si tendría tiempo para darse un baño. Decidió, sin embargo, que no sería muy acertado que Jack la encontrara en la bañera si todavía estaba echando humo.

Desechó la imagen y pasó por alto la sacudida de deseo para concentrarse solamente en relajarse en la vivienda. Podría ir allí en verano y pintarla, sustituir las alfombras, comprar muebles nuevos... hacerla suya. Sus padres estarían en Lake Champlain.

Pensar en el futuro no era fácil. ¿Cómo sería su vida dentro de cuatro, cinco o seis meses? ¿Cómo quería que fuera?

Oyó el zumbido del motor de una camioneta y vio los haces de los faros que atravesaron la ventana del dormitorio. Regresó corriendo a la cocina y miró por la ventana que estaba encima de la pila. La camioneta de Davey Ahearn se detuvo con brusquedad detrás de la ranchera. La puerta del conductor se abrió y cerró con estrépito.

Distinguió la silueta alta de Jack mientras caminaba hacia la casa. No llamó. La puerta del porche trasero crujió al abrirse, se cerró y Jack se materializó en el umbral de la cocina. Sin abrigo, sin sombrero, sin guantes, con todos los músculos del cuerpo rígidos... pero estaba pálido.

Susanna dio un paso hacia él.

—Jack, ¿qué ocurre?

Jack alzó una mano para detenerla. Sin decir palabra, se dirigió a la pila y vomitó. No mucho, pero con violencia.

Susanna maldijo entre dientes y regresó al cuarto de baño del dormitorio para humedecer una toalla pequeña con agua fría. Ella también tenía un poco de náuseas.

Cuando regresó a la cocina, Jack ya había aclarado la pila y tenía la cabeza bajo el grifo; el agua fría corría por su pelo y cara. Bebió cinco tragos de agua sin parar, y se aclaró la boca.

—Maldita crema de maíz al curry. Debí imaginar que no la toleraría.

Levantó la cabeza de debajo del grifo y se recostó en el mostrador; le quitó la toalla a Susanna y se la puso detrás de la oreja, mientras el agua se deslizaba en regueros por su cuello, hasta la camisa vaquera.

—Jack... Dios mío, ¿qué ha pasado? —Susanna vio la sangre seca en los dedos de Jack y retiró un poco la toalla; hizo una mueca al ver el tajo de dos centímetros y el chichón—. ¿Has conducido en estas condiciones? Podrías haber perdido el conocimiento. Deberías haber ido a urgencias.

—Debería haber prestado más atención —sus ojos, torturados por el dolor y muy oscuros, la taladraron–. Pero estaba pensando en ti.

—Maldiciéndome, quieres decir. ¿Quieres hielo?

—No. Pero gracias –añadió sin suavizar el tono de voz.

Susanna bajó la mano, pero permaneció junto a él.

—¿Fue Alice?

—No lo sé. Me golpearon por detrás, el pasillo estaba a oscuras... no vi nada. Cuando me levanté, ya habían huido.

—¿Dónde ocurrió?

—En tu dormitorio.

Susanna palideció.

—¿En casa de la abuela? Te atacaron...

—Sí. Me atacaron en casa de Iris. Fui allí al ver que no aparecías en El Bar de Jim. Había alguien arriba: dos personas, si no me equivoco –soltó la toalla en la pila; tenía mejor color en el rostro–. Se escaparon antes de que pudiera alcanzarlos.

—¿Llamaste a la policía?

—Al salir de la ciudad. No les hizo gracia que me fuera, pero lo superarán. No encontrarán nada. Podría ser que me hubiera tropezado con dos amigas de Iris y me hubiesen tomado a mí por un intruso.

—Pero eso no te lo crees –dijo Susanna, poniéndose rígida para no empezar a temblar.

—No.

—Debería haber estado allí. Me siento tan culpable...

Jack la estaba abrasando con la mirada.

—Me alegro.

—Merezco que lo digas –asintió Susanna.

—Y tanto que sí –pero, en aquella ocasión, su voz se suavizó–. ¿Es que nunca piensas en las consecuencias?

—Siempre. Día sí y día no en mi trabajo, con Maggie y Ellen, con la abuela. Pero contigo, no.

Aquello bastó.

Jack le pasó un brazo por la espalda y la atrajo hacia él, usando la mano libre para acariciarle los labios.

—Susanna... Maldita sea... —un destello asomó a su mirada—. No debería haber dicho que te perseguiría. ¿Te lo contó Iris?

—Ya lo creo. Me contó hasta la última palabra. Fue un comentario provocativo, pero... —se detuvo, y tomó aire cuando Jack hundió los dedos en su melena para luego posar la palma en su nuca—. ¿No te duele la cabeza?

—Mucho.

Jack le hablaba junto a la boca, mientras la atraía hacia él. Susanna notaba que estaba completamente excitado, a los pocos minutos de entrar en la cocina y de vomitar en la pila. La besó, un beso duro y profundo, ávido. Sabía a agua de manantial, y Susanna tuvo que sofocar un gemido. Después de tantos años juntos, Jack conocía todos sus puntos flacos, todas sus reacciones. Sabía cómo besarla, cómo tocarla.

—No deberíamos... —susurró—. Tu cabeza...

—Me estalla. Me lleva estallando durante quinientos cincuenta kilómetros, mientras pensaba en lo que haría cuando te tuviera delante.

—¿Y era esto?

—Esto no era más que el principio —le puso las dos manos en las caderas y la atrajo hacia él, embistiéndola, como si estuviera dentro de ella. Tenía la mirada inescrutable y, si le dolía la herida de la cabeza, no prestaba atención a la molestia—. ¿Dónde tienes la cama?

—Jack... Deberíamos...

Pero no la estaba escuchando, y ella señaló el dormitorio, trémula de deseo. Aquello era lo que había deseado desde que lo había visto apoyado en la gárgola, delante de su oficina. Era su marido, el único hombre al que había amado, y quería que le hiciera el amor.

Jack le pasó un brazo por la espalda y la condujo al dormitorio. Susanna podría haberse negado, haber alegado que debían esperar y hablar al día siguiente, o en aquel mismo momento. Podría habérselo pensado mejor, pero llevaba soñando con aquel instante desde que había sabido que Jack la seguía.

La tumbó sobre la cama y le quitó primero los pantalones a ella, después los de él. Nada de sutilezas, nada de romanticismo, nada de «arrullos». No tenía paciencia para esos preámbulos, y Susanna tampoco.

—Maldita sea, Susanna —dijo entre dientes—. Sabes cómo volverme loco.

Se unieron con furor y, de repente, Susanna tuvo la impresión de estar con un desconocido, no con su amante de hacía veinte años, no con el hombre con quien se había casado nada más licenciarse. Recordó lo que habían dicho sus hijas; que Jack había cambiado, que estaba más irritable.

El pensamiento se esfumó, anulado por la sensación de tenerlo dentro, y su propia liberación repentina. No la había visto venir, y gimió mientras él seguía con ella, siguiéndole el ritmo, sin aflojar hasta que no obtuvo su propio éxtasis.

—Me gustaría encerrarme contigo en este refugio durante tres días —dijo, todavía dentro de ella, con el rostro perdido en las sombras— y arreglar las cosas entre nosotros.

Ella le puso una mano en su piel cálida y firme.

—Este aspecto de nuestra relación no es problemático.

Jack unió sus labios a los de ella, como para confirmar sus palabras.

—O estamos casados o no lo estamos —le separó los labios con la lengua–. No voy a recorrer tres mil kilómetros en avión y viajar en coche a las montañas para hacer el amor con mi esposa.

–No es por eso por lo que has venido.

–¿Ah, no?

Se incorporó un poco, le levantó el jersey y le soltó el sujetador. Tomó un pezón dentro de la boca y Susanna creyó que se derretiría sobre las sábanas, que se desharía por completo. Lo agarró de las caderas y volvió a introducirlo dentro de ella, memorizando la sensación de tenerlo dentro, como si aquello no hubiese pasado nunca y quizá no volviera a suceder. Se perdió en los movimientos y, en aquella ocasión, cuando alcanzó el éxtasis, fue consciente de que Jack la estaba observando, como si aquella fuera la imagen que lo hubiera sostenido durante su largo y doloroso trayecto a Blackwater Lake.

Pero, antes de que pudiera percatarse de lo que ocurría, Jack estaba otra vez en pie, recogiendo sus pantalones. Se los puso, se inclinó sobre ella y la besó con suavidad.

–Una cura excelente para la herida de la cabeza.

Ella lo miró entre las sombras.

–Parezco una lujuriosa. Cielos, ni siquiera he esperado a que me desnudaras del todo –sonrió–. Y luego hablas de pensar en las consecuencias.

–Sabías que pasaría esto cuando decidiste darme plantón. El golpe en la cabeza fue la única sorpresa –Jack le sonrió–. Te tuve un poco preocupada cuando vacié el estómago.

–Si insinúas que tramé esto, que quería que viajaras hasta aquí y te abalanzaras... –no terminó. No había forma humana de ganar aquella batalla después de lo que acababan de hacer–. Hay un sofá cama en el rellano de arriba –por eso vivía con Iris, pensó. ¿Quién podía pensar con claridad con Jack Galway delante?–. Si mueres mientras duermes, te lo tienes merecido.

–Al menos, dormiré –repuso Jack, riendo con suavidad, sagaz, mientras cerraba la puerta al salir.

Cuando Maggie y Ellen se despertaron y empezaron a hacer ruido en la habitación de al lado, Jack se dijo que ignoraban que tenía un penetrante dolor de cabeza. No sabían que le habían asestado un bastonazo, que había vomitado crema de maíz al curry y que casi había muerto haciéndole el amor a su madre. O que apenas había pegado ojo, soportando el dolor y pensando que, al menos, debería haberla desnudado como era debido. Eso habría sido más romántico. Sin embargo, habría tenido muchas posibilidades de perder el conocimiento antes de terminar y, además, había estado ansioso por llegar a la parte crucial.

Ella también, si no recordaba mal.

También estaba el problema de no morir de frío. Los temblores le agudizaban el dolor de cabeza. Sólo tenía un par de mantas finas, y si la casa tenía calefacción, al segundo piso no llegaba.

–¡Papá!

–¡Lo conseguiste!

Los chillidos de las gemelas reverberaron en su cabeza, produciendo pinchazos de dolor en el fondo de los ojos, que mantenía cerrados. Anhelaba seguir durmiendo. Un par de aspirinas y más mantas lo ayudarían, pero se conformaría con un poco de silencio.

Sus hijas se sentaron en el borde del sofá cama.

–Estás despierto, ¿verdad? –preguntó Ellen con voz alegre, animada–. Ya ha salido el sol. Mamá quiere que paseemos por la nieve con raquetas. Debe de hacer quince grados bajo cero ahí fuera, pero está decidida. Deberías acompañarnos.

—Puedes alquilar unas raquetas en el albergue —dijo Maggie—. Pero necesitarás ropa de abrigo. No puedes salir con vaqueros y el sombrero. Te congelarás.

Tenía que abrir los ojos; no había más remedio. Se quedarían allí sentadas toda la mañana hasta que reconociera su presencia.

—Eh, chicas —alcanzó a esbozar una sonrisa pasable—. ¿Me imagináis con raquetas de nieve?

—Claro, papá —el cabello castaño de Ellen reflejó un rayo de luz que entraba por alguna ventana. Fue como si le clavaran una aguja caliente en el ojo. Ellen le sonrió—. También te imaginamos con esquís de montaña.

Eran un par de diablillos, pensó Jack.

—¿Quieres café? —le preguntó Maggie, poniéndose en pie.

—Me levantaré —logró apoyarse en un codo sin experimentar náuseas. Buena señal—. Dadme sólo un minuto.

Bajaron corriendo la escalera de madera, haciendo mucho más ruido del necesario. Jack retiró las finas mantas y se levantó de la cama tambaleándose. Se puso los pantalones. Debería haber dormido con ellos, hacía un frío que pelaba. Se puso la camisa y se la dejó desabrochada al sentir sendos pinchazos de dolor en los ojos. No tenía aspirinas. Ni pistola ni aspirinas. Una ducha caliente y ropa limpia lo ayudarían a sentirse persona otra vez.

Contempló por la ventana el impresionante paisaje del lago y las montañas nevados. El cielo estaba despejado, luminoso. Notaba el frío que traspasaba el cristal. ¿Cómo diablos había acabado allí? Hacía tiempo que sabía que con Susanna Dunning Galway su vida no siempre transcurría como la planeaba. A ella le gustaban las curvas y las escapadas, las sorpresas y los secretos.

Pero no haberle hablado de Beau McGarrity era irracional. Hasta peligroso. Salir huyendo la noche anterior... igual. No le importaba que fuera una reacción instintiva a que su trabajo de ranger afectara directamente a su familia.

No la había interrogado sobre McGarrity. Se había enterado por casualidad, hablando con su vecino pocos días después de que Susanna hubiese huido a Boston.

—¿No era Beau McGarrity el que vi saliendo de tu casa la semana pasada? Caray, debiste de cabrearte mucho.

Al parecer, Susanna se había deshecho de McGarrity lo más deprisa posible, y Jack sabía que se lo habría contado si Beau hubiese dicho o hecho algo por lo que lo hubiesen podido procesar.

Aun así, estaba más furioso con Susanna por su silencio que consigo mismo por no haber dicho nada. Era más fácil así. A veces, se preguntaba qué habría hecho si le hubiese contado que McGarrity había estado en su casa aquel asqueroso día en que se enfrentó con Alice y le explicó las pruebas que tenía, se lo contó a su jefe de policía y la detuvo. Si al volver a casa hubiese averiguado que Beau McGarrity había dado un susto de muerte a su esposa, ¿qué habría hecho?

Claro que Susanna no había guardado silencio sólo para ahorrarle problemas.

Relegó aquellos pensamientos al fondo de su mente y logró bajar las escaleras sin caer de bruces. Maggie le lanzó una mirada desde la chimenea.

—Mamá y la abuela se despertaron pronto y encendieron el fuego.

—¿Dónde está?

—¿Mamá? Ha ido al pueblo a comprar un par de cosas que se le habían olvidado.

—Ha dicho que no la esperaras si tenías algo que hacer

—añadió Ellen—. Por cierto, ha sugerido que te compraras un forro polar.

—Mmm.

—La abuela está en el porche delantero, contemplando el lago —dijo Maggie.

Jack entró en la cocina. Había café hecho y una fuente de bollitos en la encimera. Sacó una taza de un armario, se sirvió café y se dejó caer en una silla ante la amplia mesa de roble. Había una ventana que daba al camino de entrada, al bosque y mucha nieve.

Iris regresó del porche delantero y se sentó con las gemelas delante del fuego para comentar posibles rutas de paseo por la nieve. Lo miró desde lejos, y Jack advirtió por su expresión seria que Susanna la había puesto al corriente de lo sucedido en su casa. Pero Iris le daría la oportunidad de tomar un café antes de abordarlo con preguntas.

Alice Parker. Los intrusos en la casa de Iris. El bastonazo en la cabeza. Beau McGarrity y su esposa muerta, Rachel Tucker McGarrity. Jack se dijo que aquéllos eran los motivos de su viaje al norte. No el sexo con su mujer, a pesar de lo que hubiera dicho o hecho la noche anterior. No estar de vacaciones con Iris y con sus hijas. Aquél era el refugio de Susanna, su territorio. Las cosas en orden.

El café lo humanizó. Se sirvió un poco más y tomó un bollito de moras. Iris se sentó con él en la mesa.

—¿Qué tal ha amanecido tu cabeza?

—Bien. Mejor que tu bastón.

Iris agitó una mano con despreocupación.

—Tengo docenas de bastones. A las estudiantes que alojaba en casa siempre les gustaba regalarme bastones —arrancó un trozo del bollo de Jack y empezó a separarlo con las yemas, clavando la mirada en una jugosa mora—.

Hay algo que debes saber, Jack. No me he acordado hasta esta mañana, cuando Susanna me contó lo ocurrido. Le di a Audrey... a Alice Parker, una llave de mi casa el otro día.

Jack no dijo nada; siguió tomando café, contemplando cómo desmenuzaba el trozo de bollo. Había migas por toda la mesa.

—Le pedí que cuidara de la casa en mi ausencia —prosiguió—. Estaba en un mar de dudas; ya sabes lo poco que me gusta viajar.

—Jim Haviland me dijo que muchas personas tienen la llave de tu casa.

—Porque he alquilado habitaciones a un sinfín de estudiantes. Nunca ha habido ningún problema —dirigió sus vibrantes ojos a Jack—. Me angustia pensar que fue Audrey quien te atacó, que yo he sido la causa...

—Tú no eres la causa de nada de esto, Iris. Alice Parker es responsable de las decisiones que toma; tú, no.

—Pensaba que era mi amiga.

—A todos nos han engañado alguna vez.

Iris movió la cabeza.

—Pero esto es peligroso. ¿Y si te hubieran matado?

—No lo han hecho.

Iris sonrió débilmente, tratando de recobrar el ánimo.

—¿Te imaginas, un ranger de Texas asesinado a bastonazos en el dormitorio de su esposa, en Massachusetts? ¿Crees que tus compañeros del cuerpo formarían un pelotón y nos invadirían?

—Iris...

Pero los ojos le brillaban con picardía, y Jack recordó que aquella mujer era una superviviente. Estaba asimilando el duro golpe de saber quién era su nueva amiga.

—No eres nada divertido, Jack Galway. Entonces, ¿has venido por respuestas?

Pensó en Alice Parker. En su mujer.
—Y tanto. Y eso sólo será el principio.

Le había resultado familiar, incluso el primer día que lo vio en el centro de San Antonio, seguramente, por su notoriedad como constructor y sospechoso de asesinato.

Un año después, Susanna no estaba segura de ninguno de los conceptos que se había hecho de Beau McGarrity. No estaba segura de nada.

Había hecho un alto en un mirador del río, no muy lejos del refugio. La nieve le impedía acercarse demasiado a la valla que dominaba la cascada, con sus voluminosas formaciones de hielo y el torrente de agua fría y límpida. Era una cascada natural, no una de las presas de la revolución industrial que todavía obstruían los ríos por todo el nordeste del país. Allí, el agua fluía libremente por las montañas, abriéndose camino entre las piedras y la tierra.

No notaba el frío. Como Iris afirmaba, se respiraba un aire distinto en High Peaks. Se había abrigado bien: ropa interior larga, mallas, polainas, forro polar, anorak grueso, gorro, guantes, calcetines, botas. Las fibras sintéticas y su diseño impedían que pesaran una tonelada. La abuela seguía prefiriendo la lana.

El día que Beau McGarrity entró en su cocina, Susanna jamás se habría imaginado allí, en las montañas del estado de Nueva York, en pleno invierno.

Recordaba lo absorta que había estado en su sesión de taichí, pendiente de los movimientos, la respiración, la concentración y el equilibrio. Había salido pronto de trabajar, las gemelas aún no habían vuelto del instituto y Jack estaba fuera, ocupado con una investigación. Corrupción policial. Detestaba los casos de corrupción, y Susanna conocía pocos detalles sobre aquél. Se había mostrado menos comunicativo que de costumbre en las últimas semanas. A ella le preocupaba cómo hablarle del crecimiento de su patrimonio neto, no las historias sobre el terrible asesinato de una mujer en una pequeña ciudad no muy lejos de San Antonio.

Mientras practicaba taichí, y no era muy buena, no pensaba en nada que la preocupara: ni si el dinero alteraría la relación con su marido, ni si a Jack le molestaría que ganase millones, ni si el dinero podría afectar a su trabajo cuando se corriera la voz. Era ranger de Texas, lo único que había querido ser.

Por extraño que pareciera, eran sus padres quienes la habían ayudado a hacer su primera gran inversión, presentándole a una mujer que acababa de comprar piezas de arte de su galería y que poseía una empresa de ordenadores en Austin. Jack sabía que había hecho esa inversión, pero Susanna no le había contado lo provechosa que había resultado, pues le había proporcionado el grueso de los diez millones que poseían en aquellos momentos.

No estaba pensando en nada de eso mientras hacía taichí.

Al oír que se abría y cerraba la puerta de la terraza, perdió la concentración. Pensó que sería Jack, o las gemelas, que llegaban pronto; pulsó el botón de pausa del vídeo y fue a mirar.

El hombre alto de pelo gris, al que había visto en el centro de la ciudad y otro día en el instituto, estaba de pie en la cocina, al otro lado de la mesa adornada con unos pequeños girasoles dispuestos en un florero.

Susanna logró desplegar una rápida sonrisa.

–Un momento –dijo, como si se tratara de un vecino que se había pasado a charlar, y regresó al salón. Avistó la grabadora de Maggie, la dejó en una estantería de regreso a la cocina y pulsó la tecla de grabar. Se había planteado la posibilidad de salir corriendo por la puerta principal, pero sabía que estaba cerrada con llave. No le daría tiempo a abrirla; sería mejor mantener la calma.

Al menos, si aquel hombre le hacía algo, quedaría grabado en la cinta.

—No me reconoces —dijo.

—No, me temo que no. Oiga...

—No voy a hacerte daño —gangueaba un poco, por lo que parecía más campechano de lo que era; deslizó un dedo por el respaldo de una silla—. No he llamado porque no sabía si me dejarías entrar, y necesitaba hablar contigo.

—¿Por qué? ¿Qué quiere?

—Tu marido debe saber que no maté a mi esposa. Una policía demasiado celosa en su trabajo está amañando pruebas para inculparme.

Entonces, Susanna supo quién era. Beau McGarrity, el acaudalado constructor y aspirante a político cuya esposa había muerto de un tiro en la espalda delante de su propia casa. No era extraño que le hubiese resultado familiar.

—Tienes que hacérselo comprender.

—Lo siento —le dijo Susanna con cautela—. No me inmiscuyo en el trabajo de mi marido.

—Por supuesto que sí. Le procuras consuelo. Haces posible que dedique a su trabajo la atención y el esfuerzo que necesita para desempeñarlo bien —McGarrity empezó a rodear la mesa, acercándose a ella—. Tu marido no podría convertir en un infierno las vidas de los delincuentes de este estado sin tu cooperación.

—Jack es ranger de Texas. Aplica la ley; no se dedica a convertir en un infierno la vida de nadie. Señor McGarrity... Es así como se llama, ¿verdad? ¿Beau McGarrity? Quiero que se vaya. No es buena idea que esté aquí.

Su mirada era directa, inalterable.

—El testigo de la acusación miente. Tu marido debe saberlo.

—Está bien, le pasaré el mensaje...

—Como si superar la muerte de Rachel no fuera bastante... —parte de su fiereza desapareció de su semblante, y se pasó una mano por el pelo gris, como si, de repente, estuviera cansado—. Susanna... Susanna... No creerás que maté a mi esposa.

El instinto, el miedo, le prohibió echar mano de un cuchillo de cocina o hacer cualquier cosa que pudiera inducirlo a la violencia. Tenía estatura y más libertad de movimientos. Lo más inteligente era deshacerse de él lo antes posible.

—Hablaré con Jack, se lo prometo.

McGarrity sonrió con aprobación, quizás con una brizna de alivio.

—Sé que debo parecer desesperado. No es preciso que tu marido sepa que he estado aquí —hablaba en tono controlado, propio de un hombre que estaba seguro del lugar que ocupaba en el mundo—. ¿Me entiendes?

—Sí.

Se meció sobre los talones, contemplándola con ojos entornados. Dijo con naturalidad, como si viniera a colación:

—Tus hijas terminan sus prácticas dentro de diez minutos.

Susanna dejó de respirar. Aquel hombre conocía los horarios de sus hijas; sabía dónde estaban.

Beau McGarrity la tocó entonces, un roce apenas perceptible en la barbilla.

—Deberías ir a recogerlas. Eres una buena madre, y eso es lo que hacen las buenas madres. Lo sé —añadió—. Te he visto.

Salió por la puerta de la terraza, y Susanna sacó la cinta de la grabadora con manos trémulas. Se dirigía al teléfono para llamar a Jack cuando una policía llamó a su puerta. Alice Parker. Se presentó como el agente que trabajaba en el asesinato de Rachel McGarrity y preguntó por Jack.

Susanna le habló de Beau McGarrity y le entregó la cinta.

Después, Maggie y Ellen volvieron a casa, y Susanna no les contó nada. Decidió esperar a Jack, pero éste llegó tarde, de mal humor y tenso. Alice Parker había sido detenida por presentar un falso testigo. Había invalidado la escena del crimen. La investigación sobre el asesinato de Rachel McGarrity era un caos, y nadie podía hacer nada para arreglarlo. La participación de Jack en aquel asunto había terminado.

Al ver que Jack no hacía ninguna mención de la cinta, Susanna creyó que no tenía ningún valor, y le pareció más sencillo no decir nada. Más sencillo para él, también. Y por ésa y por otras mil razones que le parecieron lógicas en su día, hizo las maletas y viajó a Boston con sus hijas.

Unas cuantas semanas para aclarar las ideas se habían convertido en muchos meses y, para colmo, había comprado un refugio en las montañas.

Pero era un lugar precioso. Abrumador y estimulante, y pensaba disfrutar de aquella semana de descanso. Con suerte, Alice Parker ya se habría ido de Boston y el incidente en la casa de Iris no habría sido más que un error inocente, Jack tropezando con un ladrón o con una de las incontables amistades de Iris.

—Sí, claro —murmuró, mientras regresaba al coche—. ¿A quién quieres engañar?

El teniente Galway había estado a punto de descubrirlos.

Alice intentó no pensar en lo asustada que estaba cuando le asestó un bastonazo por la espalda. De no haber intentado él esquivar el golpe, le habría dejado sin sentido. Pero en cuanto el ranger se hizo con el bastón, Alice tiró de Destin y se quitó de en medio.

En aquellos momentos, se estaban aproximando a Blackwater Lake; habían ido derechos a la boca del lobo. Bueno, ¿qué otra cosa podían hacer? A Alice no se le ocurría nada para quitarse de encima a Jack Galway y a Beau McGarrity, poder subirse a un avión con destino a Australia e impedir que Destin siguiera gimoteando sobre su BMW embargado y lo mal que funcionaba la calefacción en el coche de ella. El mundo sería un lugar más feliz si Destin Wright tuviera otra vez dinero en el banco.

A Destin le entró el pánico cuando ella golpeó a Jack Galway.

—¿Has atacado a un ranger de Texas? ¡Mierda!

También quiso regresar y explicárselo todo, contarle al

teniente Galway que estaban comprobando que la casa estaba en orden y que lo habían confundido con un ladrón. Alice le preguntó cómo justificaría los papeles que había sacado de los archivos de Susanna y las señas que habían encontrado para llegar a su refugio en los Adirondacks. Jack querría saber qué pensaban hacer con todo eso. Destin vio la luz.

Destin estaba haciendo de guía. Habían comprado un mapa en una gasolinera de New Hampshire y lo llevaba desplegado sobre el regazo. Atravesar New Hampshire y Vermont había sido idea de él. Habían pasado la noche en un motel piojoso, compartiendo habitación pero no cama. Él no estaba interesado y Alice, desde luego, tampoco.

El luminoso sol que reverberaba en la nieve y en el hielo le hería la vista, pero debía reconocer que el paisaje era espectacular. Destin le indicó que tomara un camino de tierra que conducía al albergue del lago, un edificio desmadejado de tablillas de pizarra, remates blancos y puertas de color burdeos. Iris Dunning se había criado allí, se había enamorado, había conocido la tragedia. Le había hablado a Alice de lo que era bañarse sola, desnuda, en una calurosa noche de verano.

A Alice no le agradaba pensar que había traicionado y manipulado a una anciana y que, en aquellos momentos, tramaba sonsacarle cien de los grandes a su nieta.

Los propietarios del albergue eran un matrimonio joven; se llamaban Paul y Sarah Johnson y daban la impresión de ser adictos al senderismo. Alice pidió habitaciones separadas. Destin murmuró algo sobre los gastos, pero ella le lanzó una mirada fulminante y él cerró la boca.

Las dos habitaciones estaban situadas en la segunda planta y daban al lago. La de Alice estaba decorada con edredones tradicionales que le recordaban a la casa de su abuela, en Texas, aunque la cama con dosel y la cómoda de madera de cerezo creaban más lujo del que su abuela había disfrutado nunca.

Destin se demoró en el umbral.

—Podemos almorzar algo e instalarnos, pero quiero que nos pongamos manos a la obra cuanto antes.

—Yo no tengo hambre. Come tú.

Soltó su maleta vieja en el suelo y se volvió para mirarlo. Parecía aguardar a que ella le diera instrucciones. Era lo que Alice quería, pero también resultaba irritante, porque no estaba segura de cómo proceder, y no quería echar a perder la vida de Destin además de la suya. Claro que él estaba obrando por propia voluntad. No podía consentir que su imagen distinguida la distrajera. Destin quería cien mil dólares para su nueva empresa; la había ayudado a colarse en la casa de Iris la noche anterior; y estaba dispuesto a presionar a Susanna como Alice creyera conveniente. Parecía considerar a Susanna como su salvadora, y a Alice como su compinche espabilado e igualmente desesperado.

Salvo que ella no era tan espabilada... Lo comprendió la noche que Beau McGarrity intentó acusarla del asesinato de su esposa. Seguramente, lo volvería a comprender si seguía apoyándose en tipos como Beau y Destin para crearse una nueva vida en Australia.

—No quiero ir al refugio de Susanna con la matrícula de Texas —dijo Alice—. Tendrás que ir a pie.

La acción lo atraía.

—Estupendo. Puedo ir con raquetas o con esquís... Puedo abrir una ruta si hace falta. Hice mucho deporte de invierno antes de renunciar a mi apartamento.

«Y yo hice muchas cosas antes de tener un historial delictivo», pensó Alice.

—La vida es un asco. Haz que Susanna perciba tu urgencia, y no sólo tu desesperación. Créeme. Sólo será el primer paso, pero puede que funcione... Pero que no te entre el pánico, ¿entendido? Le sacaremos el dinero.

—Y tanto que sí —sonrió Destin.

Sólo tenían que impedir que Jack Galway los atrapara y que Beau McGarrity averiguara que había intentado engañarlo con la cinta.

Destin se marchó, cerrando la puerta suavemente al salir, y Alice se dejó caer sobre la cama con su cálido y bonito edredón. En realidad, presionar a Susanna Galway para que les diera cien de los grandes era la parte fácil del plan. «Si tuviera cien de los grandes», pensó Alice, «yo misma se los daría a Destin con tal de que se callara». Bueno, le daría noventa. Diez se los quedaría para ir a Australia. Con diez se las apañaría; no necesitaba los cincuenta de Beau.

—No puedo creer que la abuela se criara aquí —dijo Maggie cuando se detuvieron junto a un árbol caído, por encima del lago Blackwater—. Ahora es tan de ciudad...

Ellen contempló el pronunciado terraplén hasta el lago.

—No hago más que imaginármela a nuestra edad, paseando entre los árboles con unas botas de nieve grandes de trampero.

—La abuela es increíble —dijo Susanna. Habían estado recorriendo un camino nevado que bordeaba el lago, avanzando con facilidad entre los altos pinos y abetos gracias a las raquetas de nieve—. Quiere salir a pasear con raquetas con nosotras.

—¿Crees que podrá? —preguntó Maggie.

—No lo sé —respondió Susanna—. Hay mucha nieve, pero si nosotras abrimos un camino, quizá lo consiga.

—Podría ir con papá —Ellen se rió de su propia idea, mientras se sacudía nieve de la raqueta—. ¿Te lo imaginas aquí?

Susanna no les dijo que no sabía si Jack pensaba quedarse o irse. Haría lo que quisiera hacer. Quizá comentara con ella su decisión... quizá no. Estaba en ese estado de ánimo.

El camino regresaba a través del bosque, apartándose del lago, y Susanna dejó que las gemelas se adelantaran. Ya casi tenían dieciocho años, eran fuertes y ágiles. Pensó en Iris allí a los dieciocho, sola, soltera y embarazada, sin poder sacarse un móvil del bolsillo y marcar el número de emergencias. Había soportado penalidades y se había ido a vivir a Boston con su hijo pequeño, asumiendo los cambios de su vida y saliendo adelante.

Susanna contempló la nieve que se acumulaba contra las hayas y los abedules, las nubes que se agolpaban en torno a las cumbres lejanas. No podía quedarse estancada en aquel punto muerto, pensó. No era justo para Maggie y Ellen, y tampoco para Jack... ni siquiera para ella misma. Tenía que seguir adelante antes de que el estancamiento de su matrimonio se resolviera por sí mismo, como un árbol viejo y podrido que se desploma de repente, sin azote del viento, ni hacha, ni nada que lo empujara.

La camioneta que Davey Ahearn le había prestado a Jack seguía sin aparecer cuando bajó la colina de regreso al refugio. Su marido podría haberle dejado una nota diciendo adónde había ido, si al pueblo a comprarse ropa de abrigo, de regreso a Boston, o a buscar a Alice Parker, pero Susanna no había contado con ello. Se quitó las raquetas y se dejó caer en el banco del porche cerrado. Las gemelas habían llegado primero y sus raquetas estaban apoyadas en la pared de madera sin pulir, junto a cúmulos de nieve que se derretían en el suelo. Los calcetines y los guantes mojados estaban desperdigados por el porche; las botas descansaban en charcos de barro.

No les reprochaba que lo hubieran dejado todo desordenado; ella también estaba rendida. Se quitó las botas, todavía cubiertas de nieve, y las polainas. Le moqueaba la nariz, tenía el pelo de punta por la electricidad estática y, aunque pareciera mentira, estaba sudando.

Se moría de ganas por volver a salir.

—Eh, ¿hay alguien en casa?

—¡Destin! —Susanna se levantó como activada por un resorte, y aterrizó en un charco frío, en calcetines, sin dejar de mirar con fijeza a Destin Wright, que había aparecido en el umbral del porche—. ¿Qué haces aquí?

Se sacudió la nieve de su abrigo de pelo de camello, sonriendo, con las mejillas coloradas por las bajas temperaturas.

—Dios, qué frío hace. Pensé que el paseo me haría entrar en calor, pero estoy congelado.

—Porque no llevas la ropa adecuada. Destin...

—Tranquilízate, Susanna. No saques las cosas de quicio. He venido a ver las instalaciones de entrenamiento para las Olimpiadas de Invierno que hay en Lake Placid. Quiero probar el trineo y el bobsleigh, e igual hasta practico el salto de esquí. Hace tiempo que no esquío en Whiteface. Menuda montaña.

—¿Cómo me has encontrado?

Se encogió de hombros.

—No ha sido difícil. Oí algunos comentarios en El Bar de Jimmy y deduje dónde estabas —se miró los pantalones, empapados de rodillas para abajo—. Espero que no se me queden tiesos durante el camino de vuelta.

—¿De vuelta adónde? Destin, no vas a quedarte en el lago.

—¿Cómo? —no parecía preparado para darle una respuesta—. Oye, mira, tengo mi propia vida. Puedo venir aquí al mismo tiempo que tú si me apetece.

Susanna lo miró mientras el agua fría del suelo le empapaba los calcetines y el viento se colaba por la puerta abierta. Si le pedía a Destin que la cerrara, podría interpretarlo como una invitación.

—No te creo —le dijo—. Creo que has venido para intentar convencerme de que te dé el dinero.

Destin se humedeció los labios y su expresión, entre asustada e irritada, confirmaba las sospechas de Susanna.

—Se me acaba el tiempo, Suze; tengo que hacer algo. No puedo... Es una idea genial. Con que le echaras un vistazo al maldito proyecto, te convencerías. Me he devanado los sesos haciéndolo.

—No me necesitas, Destin. Si tu idea es tan buena como crees, llévasela a inversores, empresas, mueve los hilos que tengas. Saldrá adelante.

—Lo lamentarás —declaró Destin.

La aspereza de su tono de voz la hizo balancearse sobre los talones.

—Destin, ¿me estás amenazando?

—¿Qué? Qué va, lo digo en sentido literal. Es la oportunidad de tu vida, Suze. Tus diez millones parecerán calderilla...

—¿Mis diez millones? —lo miró con frialdad, pero se le había secado la boca por la tensión—. ¿Qué te hace pensar que tengo diez millones?

Destin sonrió con timidez.

—Es lo que dicen todos en El Bar de Jimmy.

Susanna no se lo creía.

—No sé qué pasó. Tenía montañas de dinero, montañas. Y la gente se apiñaba a mi alrededor, pidiéndome que invirtiera en mil cosas. Ahora ya no me queda nada —clavó los ojos en ella; la aspereza seguía allí—. ¿Qué harías si lo perdieras todo, Suze?

—Supongo que con «todo» te refieres al dinero. Bueno, para empezar, no apartaría de mi lado a los que se preocupan por mí. Buscaría apoyo emocional en los pilares de mi vida: la familia, los amigos —pensó en Jack, que había estado a su lado en los comienzos difíciles, cuando había dado a luz a las gemelas... en todo lo que había hecho desde que tenía diecinueve años. Pero apartó el pensamiento y se concentró en Destin—. Tienes que tranquilizarte, Destin. El dinero no soy yo. No eres tú.

—Eso es fácil decirlo cuando estás sentada al final del arco iris, sobre tu olla repleta de oro. Yo estoy en la ruina. Me gustaba más cuando tenía pasta. Maldita sea, tengo suerte de que no me hayan venido a reclamar los empastes de la boca.

Susanna había empezado a temblar de frío.

—¿Entraste anoche en casa de Iris, Destin?

—Diablos, no. Dios... Susanna, ¿no pensarás que...?

—Conoces a Audrey Melbourne, la mujer que ha estado frecuentando El Bar de Jim, ¿verdad? Pelirroja, menuda, acento texano.

—Será mejor que me vaya.

Susanna oyó el ruido de la camioneta de Davey Ahearn acercándose por el camino. Destin se volvió y palideció al ver a Jack bajar del vehículo. Susanna dijo:

—Audrey es, en realidad, una ex policía del sur de Texas llamada Alice Parker. Jack la detuvo por mala conducta profesional, y acabó cumpliendo un año de condena. La soltaron en Nochevieja.

—No sé de qué me hablas.

—Por eso está aquí Jack —inclinó la cabeza hacia atrás,

menos nerviosa, bien porque su marido estaba allí, bien porque había puesto a Destin a la defensiva. O por ambas cosas–. Sorprendió a unos intrusos anoche en casa de Iris. No le ha hecho mucha gracia.

Destin se humedeció los labios y miró hacia el exterior.

–Maldita sea –dijo con una falsa carcajada–. Cada vez que lo veo está más grande y más fiero, ¿no? –pero volvió a clavar sus ojos azules en Susanna, y bajó la voz–. Suze, tienes que ayudarme. Es mi última oportunidad. No puedo... Sólo son cien de los grandes. No volveré a molestarte; te lo prometo.

Jack entró en el porche, y Destin se dio la vuelta, sonriendo con incomodidad.

–¿Qué tal? Jack, ¿verdad? ¿El ranger de Texas? Soy Destin Wright, un amigo de tu mujer. He venido a practicar un poco de bobsleigh y se me ha ocurrido pasarme a saludar.

–¿Has venido a pie? –preguntó Jack, con los labios apretados.

–Sí. Me equivoqué de camino y decidí bordear el lago a pie. Ojalá me hubiese traído mis raquetas. Con las que tengo en casa podría escalar el Everest.

Jack se desabrochó el primer botón de su chaqueta de ante.

–¿Quieres que te acerque a tu coche?

Destin lo negó rápidamente con la cabeza.

–No, no, no pasa nada. No quiero interrumpir vuestro descanso. Se está bien fuera... hace un frío que pela, pero por eso estamos aquí, ¿no? ¿Por la nieve y el frío? –sonrió con incomodidad y dio un paso hacia la puerta, que Jack seguía bloqueando. Miró a Susanna–. Hasta la vista.

Jack se apartó despacio, y Destin salió disparado. Jack cerró la puerta y se volvió hacia Susanna.

—¿Quieres hablarme de ese tipo?

—Es un pesado —estaba temblando, con los calcetines empapados y los pies medio ateridos—. Quiere que invierta en una nueva compañía que va a crear. Le he dicho que no, y cree que, si insiste, cambiaré de idea.

—¿Cómo es que ha venido aquí?

—Así es Destin. No tiene medida.

Jack se desabrochó la chaqueta, y su amplio pecho la hizo recordar la noche anterior. Pero él seguía pensando en Destin.

—¿Y está arruinado?

Susanna asintió.

—Amasó una fortuna con una compañía virtual que fundó hace unos años, y luego lo perdió todo. Hasta le han embargado el coche. No pienso involucrarme. Es un agujero negro; se cree con derecho a todo... —se interrumpió y movió la cabeza—. No me va a sacar ni un centavo.

Pero Jack la miraba con el ceño fruncido y, de repente, dio dos largos pasos hacia ella, la sujetó por la cintura con ambas manos y la levantó del suelo.

—¿Jack? ¿Qué haces?

La sentó en el banco de madera, en el centro del porche cerrado.

—Tienes los labios azules —se puso en cuclillas delante de ella y le quitó los calcetines mojados. Después, tomó un pie en cada mano y empezó a masajearlos, deslizando los pulgares por la piel sensible de los puentes. La miró con un brillo en sus ojos oscuros—. No querrás que te dé una hipotermia.

Imposible.

—Jack...

—Ese tipo, Destin —dijo, sin dejar de acariciarle los tobillos, lanzando oleadas de calor por las pantorrillas de Susanna, hacia arriba, hacia el centro de su feminidad–. ¿Está muy desesperado?

–Tanto como cree estarlo. Mmm, Jack...

–¿Qué, Susanna? –sonreía con inocencia, aunque no lograba hacer que su mirada lo pareciera.

Lo amaba. En aquel preciso instante, quería fundirse con él y no separarse jamás. Pero se interponían sus secretos, sus miedos, las preguntas y los peligros que conllevaba amar a un hombre como Jack Galway tanto como ella lo amaba. Era duro, fuerte, protector, bueno e implacable en todo lo que hacía.

–Debería entrar a cambiarme de ropa –dijo Susanna en voz baja, con voz un poco ronca.

–¿Quieres que te lleve en brazos para que no pises los charcos?

Susanna gimió, después rió.

–No das cuartel, ¿verdad?

–No es mi estilo –respondió Jack poniéndose en pie.

Susanna se levantó a la velocidad del rayo, y aterrizó en una bola de nieve dejada por las botas de Jack. Logró ahogar un grito al sentir el frío en su pie cálido y sorteó el resto de los charcos, restos de nieve, calcetines y guantes mojados. Una vez en la cocina, se volvió para contemplar el batiburrillo.

–Les diré a Maggie y a Ellen que vengan aquí con la fregona.

Pero Jack no dijo nada; tenía la mandíbula contraída, el cuerpo rígido, y el de ella respondió casi de forma automática. La noche anterior no había sido suficiente, y no sólo para él.

Se dio la vuelta deprisa y se dirigió en línea recta a su dormitorio para ponerse ropa cálida y seca.

Jack soltó el equipo de invierno sobre la mesa de la cocina y cortó las etiquetas con su navaja de bolsillo. Maggie y Ellen habían terminado de limpiar el porche de atrás y estaban sentadas con Iris en torno a un tapete, uniendo las piezas de un viejo rompecabezas que ésta había encontrado. Jack ya sabía que no iba a volver a Boston, pero no tenía intención de reconstruir la imagen de un castillo inglés. Gracias a Dios el chichón de la cabeza estaba menos inflamado.

Se había comprado polainas, botas impermeabilizadas, guantes aislantes y un gorro que las gemelas habían calificado de «guay». Decidió aguantar con la chaqueta, los calcetines y las camisas y prescindir de la ropa interior de cuerpo entero. ¿Cuánto frío podía llegar a hacer? No sabía cuántos días se quedaría. De momento, al menos, toda la noche... hasta que averiguara un poco más sobre ese tal Destin Wright.

En gran parte, dependía de Susanna.

También se había comprado raquetas. Las levantó.

—Niñas, ¿queréis ayudarme a estrenar las raquetas?

No se mostraron muy entusiastas.

—¿No oyes cómo aúlla el viento? —preguntó Maggie, y se estremeció—. Y debe de hacer un frío glacial.

—Pero es un frío seco —comentó su bisabuela—. No penetra en los huesos como la humedad.

—El frío es frío, abuela —suspiró Maggie—. No me importa si es seco o húmedo.

Ellen tenía unas veinte piezas de rompecabezas dispuestas en la palma de la mano y en la muñeca. Estaba absorta en el pasatiempo, con la vista fija en la rosaleda que estaba recomponiendo.

—Puede que mamá quiera salir contigo.

Jack lo dudaba; Susanna seguía recluida en su dormitorio después del masaje de pies. Quizá estuviera temiendo las largas horas de silencio y oscuridad que los aguardaban. No había televisión, ni vídeo, ni ordenador, ni teléfono fijo, y muy poca cobertura en el móvil. Maggie y Ellen se habían llevado sus walkman, y había una vieja radio encima de la nevera. No tenían vecinos, ni farolas. Con más nieve como pronóstico, no era aconsejable bajar al pueblo y buscar un cine o un restaurante.

De no ser por la presencia de Jack, sería la idea que Susanna tenía del paraíso. Pero a él le gustaba complicarle la vida. Necesitaba complicársela más a menudo, como la noche anterior.

—Vamos a empezar un torneo de Scrabble en cuanto añadamos unas cuantas piezas más al rompecabezas —dijo Maggie—. ¿Quieres que te esperemos, papá?

Scrabble.

—No —respondió—. Empezad sin mí.

No sabía cómo iba a aguantar hasta la mañana siguiente. Salió por el porche de atrás y arrojó las raquetas al camino. Las nubes procedentes del oeste cubrían el cielo.

El paisaje se había vuelto más íntimo, más cercano, de tonos grises muy suaves y blancos.

Se puso las raquetas y avanzó hacia el lago. Era fácil, como caminar con zapatos de payaso. Se salió del camino y echó a andar campo a través, siguiendo una hilera de abetos situados a cierta altura sobre el lago, hasta llegar a un saliente de granito. Anochecía pronto en el norte, pero todavía había luz, aunque menguara deprisa. Los copos de nieve caían tan suavemente que parecían estar suspendidos en el aire.

Cuando alcanzó el saliente, quiso ascender por una pendiente corta y pronunciada, pero chocó contra la roca y el hielo y se cayó de espaldas. De repente, estaba sentado en el suelo.

A su espalda, Susanna prorrumpió en carcajadas.

Jack se recostó en el peñasco y se reajustó las raquetas, una maniobra torpe que a ella parecía divertirle contemplar. Estaba a unos dos metros de distancia, con nieve hasta las rodillas. No llevaba raquetas, así que estaría en desventaja si decidía ir tras ella.

Jack no hizo ademán de levantarse.

—¿Y si me he roto el tobillo?

—Estarías maldiciendo más fuerte —se acercó a él levantando las piernas. Llevaba una banda en el pelo en lugar de un gorro, y la melena negra le caía por la espalda, salpicada de nieve. Se había puesto unos pantalones ceñidos que realzaban sus piernas largas y estilizadas, incluso con el abrigo rozándole los muslos. Posó sus ojos verdes en él.

—¿Necesitas que te eche una mano?

—No. Voy a quedarme aquí sentado, viendo cómo te preguntas si voy a arrojarte al suelo o no —pero se puso en pie; estaba cubierto de nieve de cintura para abajo—. ¿Me ayudas a sacudirme?

—No.

Jack le sonrió.

—Te estás ruborizando.

—Eso crees, ¿eh?

—¿Por qué si no tienes las mejillas coloradas?

—Porque estamos a once grados bajo cero.

—No es por eso —se quitó un guante y le tocó la mejilla con los dedos, prolongando el contacto con la piel cálida y lisa—. A mí no me parece fría —se inclinó hacia ella, y deslizó los dedos por los labios de Susanna—. Te sonrojaste la primera vez que te vi desnuda.

Los ojos verdes destellaron. Susanna ya no podía negar lo que estaba pensando, sintiendo.

—No me importa dónde crecieras, creo que todavía hay en ti un poco de yanqui reprimida —la besó entonces, por ninguna razón, cosa que solía hacer todo el tiempo. Quería prolongar el beso, profundizarlo, pero dio un paso atrás y desvió la mirada hacia el lago en calma. Las montañas se perdían en las nubes, como si se hubiesen desvanecido—. Susanna, no podemos seguir así eternamente.

—Lo sé —respondió con voz un tanto ahogada, como si todavía se estuviera recuperando del beso—. Esta situación no es fácil para ninguno de los dos.

—Claro que cuando sólo se hace el amor cada varios meses, es puro fuego —Jack le lanzó una mirada—. ¿Otra vez sonrojándose, señora Galway?

—No puede decirse que sea una vez cada varios meses si cuentas el número de veces de cada... Olvídalo.

Jack rió.

—Tú y la calculadora que tienes por cerebro —volvió a acercarse a ella, y deslizó un dedo por debajo de la banda para ajustársela sobre la oreja. Notaba el calor de su piel, la suavidad de su pelo—. ¿No tienes novio?

—¿Qué? —Susanna palideció al instante—. Jack, no... jamás. Sería impensable. Seguimos casados. Yo no... —inspiró con brusquedad—. ¿Y tú? ¿Tienes a otra persona?

—No —Jack le acarició el borde de la mandíbula y los labios—. Si no hiciera un frío tan endiablado, Susanna, te haría el amor aquí mismo. Podríamos acampar en el jardín y dejar la casa a Iris y a las gemelas —pero bajó la mano y se puso el guante, porque las pupilas de Susanna se estaban dilatando; se había puesto rígida y apretaba la mandíbula. Jack sabía lo que estaba a punto de ocurrir; llevaba meses esperando aquel momento.

—Jack... —tomó aire, con los ojos clavados en él—. Debería hablarte de Beau McGarrity.

Jack se enderezó.

—Sí, deberías.

Susanna dio un paso atrás, atónita.

—Maldita sea. ¿Lo sabes?

Jack notó cómo su propia mirada se endurecía, y contempló con fijeza a aquella mujer generosa y obstinada a la que llevaba amando media vida.

—Eso es lo que se te olvida, Susanna. Lo sé todo.

—¡Dios!

Susanna le lanzó nieve con una patada y giró en redondo para descender por la pendiente; chocó con la rama de un abeto y el árbol le descargó nieve encima. Susanna maldijo, pero se sacudió y siguió descendiendo hacia la senda que las gemelas y ella habían abierto antes con sus raquetas. Estaba furiosa. A Jack no le importaba. Debería haber dicho algo hacía un año.

Él también.

Se volvió hacia Jack con nieve en el pelo, en los hombros.

—No me das miedo, teniente Galway —se despojó de la

banda del pelo, y los copos se desperdigaron por el aire–. No soy uno de tus condenados sospechosos; soy tu mujer.

–Exacto.

Jack tenía la voz pétrea, pero ella no se inmutó.

–Ésta no es una de tus investigaciones. No es un interrogatorio. No me he casado con una placa.

–Siempre le has plantado cara a la vida, Susanna. ¿Por qué esta vez no?

–Lo hice –respondió–, y me llevé un susto de muerte.

Jack relajó la mandíbula y descendió por la pendiente hacia ella. Si volvía a caerse, todo habría acabado. Susanna aprovecharía la oportunidad, y correría a refugiarse en la casa, con Iris y las gemelas. Nunca volverían a abordar el meollo de sufrimiento y secretos que había minado su matrimonio. Asesinato, corrupción, miedo... y silencio. Todo aquello había ido erosionando la mutua confianza, separándolos antes incluso de que se dieran cuenta de lo que ocurría.

Se acercó a ella tanto como se lo permitían las raquetas.

–Me enamoré de ti, en parte, porque tenías la fortaleza y las agallas de enfrentarte conmigo, en mis días buenos y en los malos. No podía arrollarte –bajó la voz, intentó suavizarla–. Pero eso también tiene su lado malo. Tú tampoco eres pan comido, cariño.

–No podía decírtelo.

Jack se quedó callado; reinaba un silencio absoluto.

–No quería que un asesinato... que tu trabajo... –Susanna vaciló, buscando las palabras que, durante meses, había sabido que tendría que pronunciar. Cerró los ojos para reprimir las lágrimas–. No quería que tu trabajo envenenara nuestras vidas.

–Te refieres a que un sospechoso de asesinato entrara en nuestra casa.

—Entró en la cocina, sin llamar —abrió los ojos, pero estaba pálida, como si hubiera retrocedido a aquel día de hacía más de un año—. Lo vi un par de veces antes de aquella tarde.

—¿Cuándo?

—Esa misma semana. Primero en la ciudad y, luego, en el instituto. No sabía quién era. No había prestado mucha atención a los telediarios; debió de resultarme familiar, o no habría reparado en él.

—Dios —susurró Jack—. No sabía que te hubiera estado siguiendo.

—Yo no exagero —Susanna cerró los puños—. Sabía lo que hacía al no contártelo.

—¿Qué te dijo McGarrity en casa?

—Fue vago... muy sutil.

Y se lo contó, palabra por palabra, como si hubieran retrocedido a ese día y Jack acabara de volver a casa y la hubiese encontrado con la mirada clavada en una taza de té frío y, en lugar de hablarle de Alice Parker, primero le hubiese preguntado lo que ocurría, y ella se lo hubiese contado. Pero Jack no se había percatado de lo aterrada que estaba por sí misma, por sus hijas, por él. No se había dado cuenta de nada y ella había huido.

Por fin lo veía con total claridad.

Cuando terminó de hablar, Susanna carraspeó.

—Ya está —dijo en voz baja—. Eso es todo.

No lo era. Jack lo adivinaba, pero esperó. Seguía nevando, en copos más pequeños, más rápidos. Uno cayó en la mejilla de Susanna y se fundió al instante. Susanna se limpió el rostro con un guante cubierto de nieve.

—Todo menos lo de la cinta.

Con cualquier otra persona, Jack habría cerrado la boca y dejado que el silencio jugara a su favor, pero con su esposa, era incapaz.

—Maldita sea, Susanna. ¿Qué cinta?

Sus ojos llamearon, y la rebeldía resurgió en ella.

—Grabé mi conversación con Beau McGarrity.

Su conversación.

—La grabadora de Maggie y de Ellen estaba justo delante de mis narices. Me pareció lo más acertado.

—¿Y qué diablos habrías hecho si te hubiese sorprendido? —Jack estaba rígido.

—No me sorprendió —Susanna no pensaba ceder—. Es lo que tú habrías hecho, lo sabes muy bien. Habría dado igual que fueras ranger de Texas o fontanero, habrías pulsado la tecla de grabar.

—Pero es que «soy» ranger de Texas.

—Sí, y si McGarrity me hubiera degollado en la cocina, habrías tenido la prueba que necesitabas...

—Santo Dios —murmuró, al comprender el terror que su mujer había vivido aquel día. Que todavía vivía.

—Era una de esas pequeñas grabadoras digitales —prosiguió—. Alice Parker se presentó poco después de que McGarrity se marchara, y se la di. No me paré a pensar. Creía que estaba investigando el asesinato. Jack, la cinta no sirve para nada. Alice estaba tan obsesionada por inculpar a McGarrity que, si hubiese encontrado algo de utilidad, te la habría dado...

—No necesariamente.

Susanna frunció el ceño.

—¿Por qué no?

—No le hizo gracia que la detuvieran, Susanna. Se obstinó en no hablar.

—Entonces, ¿qué hizo con la cinta?

Jack sentía la bilis ascendiendo por su garganta; pensaba en los meses transcurridos de frustración y estancamiento.

—Ahora será más difícil averiguarlo, ¿no?

—Vamos, Jack. Llevo casada muchos años con un agente de la autoridad. Dime que podrías haber usado la cinta, que piensas que podría haber algo...

—Debiste contármelo aquel día.

Susanna se volvió a medias y posó la mirada en el lago. Jack veía las lágrimas en sus luminosos ojos, y sabía que se marcharía para que no la viera llorar.

—Iba a llamarte por teléfono cuando Alice tocó el timbre —Jack vio cómo tragaba saliva y supo que estaba luchando por mantener la compostura—. Fue mi primera reacción.

—¿Por qué no me lo contaste?

—No lo sé. Quise hacer como si nada hubiera ocurrido. Estoy acostumbrada a que tú trates con criminales y todo eso. Es tu deber; tienes la preparación necesaria, te has comprometido a ello. Pero Maggie y Ellen...

—Y tú. Ninguna de vosotras firmó para ponerse en la línea de fuego.

Susanna tomó aire, sin mirarlo.

—No quería creer que había ocurrido algo por lo que yo y las gemelas necesitaríamos tu protección. No quería pensar en aquel asesino que había entrado en mi cocina sin llamar y me había hecho amenazas veladas, no por nada que yo hubiera hecho, sino porque estaba casada con un ranger...

—No querías ser mi esposa.

Ya estaba. Las lágrimas fluyeron, y Susanna salió corriendo.

A Jim Haviland se le había quemado el merengue de dos tartas seguidas. Se las daría a Davey Ahearn y al grupo de obreros que constituían su clientela habitual. Estaba distraído porque su hija acababa de llegar y le había dicho que estaba esperando un hijo. Su Tess, que había tenido miedo a los niños desde que tenía seis años y que había perdido a su propia madre por culpa de un cáncer.

—Estamos encantados —dijo Tess, sentándose en una banqueta junto a la barra—. Dolly dice que no le importa si es hermanito o hermanita.

—Será una buena hermana mayor —dijo Jim—. ¿Y Andrew? ¿Está contento?

Tess sonrió de oreja a oreja.

—Ya lo creo.

—Es un buen padre.

—¿Y yo? Soy una mamá genial. Dolly no hace más que decírmelo.

—Dolly tiene siete años —apuntó Davey desde su banqueta de la barra. Era el padrino de Tess, y Jim llevaba años escuchándolos chincharse el uno al otro—. ¿Qué va a saber?

—Soy una madre estupenda.

—¿Tienes miedo? —le preguntó Jim, pero su hija no parecía en absoluto asustada.

—Tengo demasiadas náuseas para tener miedo.

—Ni se te ocurra vomitar en la barra —saltó Davey. Tess no le hizo caso.

—Me muero de ganas por contárselo a Susanna. ¿Tienes su número de los Adirondacks? No consigo localizarla en el móvil.

—No debe de haber mucha cobertura en las montañas —dijo Jim—. Y dudo que haya instalado todavía un teléfono fijo.

—Blackwater Lake —Davey movió la cabeza—. Un lago perdido en las montañas. Me cuesta creer que Iris se criara allí.

Cuando Tess se marchó, Davey arremetió contra Jim.

—¿Vas a ponerte a tejer botitas de lana, Jimmy?

Pero Jim tenía puesta su atención en un hombre que se había levantado de una mesa del fondo y estaba ocupando la banqueta que su hija había desalojado. Dejó su vaso vacío de cerveza sobre la barra; llevaba casi una hora con él. Tenía el pelo gris, aspecto distinguido, traje de ejecutivo. Lucía el anillo de un equipo de fútbol universitario, y hablaba con un gangoso acento sureño. Preguntó cuánto debía por la cerveza. Jim se lo dijo.

—¿De dónde es usted?

—Me temo que no de aquí —no era estirado pero tampoco amable. Estaba acostumbrado a que la gente lo atendiera—. He venido a Boston por motivos de trabajo.

—Pues por aquí no vemos a muchos hombres de negocios. Éste es un pub de barrio.

—Por eso me gusta —comentó el hombre—. Me lo recomendó un amigo. Oí lo que le dijo su hija. Enhorabuena.

Jim no sabía por qué, pero no encajó bien la felicitación. Lanzó una mirada a Davey y vio que su amigo se mostraba igual de receloso.

—Gracias —dijo Jim—. ¿Dónde se aloja?

—En un hotel de la ciudad.

¡Como si no hubiera hoteles en Boston! El hombre no pidió nada más, pagó la cerveza y se fue.

Davey se volvió a medias sobre la banqueta y miró hacia la puerta mientras se cerraba.

—¿Crees que debería seguirlo?

—Por Dios, Davey, no. ¿Por qué dices eso?

—Recelabas de él, Jimmy.

—¿Su acento te parecía texano?

—¡Y yo qué diablos sé! De ser así, habría demasiados texanos dejándose caer por aquí.

—Sí —Jim frunció el ceño, con la mirada clavada en la puerta cerrada—. Antes ha venido la poli. Han hecho preguntas sobre Jack Galway y su encontronazo anoche en la casa de Iris.

Davey asintió con ánimo sombrío.

—Quizá deberías darles un toque.

—¿Por qué? ¿Porque un hombre con acento texano me ha pedido una cerveza y ha felicitado a mi hija por estar esperando un bebé? Eso no se sostiene.

—¿Te dejó Jack su número de móvil?

—No, y no se lo pedí.

—Primero fue la ex presidiaria, luego el ranger y, ahora, este tipo del anillo. No sé, Jimmy. Empiezo a pensar que deberías poner el emblema de Texas en la puerta.

Jim no hizo caso y metió otra tarta en el horno; pero también acabó quemándosele el merengue.

Susanna se lavó la cara con agua fría en su cuarto de baño y recobró la compostura. Durante todos aquellos meses, siempre que se había imaginado contándole a Jack su encuentro con Beau McGarrity, se había dicho: «Por el amor de Dios, no llores. Cuéntaselo de corrido y deja que adopte la pose de ranger y te diga que debería detenerte por retener pruebas». Se mostraría objetiva, serena y razonable, y comprendería el enojo y la sensación de traición que él podría sentir por el largo silencio.

El plan se había ido al traste al saber que Jack había estado al corriente de la visita de Beau McGarrity casi desde el primer día.

Vio en el espejo que tenía los ojos enrojecidos y los párpados hinchados. No resultaría fácil achacarlo a la nieve, el frío, el lavado de cara. Maldición, había contenido el llanto demasiado tiempo.

Jack tenía razón. En el momento que decidió no hablarle de Beau McGarrity, deseaba no estar casada con un ranger de Texas. Habría preferido un contable, un profesor de historia, un obrero... salvo que no era tonta. La violencia podía alcanzar a cualquiera, en cualquier momento. Lo había aprendido en los años que llevaba casada con Jack Galway. Y lo amaba.

Se echó un poco más de agua en la cara, se secó y regresó a la cocina. Jack y las gemelas estaban preparando la cena: espaguetis, ensalada, pan de ajo. Jack le lanzó una mirada pero no dijo nada, y Susanna comprobó que estaba de un humor sombrío. Al menos, con ella. Con Maggie y Ellen parecía estar bien.

Después de la cena, durante la cual logró eludir la mirada de Jack en todo momento, Iris, Maggie y Ellen retomaron su torneo de Scrabble. Jack empezó a entrar y salir de la casa, acarreando troncos, hasta que la leñera empezó a desbordarse. Susanna sabía que se estaba subiendo por las paredes.

—Podrías buscar huellas de alce en la oscuridad —dijo cuando su marido se disponía a salir otra vez. Jack le lanzó una breve e intensa mirada, y Susanna supo que tenía dos cosas en la cabeza. Una era Alice Parker, Beau McGarrity y la cinta desaparecida. La otra era ella. Ninguna de las dos facilitaba la convivencia en un refugio de montaña.

—Mamá —dijo Ellen desde la mesa—. Deberías unirte a nuestro torneo. Podemos ser cuatro jugadores.

—Es demasiado tarde para que se incorpore —dijo Maggie. Iris se ciñó el chal de lana en torno a los hombros y sugirió:

—Puede ocupar mi sitio.

—Ni hablar —Ellen lo negó con la cabeza—. No se puede abandonar cuando se está ganando, abuela.

Susanna dejó que siguieran jugando y se acomodó en el sofá que estaba delante del fuego, tratando de concentrarse en su lectura. Jack soltó su último cargamento de leña e intentó poner su granito de arena con el rompecabezas. Encajó una pieza y desistió.

—Nunca me han gustado los puzzles.

—Si no incluyen criminales, no —Susanna no creyó haber insuflado ironía a sus palabras, pero Jack la miró como si la hubiese percibido. Ella se encogió de hombros bajo su cálida manta de lana—. Eres un ranger.

—¿Lo soy?

No había recuperado la neutralidad; mantenía la actitud de interrogador. Seguía enfadado con ella... y consigo mismo. Una ex convicta a la que había metido en chirona se había infiltrado en la vida de su familia durante varias semanas, le habían dado un golpe en la cabeza y no había estado al corriente de la existencia de la cinta. Todavía había un asesinato sin resolver en Texas. Sus vidas personales y profesionales se habían solapado, y Susanna sabía que no le hacía gracia. A ella tampoco, pero, en lugar de afrontarlo, había huido. Aun así, seguía dolida y furiosa con Jack: hacía meses que sabía lo de Beau McGarrity.

Dadas las circunstancias, no se sentía obligada a hablarle de sus diez millones. Todavía no.

Pasó una hoja del libro, aunque no estaba asimilando ni una sola palabra de lo que leía. Jack exhaló un suspiro y echó a andar hacia el porche de atrás con brusquedad.

—¿Adónde vas? —le preguntó Susanna.

—A mirar las estrellas.

—Está nevando. Las estrellas no habrán salido.

—Entonces, contaré copos de nieve.

Alice se envolvió el pelo húmedo con una toalla cálida y esponjosa y se dejó caer en la cama en su habitación del albergue. No le importaría vivir en aquella habitación durante el resto de su vida. Australia podía seguir donde estaba. Se contentaría con disponer de servicio de habitaciones, jabones olorosos y una hermosa vista allí, en los Adirondacks.

Tenía la piel hinchada y arrugada del largo baño aromático. Se había envuelto en un albornoz de algodón natural proporcionado por el albergue, y se sentía cuidada y especial. Ardía un fuego en la chimenea del salón, en el piso de abajo, pero Alice se sentía feliz en su habitación, disfrutando de la calma y de verse libre de Destin durante unos minutos.

Jack Galway estaba allí. No era una buena noticia.

—Me pone los pelos de punta —le había dicho Destin a su regreso del refugio de Susanna. Pero si la presencia de Jack suponía más presión para Destin y para ella, quizá tuviera el mismo efecto en Susanna. Podría revertir en su beneficio.

Destin estaba en el salón, charlando con los dueños. Alice contemplaba las sombras cambiantes del techo, los trazos ondulantes de la escayola. Recordaba haberle oído decir a Rachel McGarrity que lo mejor de ser rico era que uno siempre se rodeaba de calidad. A Rachel le gustaban las telas lujosas: toallas de algodón egipcio, colchas Anachini, mantas de cachemira... Alice intentaba memorizar los nombres de las mejores marcas y telas. No estaba celosa, sólo sentía curiosidad. Rachel no tenía aires de mujer rica; simplemente, se había criado entre pañales, pero la habían enseñado a ser amable y cortés. La abuela de Alice siempre había dado mucha importancia a los buenos modales.

Con sangre azul de Filadelfia o sin ella, Rachel Tucker McGarrity había sangrado como cualquier otra persona. El médico dijo que murió en menos de un minuto, posiblemente, sin sufrir.

Pero ¿habría comprendido Rachel lo que le estaba

ocurriendo? ¿Se habría dado cuenta de que le habían disparado por la espalda, aunque casi no le hubiera dolido? ¿Adivinaría que su marido acababa de matarla?

¿Sabría que Alice lo había provocado sin querer?

Había cosas que Rachel nunca le había contado. ¿De dónde nacía su interés por Susanna Galway, por su trabajo? Estaban llegando a ese punto... Le había prometido a Alice darle más respuestas, y muy pronto.

¿Habría pensado al morir: «Debería haberle contado más cosas a Alice»?

Alice cerró los ojos en un intento de disipar las imágenes y los pensamientos indeseados. No sabía lo que una mente podía procesar en los segundos previos a la muerte.

Se levantó y se dirigió al espejo que había encima de la cómoda; dejó que la toalla le cayera sobre los hombros. Le gustaba el pelo rojo. Quizá siguiera tiñéndoselo. Aquellos tenues cambios de aspecto no eran más que una manera de dejar atrás a Alice Parker, la perdedora.

Sonó el móvil. Hizo una mueca, porque sabía que era Beau. Tomó el aparato de la mesilla de noche, donde lo había dejado cargando.

—Eh, señor Beau. ¿Es usted?

—Estás en los Adirondacks —declaró—. Has seguido a Susanna después de registrar la casa de Iris Dunning.

Sus palabras tomaron a Alice por sorpresa. Se estremeció, presa de un frío repentino.

—¿Está en Boston?

—¿Has encontrado la cinta?

Si decía que sí, no tendría excusa para estar en los Adirondacks, y Beau podría perseguirla y matarla a palos. Se sentó en el borde de la cama. La toalla húmeda se había enfriado. La dejó caer al suelo y se sentó sobre las plantas de los pies, cubriéndolos con el albornoz. No podía permitir que le castañetearan los dientes; Beau pensaría que estaba nerviosa.

No le haría gracia que se hubiera compinchado con Destin Wright.

—No —respondió—. Tengo motivos para creer que la lleva consigo. Por eso he venido aquí —mentira, pensó. Una mentira peligrosa.

—En San Antonio no está.

A Alice se le paró el corazón y, cuando volvió a latirle, lo hizo con tal ímpetu que le produjo dolor. Arrugó la frente, tratando de concentrarse.

—Beau, por Dios, ¿qué hace? ¿Ha entrado en la casa de los Galway, en San Antonio? ¿Se ha vuelto loco? Dijo que Sam Temple lo tenía vigilado...

—No tanto. No tienes que preocuparte por mí —hizo una pausa; una táctica para aumentar la tensión. Su voz permanecía inalterable, por lo cual era imposible descifrar si hablaba en serio o sólo estaba tomándole el pulso a la situación—. En ese sentido, no.

—Debería quedarse en casa podando sus rosales y dejarme a mí el trabajo sucio. Para eso va a pagarme.

—Mi querida Alice, si se te ha ocurrido tomarme el pelo de alguna forma...

—Vamos, no diga tonterías, señor Beau.

Pero pensó en la cinta escondida en su vieja maleta y en Destin Wright delante del fuego, fanfarroneando con los dueños sobre los cien de los grandes con los que iba a empezar de cero. Su capital inicial.

—Es el hombre más inteligente que conozco —le dijo—. Se ha librado de un asesinato. Jamás se me ocurriría engañarlo.

—Estaremos en contacto —dijo Beau, y cortó.

Alice se arropó con el edredón y se sentó con las piernas cruzadas en el centro de la cama. «Y ahora ¿qué?». Susanna Galway era una mujer cuerda con diez millones a su nombre y, allí estaba ella, tratándose con un asesino perturbado por cincuenta mil miserables dólares. Seguramente, la mitad. Beau nunca le pagaría el precio inicial.

Era demasiado tarde para retirarse del acuerdo. Si Beau averiguaba que le había mentido, podría olvidarse del dinero. Tendría suerte si aquel loco no hacía un agujero en el hielo del lago Blackwater y la metía dentro.

Alice quería irse a Australia. En Australia, sólo conocería a gente agradable.

Susanna había cerrado el libro y estaba contemplando el fuego, sintiendo el calor que irradiaban sus llamas anaranjadas. Maggie y Ellen estaban en su habitación, leyendo *Orgullo y prejuicio* en voz alta, por turnos. Así estaban de desesperadas, habían dicho, pero Susanna lo dudaba. Sabía que se lo estaban pasando bien, lejos de las rutinas de Boston o San Antonio.

Iris también se había retirado a su cuarto. Susanna le había preguntado si quería visitar algún lugar durante su estancia en Blackwater Lake.

—El cementerio —había dicho. Susanna no replicó.

—Está bien, abuela. Te llevaré mañana.

Imaginaba a su abuela en su habitación, pensando en las personas cuyas tumbas visitaría al día siguiente.

Se arropó mejor con la manta. El fuego chisporroteó, y reprimió unas lágrimas repentinas. No entendía lo que le pasaba. Su familia estaba allí, con ella, y jamás se había sentido tan sola.

Jack entró por el porche de atrás, sacudiéndose nieve del pelo.

—Ahora está nevando de lo lindo —se acercó al fuego a calentarse—. ¿Dónde está todo el mundo?

—Arriba. Creo que se han esfumado a propósito.

Jack volvió la cabeza para mirarla con ojos entornados.

—Me alegro.

Se sentó junto a ella en el sofá y tomó un extremo de la manta para cubrirse un poco. Susanna le dio un poco más.

—Tienes las manos heladas —dijo, y tomó una entre sus propias manos, para transmitirle algo de calor corporal. Se fijó en que los dos seguían llevando las alianzas. Cuando las compraron, estaban sin blanca. Eran anillos sencillos de oro blanco, con las iniciales y la fecha de la boda grabadas por dentro.

—Si voy a dormir arriba —dijo Jack—, necesitaré otra manta.

—Puedes usar la manta eléctrica que hay en mi cama.

—¿Tienes una manta eléctrica?

Susanna le sonrió.

—No me sorprende que anoche no te dieras cuenta.

—¿Tienes una manta eléctrica además de un edredón?

—No está mal, ¿eh? Así puedo calentar la cama con la manta eléctrica antes de acostarme —echó la cabeza hacia atrás y lo miró a los ojos con regocijo—. No me gusta dormir en una cama fría.

—Ocultarme que te estaban siguiendo es una cosa, pero no decirme que tienes una manta eléctrica... —la rodeó con los brazos y la atrajo hacia él mientras deslizaba las yemas frías de los dedos por la piel cálida de su espalda—. Eso es imperdonable. Anoche casi me congelo.

—Pues cuando saliste de mi cuarto no tenías frío.

Jack se inclinó sobre ella, y sus labios encontraron los de Susanna mientras susurraba:

—¿A que anoche no te hicieron falta la manta eléctrica ni el edredón?

La respuesta de Susanna se perdió en el beso, un beso largo, lento y profundo que la hizo olvidar que alguna vez se había sentido sola en la vida, aunque hubiera experimentado esa sensación hacía tan sólo cinco minutos. Jack deslizó una mano hacia el estómago de ella, lo acarició con la palma y después buscó sus senos.

—Sé que piensas que puedo afrontarlo todo, Susanna —le dijo—; pero no es cierto. No puedo afrontar estar solo en San Antonio.

—No tenía intención de quedarme en Boston...

—Estabas asustada y confundida. Yo también —hablaba en tono práctico, como si estuviera acostumbrado a reconocer su miedo y su confusión—. Si hubiéramos intentado solucionar esto antes... Bueno, quién sabe.

—Sé que te parecerá extraño, pero es como si estos meses, este refugio... fueran parte de mi destino, de algo que tengo que vivir. Tú y yo. No sé. Quizá sea que, en el fondo, sabía que necesitaba pasar unos meses con la abuela, y esto no ha sido sólo por nosotros y ese mal nacido de Beau McGarrity.

Pero Jack no la estaba escuchando. Deslizaba la mano por el abdomen de Susanna, y retiró un poco la cintura elástica de sus pantalones para introducirla más abajo, hasta su entrepierna, donde la acarició como sólo él la había acariciado. Había pasado tanto tiempo desde la última vez, que Susanna estuvo a punto de gemir de placer, pero recordó que su familia se encontraba en el piso de arriba. Jack también lo sabía y, aun así, siguió acariciándola, sin detenerse cuando ella empezó a jadear y cerró los ojos para prolongar el momento.

—Vente a la cama —dijo Susanna en un susurro entrecortado.

—Todavía no.

Permaneció con ella, dejando que se estremeciera en silencio contra él, sin detenerse hasta que Susanna se derrumbó sobre su pecho e inspiró su aroma viril.

—Jack, en serio... Nada de manta eléctrica —dijo con el rostro oculto en la camisa de él—. No te la mereces.

—No sé... —profirió una carcajada lenta y deliberada—. Creo que me merezco mucho más que una manta eléctrica.

—Cretino.

Jack volvió a reír.

Pero ella seguía sin despegar el rostro de la camisa, presa de un inesperado bochorno, como si aquella fuera la primera vez que hacían algo así. Después, se apartó de él enseguida, eludiendo mirarlo a los ojos mientras le quitaba toda la manta que podía y se envolvía con ella.

—Son estas telas sintéticas elásticas. Son un peligro. Los pantalones son cómodos, pero... —Susanna no terminó la frase. Jack no estaba ni siquiera mínimamente avergonzado.

Se levantó con la manta alrededor, como si así pudiera impedir que su marido adivinara que estaba otra vez excitada. Él lo estaba, pero le importaba un comino si ella se daba cuenta o no.

Susanna murmuró las buenas noches y se retiró a su dormitorio, con la esperanza de no tropezar con los picos de la manta y caerse de bruces. Casi tenía cuarenta años, estaba casada, sus hijas estaban a punto de ir a la universidad, era una asesora financiera de primera, tenía diez millones la última vez que se había parado a contarlos... pero se había quedado como un flan tras un espontáneo encuentro romántico con su marido.

Salvo que dudaba que fuera espontáneo.

—Conque contando copos de nieve... ¡Ja!

Pensó en él, sentado en el sofá, delante del fuego, y se adentró en el dormitorio. Encendió la manta eléctrica al máximo y corrió al cuarto de baño. Se desnudó y se metió en la ducha, todavía incapaz de respirar con normalidad.

Si Jack quería una oportunidad, tendría que ser él quien diera el primer paso.

Se frotó con espuma de jabón de lavanda y dejó que el pelo se le secara al aire después de aclarárselo. Salió de la ducha, se frotó con una toalla amplia y se puso un camisón de franela a cuadros azules. Parecía una montañera.

Cuando regresó al dormitorio, enseguida advirtió que el termostato de la manta eléctrica estaba apagado. Pensó que debía haber alcanzado la temperatura marcada y que debía de haberse activado un dispositivo de seguridad, pero cuando pasó una mano por la manta la notó gélida.

Desde un rincón oscuro, Jack dijo:

–Pensé que debíamos empezar con una cama fría. Así no nos pondremos al rojo vivo.

Ya se había desnudado, y se acercó a la cama, retiró el edredón y se deslizó entre las sábanas como si fuera lo más natural del mundo. Susanna se arrodilló al otro lado.

–Jack, ¿estás seguro de que es esto lo que quieres?

–No sabes lo seguro que estoy.

–Quizá deberíamos conversar un poco más...

–Ni hablar –le dijo–. Esta noche, no –la miró, con los ojos candentes como brasas y una media sonrisa sensual que disipó el último rastro de autodominio que Susanna poseía–. ¿Vas a echarme?

Jack ya conocía la respuesta; pero ella movió la cabeza, sonriendo.

–Ni hablar.

Se sacó el camisón por la cabeza, pero antes de que pudiera arrojarlo al suelo, Jack ya estaba allí, deslizando las manos por su piel ardiente, siguiéndolas con la boca, la lengua, los dientes. Se deshizo del camisón y lo tiró al suelo; después, la tumbó sobre la cama. Ella separó las piernas y notó su erección, pero no la penetró enseguida, y supo que aquella noche sería diferente de las demás veces que habían hecho el amor durante los meses de separación.

La besó, un beso que parecía contener todo lo que adoraba de él. Cada caricia, cada roce, cada sabor y temblor penetraron en su mente, cuerpo y alma. Cuando entró en ella, no lo hizo con la furia de la noche anterior, aunque su pasión era igual de profunda, su anhelo insaciable... como el de ella. Jack marcó el ritmo, como si la estuviera llevando a un precipicio y la hiciera asomarse para ver lo que había debajo: dónde estaría ella al cabo de un año, cinco, diez, si no descubría cómo fundir su vida con la de aquel hombre, y viceversa.

Llegaron al unísono, y se precipitaron juntos al vacío.

Se serenaron abrazados, y cuando Susanna tembló de frío, Jack los cubrió con el edredón. El sueño la arrastraba, y apoyó la cabeza en el hombro de su marido. En ese instante, fue como si nunca lo hubiera abandonado y nunca le hubiera ocultado la visita de Beau McGarrity y de Alice... como si ya no le quedaran secretos por confesar.

Jack se despertó al alba, alargó el brazo y encendió la manta eléctrica. No tenía frío. Se iba a llevar el edredón y quería asegurarse de que Susanna no se enfriara. Se puso los pantalones, recogió el resto de su ropa, tomó el edredón y salió por la puerta del dormitorio.

Conocía a Susanna. Daba igual que fuera su mujer y que Iris, Maggie y Ellen los hubieran visto despertarse juntos mil veces. Aquello era diferente. Sería más fácil para ella que él amaneciera en la planta de arriba: no tendría que dar explicaciones ni fingir que no le importaba que los demás conocieran sus actividades nocturnas.

Volvió la cabeza para mirarla dormir a la luz grisácea del amanecer. Sintió una oleada de emoción, una opresión en el pecho. La amaba con toda el alma, pero estaba al límite. No pensaba regresar a San Antonio sin haber resuelto los problemas de su matrimonio.

Atravesó con sigilo la cocina y el salón hasta las escaleras y las subió sin hacer ruido. El sofá cama estaba abierto y conservaba las dos finas mantas. Jack se metió en la cama, se cubrió con el edredón y estuvo tiritando unos minutos hasta que entró en calor.

Por la mañana, se sirvió una taza de café, les dio los buenos días a Iris y a las gemelas, que estaban preparando unas tortitas, y colaboró poniendo los platos, los tenedores y las servilletas en la mesa. Susanna todavía no había aparecido. Recordó su sabor, y estuvo a punto de derramar el sirope.

Aprovechando que estaba distraído, Maggie y Ellen idearon el plan de que las llevara a hacer esquí alpino mientras Susanna iba con Iris al cementerio. Jack no era aficionado a los deportes de invierno. Prefería sus quince kilómetros diarios, la sala de pesas y el saco de arena. Pero lo habían acorralado, y lo sabía, así que dijo:

—Claro, iremos a hacer esquí alpino.

Susanna emergió por fin del dormitorio, con aspecto de haberse pasado la noche haciendo el amor... aunque Jack creía que sólo él se daba cuenta. Se había vestido para pasear entre las tumbas de un cementerio en invierno: un jersey grueso y caro con un dibujo geométrico blanco y negro y pantalones negros ceñidos. El pelo recogido. Muy sexy.

No dio los buenos días a nadie hasta que no se sirvió un café. Después se volvió, se recostó en la encimera y cruzó la mirada con la de Jack un instante antes de decir:

—Abuela, ¿estás lista?

Maggie frunció el ceño.

—¿No vas a desayunar? Ellen y yo hemos hecho tortitas.

—Huelen de maravilla. Me tomaré un par de ellas por el camino.

—¿Frías? ¿Sin mantequilla ni sirope? —Ellen se estremeció—. Qué asco.

Ella y su hermana subieron a prepararse para su excursión. Iris también. Jack recogió la mesa; sabía que Susanna estaba tensa, quizá un poco cansada e irritable. Se acercó a ella y le acarició el pelo junto al oído.

—¿Enfadada porque me metí en la cama contigo o porque me salí?

Susanna intentó esbozar una sonrisa.

—Me robaste el edredón.

—Ah.

—Y no estoy enfadada, sino preocupada.

Seguramente, porque todavía le tenía que hablar de los diez millones. Jack le había dicho que siempre lo sabía todo, pero no parecía haberlo interpretado como una indicación de que también estaba al corriente del dinero que manejaba. Pero estaba de buen humor, la cabeza ya no le dolía y había hecho el amor con su mujer. Si encontraba a Alice Parker y averiguaba quién le había asestado el bastonazo, sería un hombre feliz. Ni siquiera le importaba hacer esquí alpino durante un par de horas.

—Hablaremos durante el almuerzo —le dijo—. Tengo que hacer un par de llamadas.

Susanna asintió, pero Jack advirtió que estaba dando vueltas a muchas cosas en la cabeza. Y estaba cansada. Podría haber ido más despacio la noche anterior, pero a Susanna no parecía haberle importado... Además, había sido ella quien había iniciado el segundo brote de pasión. Claro que él no se quejaba.

Echó a andar hacia el porche de atrás, pero ella le atrapó los dedos.

—Jack... ¿No lamentas lo de anoche? —preguntó con suavidad—. ¿No te fuiste por eso?

—No. Me fui para ahorrarte las miradas suspicaces esta mañana.

Pero Susanna no sonrió.

—No fue el fuego lo que dejamos que se extinguiera, ¿sabes? Sino la luz.

—¿Cómo?

En aquel momento, sí que sonrió, y movió la cabeza.

—Nada. Ve a hacer tus llamadas. Ya hablaremos después.

Para captar mejor la señal, Jack salió al exterior y permaneció en el camino de acceso, con nieve hasta las rodillas. Había salido el sol, que hacía refulgir el manto blanco, pero el aire era helador. Por suerte, Sam Temple descolgó al primer timbrazo.

—Dos minutos más y me dará una hipotermia —dijo Jack—. ¿Alguna novedad?

—Sí —Sam hablaba en tono profesional—. Intenté localizarte anoche... Te dejé un mensaje en el buzón de voz. McGarrity se ha esfumado.

Jack se quedó inmóvil, con la mirada clavada en un abeto cercano, con las ramas casi inclinadas hasta el suelo por el peso de la nieve.

—¿Adónde?

—La mujer de la limpieza ha dicho que a cazar. No me lo creo. Se llevó la camioneta.

—¿Has preguntado en los aeropuertos y en las líneas aéreas?

—Nada todavía. Pero hay más, Jack. La mujer de la limpieza oyó a McGarrity hablar con Alice Parker en junio. Su inglés no es muy bueno, pero mejor de lo que McGarrity se piensa.

El español de Jack era pasable, pero Sam lo hablaba con fluidez.

—¿Cómo tienes de apretada tu agenda? —preguntó Jack.

—Ya he hablado con el capitán; ahora mismo me dirijo al aeropuerto. Salgo para Boston dentro de una hora.

—¿Cuánta delantera nos lleva McGarrity?

—Un día. La mujer de la limpieza dijo que se marchó solo. Sin compañeros de caza.

—Se me está pasando algo por alto —dijo Jack—. Se me ha pasado desde el principio.

—Te llamaré cuando llegue a Boston —Sam animó el tono de voz, aunque empezaba a perderse la cobertura—. ¿Qué tal con Susanna? ¿Ya te ha confesado que es rica?
—No.
—¿Vas a dejar que agonice y crea que no tienes ni idea?
—Susanna no agoniza.
—¿Sabes?, si tuviera una mujer rica, sería más feliz que tú.
—Si tuvieras una mujer rica, entregarías la placa y te presentarías a gobernador —Jack tenía la mandíbula contraída a causa del frío. Sam había averiguado que Susanna tenía millones por sí solo, hablando con ella durante sus visitas a la casa; Jack no se lo había dicho—. Tenemos que encontrar a McGarrity —añadió antes de cortar.

No hacía falta que le dijera a Sam Temple que anduviera con ojo; lo sabía. Era un profesional, pero también había visto las fotografías de la escena del crimen de Rachel McGarrity.

Jack se volvió para entrar de nuevo en la casa y sorprendió a Maggie en la nieve, temblando, con los brazos cruzados sobre el pecho. No llevaba abrigo.

—He salido a preguntarte a qué hora querías que nos fuéramos —clavó sus ojos oscuros en él, grandes y asustados, con un rastro del arrojo de su madre—. Papá, ¿estabas hablando de Beau McGarrity, el sospechoso de haber matado a su mujer?

—Maggie...

—¿Está acechando a mamá? —preguntó en voz baja.

Jack se meció sobre los talones. De niña, Maggie había querido ser ranger; en aquellos momentos, apostaba por la antropología. Avanzó hacia ella.

—¿Por qué iba a querer McGarrity acechar a tu madre?

—No sé nada, si es eso lo que piensas. A mí nadie me cuenta nada. Estabas hablando con Sam, ¿verdad?

A Jack no le agradaba lo más mínimo aquella conversación.

–Con el sargento Temple, sí.

–Papá, no soy idiota. Si tú estás aquí y ese tal McGarrity ha desaparecido...

–Nadie ha dicho que haya desaparecido.

Maggie resopló.

–Le preguntaste a Sam, al sargento Temple, si había preguntado en aeropuertos y líneas aéreas. A mí eso me parece desaparecer.

–Dijo que había salido a cazar.

A Maggie le castañeteaban los dientes, en parte por el frío, en parte por la furia.

–¿Por qué no me dices que no me meta en tus asuntos? Me molestaría menos que tus esfuerzos por no contarme nada sin parecerlo.

Jack intentó no lanzarle una mirada furibunda. ¿Por qué diablos ni su esposa ni sus hijas eran más llevaderas?

–No quiero que ni tú ni tu hermana os preocupéis por Beau McGarrity o por Alice Parker.

–¿Por qué? ¿Por qué no somos ranger de Texas? ¿Es eso lo que le dices a mamá?: «No te preocupes, yo me hago cargo, soy el gran ranger».

–Maggie...

–De eso se trata, papá –su hija no cedía ni un milímetro–. No puedes evitar que Ellen y yo nos preocupemos, no puedes protegernos de nada –elevó la barbilla, desafiante pese al castañeteo–. Ya no.

Jack reprimió el impulso de arrastrarla al interior de la casa y sermonearla sobre quién había estudiado para ranger y quién no. Pero sabía que no era esa la solución. No tenía soluciones. Quizá fuera por eso por lo que su familia estaba en Boston y él en Texas. Maldición, no lo entendía.

—Papá —dijo Maggie, reprimiendo las lágrimas provocadas por el frío, los nervios, la indignación... y el miedo.

Quería a su hija. Quería a su hermana gemela, y a su madre. Recordó la noche en que nacieron, lo impotente que se había sentido por el dolor que padecía Susanna. Recordaba haber sostenido en brazos a las dos mientras dormían, arropadas en sus mantitas.

Ya no eran bebés, ni preescolares, ni siquiera quinceañeras... esos días habían quedado atrás. Sus hijas eran jóvenes fuertes e independientes, y querían que su padre las reconociera como tales. Jack suspiró; empezaba a sentir el frío.

—Nunca pensé que llegaría a decir que mi vida era más fácil cuando Ellen y tú teníais dos años. Maggie, ¿sabes algo sobre Beau McGarrity? ¿Cualquier cosa?

—No —Maggie movió la cabeza—. ¿Por qué?

—¿Nunca se ha acercado a ti, o ha intentado seguirte...?

—Por Dios, papá —tenía las mejillas pálidas—. «No».

—¿Ellen?

—Nunca ha dicho nada. Quiero decir que lo habría dicho. Ya sabes cómo es.

Ellen no sabía guardar secretos; era una de las pocas certezas que Jack tenía sobre su familia. Ellen no sabía guardar secretos; Maggie, sí. Le pasó un brazo por los hombros.

—Entremos antes de que te congeles. Ya hablaremos de Beau McGarrity —se vio obligado a añadir.

Alice pasó la noche soñando con Rachel McGarrity y se despertó exhausta. Bajó tambaleándose al comedor, pero apenas probó bocado: una tostada, un poco de zumo. Se subió a la habitación una taza de café. No se había tropezado con Destin, y eso era de agradecer.

Oyó un golpe de nudillos en la puerta. Hablando del rey de Roma...

—¿Alice? Alice, ábreme. Soy yo, Destin.

«Duerme con perros, Alice, cariño, y no te sorprendas si amaneces con pulgas».

Debería haberle hecho caso a su abuela. Había sido una mujer sencilla con un claro sentido del bien y del mal. ¿Habría «ella» trabado amistad con Rachel, haciéndole trabajitos al margen? ¿Se habría saltado la ley para salvar el pescuezo e inculpar al asesino de Rachel?

No. Para empezar, su abuela nunca se habría hecho policía; pensaba que un poli y un delincuente apenas se diferenciaban entre sí. «Trabaja duro, no llames la atención, ahorra dinero. No juegues, no bebas, no fumes. Búscate un hombre y asegúrate de que es bueno. Después, trátalo como se merece».

Alice no había seguido muy bien los consejos de su abuela.

—Vamos, déjame entrar.

Destin hablaba en voz queda y asustada, pero era él, un hombre capaz de recurrir a la extorsión para obtener dinero.

Pero no era un asesino. Se echaría atrás a la hora de matar. Quizá le pusiera un cuchillo a Susanna en la garganta, pero no lo usaría. Preferiría conseguir el dinero de la manera más fácil: haciendo que Susanna reconociera su brillantez y se lo diera.

Alice había aprendido mucho sobre Destin Wright en los dos últimos días.

Fue a abrir. Destin entró como si la Gestapo lo estuviera persiguiendo. Cerró la puerta a toda prisa y empezó a pasarse la mano por el pelo mientras daba vueltas por la habitación.

—¡Dios bendito! —se detuvo un instante para recobrar el aliento—. Susanna e Iris están aquí.

Alice se ciñó mejor la bata con el cinturón. Dudaba que Destin advirtiera que no llevaba nada debajo; estaba obsesionado con sus cien de los grandes.

—¿Aquí, en el albergue? —preguntó, manteniendo la calma.

—Están hablando de los viejos tiempos con los dueños.

—Es lógico, si Iris se crió aquí. Deberíamos haber escogido otro alojamiento, pero éste era el más próximo a la casa de Susanna —Alice advirtió que Destin estaba demasiado alterado para escuchar—. ¿Habrán visto mi coche?

—No lo sé, lo escondimos bastante bien. Si Jack se entera de que he venido contigo... —movió la cabeza—. No sé por qué pensé que podría hacer esta mierda. Maldita sea.

Mieditis. Justo lo que Alice necesitaba.

—Crees en ti, ¿no? Crees en tu compañía. ¿Ya no necesitas el dinero?

—Susanna está siendo egoísta; además, le falta visión. Si pudiera convencerla, proponerle el incentivo adecuado...

—El miedo es un buen incentivo —dijo Alice.

Destin hizo una mueca.

—Y tanto que sí. Hace semanas que tengo miedo. Diablos, cuando me quitaron el BMW... eso sí que fue un incentivo.

Alice no quería ni pensarlo. Destin estaba dispuesto a apretarle las tuercas a Susanna por el BMW embargado. Los motivos de Alice tampoco habrían contado con la aprobación de su abuela pero, al menos, intentaba mudarse a un lugar en el que no necesitara saltarse las normas. En Australia llevaría una vida decente.

—¿Qué vamos a hacer? —preguntó Destin.

—Aumentar la presión.

Se sentó en el borde de la cama, pensando deprisa. Había aprendido a barajar opciones y datos a gran velocidad en la cárcel: era una cuestión de supervivencia. Pero siempre había sido más aplicada que inteligente. De lo contrario, tal vez no hubiese causado tanto estropicio en la escena del crimen al ver su monedero en la sangre de Rachel.

Destin seguía dando vueltas; hundía las manos en el pelo y se detenía delante del espejo de encima de la cómoda para mirar su reflejo.

—¿Por qué no vuelves al refugio de Susanna? —le propuso. Destin se dio la vuelta y movió la cabeza.

—Ayer no saqué nada en claro con ella. Me dijo que no, que no y que no —hablaba como un niño de tres años—. Luego, apareció Jack y... Dios, ese tipo me pone los pelos de punta. No le hizo gracia encontrarme allí.

Alice se puso en pie, lo agarró del brazo y se lo apretó.

—Escúchame, maldita sea. Tienes que ir a su casa y ponerlo todo patas arriba, como si alguien hubiese estado allí buscando algo.

—¿Para qué? Ya averiguamos lo que necesitábamos saber en casa de Iris. Ya sabemos que Susanna tiene diez millones...

—No se trata de averiguar nada más, sino de lograr un efecto...

—Por el amor de Dios, si me sorprendieran...

—Eres amigo de Susanna, conoces a Iris desde que eras pequeño; has crecido en su barrio. Si te sorprenden, di que habías ido a visitarlos, que oíste un ruido, entraste a mirar y te encontraste la casa revuelta. Te apoyas en tu amistad.

Exhaló el aliento, todavía inseguro.

—¿Crees que funcionará?

—Sí, pero no puedo explicarte por qué. Susanna ha venido aquí por una razón, y podemos utilizarla en nuestro beneficio. Digamos que no le hace gracia tener miedo —Alice no sabía si lo que decía tenía sentido, pero no se le ocurría ningún otro medio para presionar a Susanna y convencer a Beau de que Susanna todavía tenía la cinta y que Alice se la había arrebatado—. Tú mismo dijiste que tenemos que intimidarla. En cuanto se dé cuenta de que le resultará más fácil darte el dinero que aguantarte...

—No se trata de dar —dijo Destin—. Invertirá en una compañía que convertirá sus miserables cien mil dólares en millones. Recuperará hasta el último centavo y mucho más.

—Exacto —y su falso testigo iba a poner a Beau McGarrity en la galería de los condenados a muerte, no a meterla a ella en la cárcel—. Creo que esto puede funcionar, Destin. Al menos, deberíamos intentarlo.

—No está exento de riesgos, pero si lo hago bien... Susanna picará, lo sé. Y desarrollaremos mi idea juntos; así le demostraré lo entregado que estoy a mi proyecto.

Así demostraría lo codicioso y estúpido que era, pero Susanna ya debía de saberlo.

—Tengo que hacer algo drástico para convencerla —prosiguió—. Sé que piensa que estoy acabado.

Alice había conocido a muchas personas como él en la cárcel, personas que culpaban a los demás por su condena. A sus abogados, al juez, a la sociedad, al sistema... Al menos, ella asumía su propia culpa. Había ido a la cárcel por los errores cometidos la noche en que encontró el cuerpo de Rachel.

—No tienes que robar nada —le dijo a Destin—. Eso te pondría en un fuerte apuro con la ley. No podrías explicar por qué te has llevado calderilla de la mesa de la cocina.

—Te escucho —Destin la miraba y se frotaba la nuca. Estaba concentrado, serio, contemplando las posibilidades.

—Hace un día precioso. En el desayuno, todo el mundo estaba entusiasmado con la nieve que había caído. Iris y Susanna están visitando el albergue, y apuesto a que Jack y las gemelas también han salido. Pero tienes que andar con cuidado, y asegurarte de que no ha salido solo y ha dejado a las gemelas en el refugio.

—Está bien.

—Deberíamos irnos de aquí. Pagaré la cuenta cuando tú ya te hayas ido. Puedes ir andando al refugio.

—Tendremos que reunirnos en algún sitio.

Alice asintió; ya había pensado en ese detalle.

—El extremo norte del lago es propiedad de una familia rica que ya nunca viene por aquí. Iris me habló de ellos. De todas formas, hay un mapa geológico de la zona justo enfrente de la mesa de recepción. Échale un vistazo al salir. Hay una casa en esa zona, un poco retirada de la orilla. Está señalada en el mapa.

Destin frunció el ceño.

—¿Esperas que vaya andando al refugio de Susanna y, después, hasta el extremo norte del lago?

—No está tan lejos como crees. De hecho, se tarda menos bordeando el lago a pie que yendo en coche. Lo verás cuando estudies el plano. Yo dejaré el coche junto a la casa y bajaré andando al lago... Hay un quiosco junto a la orilla donde podemos reunirnos —sonrió, tratando de animarlo—. Te llevaré un café caliente.

—No sé...

—Destin, si pasara algo, a nadie se le ocurriría buscarnos allí —suspiró—. Oye, no se me ocurre una idea mejor. Si tienes alguna sugerencia, hazla ahora.

—No... No, esto funcionará. Pensaba entrenarme para escalar el Everest... ya sabes, cuando tenía dinero, así que el frío y la nieve no me molestarán.

Porque había «pensado» entrenarse para el Everest. Alice no dijo ni media palabra. Destin anduvo hacia la puerta; los ojos le brillaban con renovado entusiasmo.

–Creo que Susanna acabará invirtiendo medio millón.

Alice resistió el impulso de poner los ojos en blanco. Ya no se sentía tan inteligente por haberse compinchado con Destin Wright, el ex millonario. Pero éste caminaba con más brío cuando se fue, mirando a un lado y a otro antes de salir al pasillo, como si los nazis todavía anduvieran tras él.

Alice se dejó caer sobre la cama y clavó la vista en el techo; la luz brillante de la mañana no le levantaba el ánimo. No sabía si su plan surtiría efecto, ¿acaso no lo había echado todo a perder cuando encontró el cadáver de Rachel? Y también había creído tener una idea genial.

Al menos, había llegado a una conclusión. Beau McGarrity era un problema más grave que Jack Galway. Jack volvería a meterla en chirona si se pasaba de la raya; Beau la mataría.

Suspiró.

–No sirvo para esta mierda.

Después, se levantó corriendo de la cama y echó mano de su ropa. Condenado invierno... Se estaba congelando.

Susanna e Iris esperaban en una pequeña y acogedora sala de estar contigua al vestíbulo en el que Paul y Sarah Johnson, la joven pareja propietaria del albergue, habían instalado la recepción. Habían decorado la sala con tonos cálidos verde bosque y dorado, y disponía de un ventanal semicircular que daba al lago. Iris contemplaba el paisaje nevado.

–En esta salita murió mi madre –dijo en voz baja.

–Abuela, si quieres irte...

–No, esperemos a Audrey... a Alice.

Susanna estaba sentada en una elegante silla tapizada en brocado. Habían decidido entrar primero en el albergue, antes de dirigirse al cementerio. Los Johnson habían saludado a Iris como si fuera una leyenda andante. En cierto sentido, lo era: Iris Dunning, la hija del célebre guía de los Adirondacks, John Dunning. Los Johnson les enseñaron con orgullo la colección de imágenes que habían reunido y enmarcado del albergue en sus comienzos. Iris ni siquiera había sido capaz de mirarlos.

Avergonzada por su entusiasmo, Sarah Johnson se había disculpado ante Susanna en un aparte.

–Para nosotros es fácil olvidar que tu abuela vivió una

tragedia. Sesenta años nos parece una eternidad, pero para ella... debe de ser visto y no visto.

—Nunca habla mucho de su vida aquí —se limitó a decir Susanna. Y estaba exagerando: Iris «jamás» hablaba de su vida en Blackwater Lake.

—Aquí ya nadie recuerda el escándalo —añadió Paul Johnson.

—No —dijo su esposa—. Para nada.

—Todos recordamos a Iris Dunning como una mujer notable de esta región.

Iris profirió un gruñido y se volvió hacia la pareja.

—Eso parece un epitafio. Cualquiera diría que estoy muerta, y no a unas cuantas horas de aquí, en Boston.

Fue entonces cuando Susanna decidió preguntar por Destin Wright. Jack pensaría que se estaba inmiscuyendo en su trabajo, pero no le importaba: necesitaba cambiar de tema. Ansiosos de subsanar su desliz, los Johnson le dijeron que Destin se había registrado en el albergue con Audrey Melbourne el día anterior. Los dos estaban hospedados allí. ¿Quería hablar con ellos?

Los Johnson los habían avisado y Audrey, Alice, bajaría enseguida. No habían podido localizar a Destin, que debía de haber salido.

Susanna miró de soslayo a su abuela en cuanto se quedaron solas. ¿Qué tragedia? ¿Qué escándalo? Sentía una curiosidad loca, pero la reacción de Iris al inocente desliz de los Johnson sugería obrar con cautela. A fin de cuentas, se trataba de su vida, de su pasado.

—Le hablé a Alice de este lugar —dijo Iris—. Menuda víbora. Era tan fácil hablar con ella, fingía estar tan interesada en mi vida...

—Quizá estuviera interesada, abuela. La gente es complicada.

Iris rechazó la idea con un ademán enérgico.

—Me pudo la vanidad. Pensé que quería saber de mi vida para orientar la suya.

—No te mortifiques...

—No lo hago; sólo cuento los hechos —movió la cabeza, sin desviar en ningún momento los ojos del lago—. Jimmy Haviland me lo estará recordando hasta que me muera. Receló de ella desde el principio.

—No tanto como para comentármelo a mí enseguida —matizó Susanna—. Esperó varias semanas a abrir la boca.

Alice Parker entró en la sala de estar con paso enérgico y ningún indicio de estar haciendo algo malo allí, en Blackwater Lake. No pretendía fingir que había ido a practicar deportes de invierno. Llevaba vaqueros ajustados y un jersey de punto de color pardo, botas de estilo vaquero y kilos de baratijas doradas.

—Buenos días, señora —le dijo a Iris con educación, y miró a Susanna—. Señora Galway.

—Me mentiste, Alice —la acusó Iris.

—Sobre algunas cosas sí, señora —Alice hablaba en tono de disculpa, aunque no de arrepentimiento—. Pero sobre la mayor parte, no.

—Tu nombre, por qué estabas en Boston... Tampoco mencionaste que el marido de mi nieta te había metido en la cárcel.

Alice jugó con uno de sus anillos.

—Lo siento mucho, señora Dunning; no era mi intención contrariarla. Este albergue... este paisaje... —hizo una pausa, y prosiguió en el mismo tono sincero pero firme—. Todo es tan bonito como me contó.

—Yo nunca te mentí —replicó Iris, y se sentó de costado en el asiento tapizado de la ventana, dando la espalda a Susanna y a Alice, como si las dos la hubieran ofendido. Con una punzada de pesar, Susanna se preguntó si la adquisición del refugio en Blackwater Lake no habría sido una intrusión en la vida de su abuela. Pensándolo bien, debería haberlo consultado con ella antes de comprarlo. Claro que, después de ver el lago, las montañas nevadas y el refugio, dudaba que hubiese tenido voluntad para resistirse.

—Has venido con Destin Wright —dijo Susanna. Alice asintió.

—Sí. Nos hicimos amigos en El Bar de Jim.

—¿Te ha dicho que me quiere sacar dinero?

—Bueno, hemos hablado de la nueva compañía que quiere crear —encogió sus hombros esbeltos, y echó hacia atrás los rizos rojos—. Me temo que no sé mucho de negocios. Dice que necesita... ¿Cómo lo llama? Dinero de algún tipo.

—Capital inicial —declaró Susanna en tono neutral.

—Eso es. Yo no tengo nada que ver con eso; sólo quería ver los Adirondacks y salir de la ciudad, pensar lo que voy a hacer ahora que soy una persona *non grata* en su barrio —sonrió con sencillez—. La verdad, después de estar tantos meses en la cárcel, ni siquiera me molesta el frío.

Susanna se negó a dejarse distraer, ni porque Alice cambiara de tema ni porque intentara cautivarla.

—¿Te ha dicho Destin que Jack está aquí?

—Su marido. Sí, Destin me lo ha dicho. Supongo que el teniente Galway se tomará mi presencia como una provocación.

—Eso es lo que pensamos todos, Alice —dijo Susanna con calma—. Encontró a unos intrusos en la casa de Iris la otra noche y recibió un golpe en la cabeza.

—¿El teniente Galway? —Alice se mostró sorprendida... o fingió estarlo—. ¿Tengo aspecto de poder tumbarlo? Apuesto a que ni siquiera mido la mitad que él.

—Eres una policía experimentada.

—Y él es ranger de Texas. Siento que resultara herido, y entiendo que piensen que yo haya tenido algo que ver, pero no es así. Así que, o lo demuestran, o me dejan en paz. He cumplido mi pena y no estoy en libertad bajo fianza. Puedo ir y venir como me plazca, siempre que no quebrante la ley.

Tenía razón, así que Susanna suspiró a regañadientes y asintió.

—Me parece justo. ¿Sabes dónde está Destin? Me gustaría hablar con él.

—Quería hacer bobsleigh. Puede que alguien lo haya llevado en coche. La verdad, no lo sé —se encogió de hombros, perdiendo interés—. Sólo hemos venido a pasárnoslo bien.

—¿Ha sido idea de él?

—No sé, nos pusimos a hablar de que ustedes iban a venir y como yo sentía curiosidad por todo lo que Iris me había contado... —se interrumpió y frunció el ceño—. ¿Cuántas preguntas me tiene preparadas, señora Galway?

Susanna no contestó. Iris se dio la vuelta y se puso en pie muy despacio.

—Alice, creo que deberías hablar con Jack antes de que te metas en camisa de once varas y hagas algo de lo que luego te arrepientas.

Alice apretó los labios. Parecía agraviada.

—¿Acaso me toma por una estúpida?

—¿Cómo acabaste en la cárcel? —prosiguió Iris, con mirada viva e implacable—. Te metiste en camisa de once varas e hiciste algo de lo que luego te arrepentiste. Estoy segura de que todo te parecía muy lógico en su momento, pero mirando hacia atrás, sospecho que no. Solemos repetir nuestros errores, ¿sabes?, hasta que aprendemos de ellos.

Alice respiraba con agitación, y el rubor se propagaba por su cuello y rostro. Parecía sorprendida por el ataque directo de Iris... por su sagacidad. Pero no dijo nada, y Susanna recordó su breve conversación con Jack antes de dirigirse al albergue. Sam Temple había tomado un avión hacia Boston.

—Beau McGarrity —dijo Susanna, antes de poder morderse la lengua—. ¿Sabes dónde está?

—No, pero me preocupa.

—Si todavía conservas la cinta que te di, me gustaría que se la dieras a Jack para que la escuche. Siempre he pensado que era irrelevante pero... No quiero dar nada más por hecho.

Alice se puso en pie delante de Susanna y le tocó el hombro; tenía los dedos gélidos; Susanna percibió el frío incluso a través del grueso jersey que llevaba. La miraba con intensidad, y dijo en voz baja:

—No hay nada en esa cinta que alguien pueda usar contra Beau. Se la habría dado a su marido si creyera que habría servido de algo.

—Pero ¿todavía la tienes?

Alice se encogió de hombros, evasiva.

—Señora Galway, señora Dunning, no tienen por qué creerme, pero sólo hice lo que consideraba correcto, fuese cual fuese el desenlace.

El sol iluminó las arrugas del rostro de Iris, pero no parecía exhausta o anciana, sino llena de vida. No sabía nada de la cinta, pero no pensaba dejarlo entrever delante de una amiga que la había traicionado.

—Si no nos hubieras mentido, Alice, ahora tendrías más credibilidad.

—Hay tantas cosas que desconocen... —Alice se dejó caer en un sillón de orejas, con aire petulante y obstinado y muy joven, no como la policía de una pequeña localidad de Texas ni como una ex presidiaria–. Rachel McGarrity y yo éramos amigas. Por eso Beau me llamó aquella noche para que encontrara su cuerpo. Sé que era él. No puedo demostrarlo, pero lo sé. Y usted, señora Galway, cree que empezó a seguirla después de matar a su esposa. Pues no es cierto.

Susanna se puso en pie con un respingo y la miró con fijeza, consciente de que estaba dándole a Alice la reacción de asombro que había buscado.

–¿Qué quieres decir?

–Que el señor Beau la seguía antes de matar a Rachel.

–¿Cuándo? –preguntó Susanna con voz ahogada, manteniéndose a duras penas en pie–. Nunca lo había visto antes. ¿Cómo lo sabes?

–Rachel estaba interesada en usted y en sus padres, que viven en Austin. Quería que yo hiciera unas pesquisas al margen, pero no llegué a reunir muchos datos... Rachel nunca me explicó con detalle lo que buscaba. Beau debió de enterarse de lo que tramaba y empezó a seguirla a usted. Cuando Rachel murió, nosotros... la policía no encontró ningún dato que apuntara a usted. No sé; quizá no hubiera nada o quizá Beau se deshizo de la información antes de matar a su mujer.

Susanna se había quedado muda. Alice alzó la vista; tenía la mirada serena, con un destello de triunfo.

–Seguí a Beau hasta la puerta misma de su casa.

–¿Cuándo?

–Una semana antes del asesinato de Rachel. Sus hijas estaban todavía en el instituto. Usted se encontraba fuera, trabajando en el jardín. Beau aparcó al otro lado de la calle, se apeó del coche y la estuvo observando durante cinco o diez minutos. No dijo ni una palabra, y usted no lo vio. Cuando desapareció por la parte de atrás de la casa, él subió al coche y se marchó —Alice volvió a recostarse en el cómodo sillón de la acogedora y soleada habitación—. Hizo más o menos lo mismo dos días después, salvo que esta vez usted subió a su coche. La siguió cuando iba a recoger a sus hijas al instituto.

—¿Sabías quién era yo, que mi marido era ranger de Texas?

Alice asintió.

—Supongo que los dos lo sabíamos.

—¿Por qué no dijiste nada?

Se encogió de hombros, sin arrogancia ni actitud defensiva, ya que tenía a Susanna desconcertada.

—Se lo conté a Rachel. Estábamos intentando averiguar por qué Beau la seguía cuando la asesinó. Tiene que comprender, señora Galway, que no imaginábamos que Beau iba a hacer lo que hizo. No teníamos ni idea. Rachel era una mujer muy reservada, pero creo que habría acabado contándomelo todo.

—Alice —dijo Susanna, con la voz ronca por la tensión—, por favor, dime la verdad. ¿Les contaste a los detectives del asesinato, a tu jefe de policía, a mi marido, a alguien, que Beau McGarrity me había estado siguiendo? ¿Que Rachel McGarrity estaba interesada en mí?

—No —Alice movió la cabeza—. No quería que nadie supiera que era amiga de Rachel. Lo habría complicado todo. Quizá, si hubiera tenido alguna prueba... —elevó los hombros y los dejó caer con un suspiro—. Me enfrentaba con una persona más inteligente y malvada que yo.

Susanna no dijo nada. La cabeza le daba vueltas con ideas, imágenes y un millón de preguntas distintas. Alice no se movió del sillón de orejas.

—Quizá entienda ahora por qué vine a Boston. Me preocupaba que Beau McGarrity quisiera perjudicarla. Pensé que usted quizá hubiese venido aquí por eso, porque tenía miedo de él —tragó saliva—. Supongo que eso ya no importa.

—Sabes que voy a contárselo todo a Jack.

—Eso es lo que siempre pensé —dijo Alice, con ojos brillantes de satisfacción—. Que se lo contaría todo al teniente Galway.

Susanna pasó por alto la pulla.

—Querrá hablar contigo.

—Por mí no hay problema.

—Vamos, abuela —dijo Susanna—. Prometí llevarte al cementerio.

Dejaron a Alice Parker en el sillón de orejas, contemplando el paisaje nevado. Susanna siguió a Iris al vestíbulo, acalorada y sin aliento, como si hubiera estado subiendo y bajando las escaleras del albergue y no charlando tranquilamente en una sala de estar. Se despidieron de los Johnson, e Iris les dijo que el albergue estaba maravilloso. Se mostraron complacidos, incluso un tanto aliviados.

Cuando salieron al aparcamiento, Iris dijo:

—Sus padres eran alcohólicos.

—¿Los padres de quién? ¿De Alice?

—Unos desgraciados, así los llamó —Iris desplegó una media sonrisa mientras abría la puerta del coche—. Resulta cautivadora cuando se olvida de que sus buenas intenciones nunca le han servido de mucho.

Susanna sentía la bilis que ascendía por su garganta. Alice Parker nunca le había contado a Jack ni a nadie que Beau McGarrity la había seguido antes de la muerte de su esposa. Era una omisión grave. Era algo más que buenas intenciones que no le hubiesen servido de nada.

—Me dijo que siempre había querido ser ranger de Texas —prosiguió Iris, que parecía notar el frío gélido de febrero. El sol le iluminó el rostro, y sus ojos parecían menos vivaces, más serios—. Es de esas personas que siempre viven en el futuro, nunca en el presente. Es la forma más fácil de engañarse a uno mismo, creo; no mirarse al espejo y ser sincero con uno mismo sobre lo que se ve.

Susanna tocó el delgado hombro de su abuela. Quizá el viaje al albergue había sido demasiado para ella: los recuerdos, Alice Parker, la conversación sobre el asesinato.

—Abuela, ¿estás bien?

Iris sonrió con suavidad, y cubrió la mano de Susanna con la suya durante un momento.

—Perfectamente. ¿Y tú, cariño? ¿Estás bien?

—Tengo que hablar con Jack.

—Cierto. Hace tiempo que tienes que hablar con él.

Susanna siguió a su abuela al extremo más alejado del cementerio nevado, hasta las sepulturas de la familia Dunning, una docena de tumbas circundadas por un muro bajo de piedra. Iris franqueó el muro sin ayuda, ajena al viento gélido y a los dos palmos de nieve que cubrían los sepulcros. Llevaba las orejas tapadas con su gorro rojo de punto, pero los pantalones estaban más indicados para hacer una visita a su hogar de jubilados de Somerville que a un cementerio en los Adirondacks. Se detuvo ante dos lápidas sencillas y parejas y cayó de rodillas para retirar la nieve con las manos enguantadas. Eran las tumbas de sus padres, Rose y John Dunning.

—Nadie creía que mi padre moriría como una persona normal —dijo Iris—. Era temerario, y le encantaban las montañas. Respetaba sus peligros, pero nunca dejó que el miedo lo frenara.

—¿Cómo murió? —preguntó Susanna.

—Le picó una abeja. Estaba trabajando en el embarcadero, delante del albergue, y murió en menos de quince minutos.

Susanna se fijó en las fechas e hizo la cuenta. Su bisabuelo tenía cuarenta y ocho años cuando murió; Iris sólo veinte. Su bisabuela falleció un año después.

—Mi madre era una mujer muy trabajadora, severa en muchos sentidos. Dirigía el albergue y nos vestía y daba de comer. Mi padre no servía para eso. Pero a ella le encantaba vivir aquí, tanto como a él, y lo amaba. Su muerte la afectó mucho —Iris se incorporó despacio, apoyándose con una mano en la tumba de su madre—. Fueron años difíciles.

Levantó una pierna y se adentró en otra extensión de nieve, abriéndose paso hacia una lápida de la esquina opuesta de la parcela. Susanna, preocupada como estaba por su abuela, la siguió, dispuesta a sostenerla si se tambaleaba.

—Ya hemos llegado —dijo Iris en un susurro, y se detuvo con paso vacilante ante una lápida de granito rosa—. Jared...

Susanna rodeó a su abuela con el brazo.

—Abuela, estás helada. No quiero meterte prisa, pero siempre podemos volver cuando haga mejor tiempo...

—Estoy bien —miró a Susanna con ojos brillantes—. Éste es tu abuelo —se quitó un guante y deslizó las yemas de los dedos por el nombre grabado en piedra. Jared Rutherford Herrington—. Tenía los ojos más azules que he visto nunca. Era un niño bien, un graduado de Princeton, miembro de una acaudalada familia. Todavía poseen gran parte del extremo norte del lago.

Era la primera vez que Susanna oía el nombre de su abuelo. Ni siquiera sabía si su padre lo conocía.

—¿Por qué está enterrado aquí? —preguntó.
—Por mí.
—Abuela...
—Sustituí a mi padre un día e hice de guía para Jared. Quería recorrer la montaña Whiteface. Tenía veinticinco años, yo dieciocho... Nos enamoramos por el camino. Lo recuerdo... —cerró los ojos con fuerza y sonrió—. Lo recuerdo todo, cada minuto que pasamos juntos.

Susanna intentó imaginar a su abuela a los dieciocho años, locamente enamorada de un apuesto licenciado.

—¿Cómo era?
—Inteligente, encantador; había viajado mucho y era más culto que yo. Solía escribirme poesías. Yo conocía las montañas, cada centímetro de Blackwater Lake, y era una joven práctica. Estábamos tan enamorados... Pero había un problema —dijo, y alzó la vista al cielo azul, como si pudiera ver a Jared—. Estaba casado.

Susanna guardó silencio; intuía lo mucho que le costaba a su abuela hablar de su pasado.

—Tenía un hijo —prosiguió Iris—. Quería mucho a su pequeño y creo que, de no ser por él... Bueno, era otra época. Tanto su esposa como él eran desgraciados en su matrimonio. Jared le había pedido el divorcio, pero había accedido a venir aquí para una separación de varios meses. Debía estar haciendo senderismo y piragüismo, no teniendo una aventura con una guía. Pero cuando me dijo que estaba casado... me puse furiosa —le dio la mano a Susanna para ponerse en pie; algunos mechones de pelo blanco habían escapado del gorro—. La dejó a finales de verano y me pidió que me casara con él en cuanto el juez aprobara el divorcio. No tuvimos la oportunidad.

—Dios mío, abuela —Susanna sentía las lágrimas en sus propios ojos. Había visto la fecha en la tumba de su abuelo. Pocos meses antes había nacido su padre–. Lo siento mucho.

–Un día salió al lago, solo... y no regresó. Lo encontré durante el invierno, cinco meses después. Estaba paseando sola, decidiéndome entre arrojarme por un risco o hacer un círculo en el hielo y sumergirme en el agua helada del lago.

Susanna reprimió la sorpresa.

–¿Porque estabas embarazada?

–Embarazada, sola y dudando si alguna vez volvería a encontrar la felicidad. Estaba pensando si, una vez en el agua, me moriría de frío o me ahogaría primero cuando, de repente, encontré al hombre al que amaba a mis pies. Debió de tropezar con una roca o una raíz y darse un golpe en la cabeza. Así de sencillo –empezó a avanzar con renovado brío hacia el muro de piedra–. Fue entonces cuando comprendí que debía seguir adelante.

–Tus padres...

–Aceptaron lo ocurrido, y Kevin era un bebé tan encantador... ¿cómo no iban a aceptarlo? Entonces, mi padre murió, y mi madre sucumbió a un ataque repentino y virulento de tuberculosis. Falleció al poco tiempo.

–Perdiste a todos tus seres queridos en un espacio tan corto de tiempo... Abuela, no sé cómo sobreviviste.

–Porque no los perdí a todos –sonrió a Susanna–. Tenía a Kevin, el hijo de Jared. Mi hijo. Vendí el albergue y trabajé como guía mientras me fue posible. Me echaba a Kevin a la espalda y recorríamos juntos las montañas. Pero eran años difíciles, y sabía que no podía quedarme aquí. Así que me fui a vivir a la ciudad y empecé de cero.

La brisa soplaba entre los árboles perennes, silbando con suavidad, casi de forma sobrecogedora, mientras saltaban el muro bajo de piedra. Iris ni siquiera respiraba con dificultad.

–He tenido una vida plena, Susanna, aunque no siempre haya sido feliz –llegaron junto al coche e Iris se detuvo para contemplar el cementerio, la nieve, los árboles, el cielo azul–. Es un lugar precioso, ¿no crees?

–Sí.

–Pero no quiero que me enterréis aquí. Tendré que ponerlo en mi testamento. Prefiero que me incineréis y que desperdiguéis mis cenizas por Florida.

–¿Florida? –Susanna movió la cabeza, incrédula–. ¡Si nunca has estado en Florida!

–Claro que sí. Fui con Muriel en 1963. Me acuerdo porque acababan de asesinar a Kennedy.

–Abuela, ¿hablas en serio?

Sonrió entonces, e inspiró el aire frío y seco de los Adirondacks en invierno.

–Claro que sí. Quiero que esparzáis mis cenizas por Miami Beach.

Jack se cayó tres veces haciendo esquí alpino antes de deducir que se estaba inclinando demasiado hacia atrás y perdiendo su centro de equilibrio. Maggie y Ellen pensaban que era hilarante verlo caer. Estaban en una pista bien cuidada en un centro de esquí alpino próximo al refugio. No habían recibido lecciones. Jack creía recordar cómo se esquiaba, y las gemelas habían dicho que él podría enseñarlas. Se habían engañado en los dos aspectos. Los tres eran igual de torpes desplazándose sobre esquís delgados.

Tomaron una curva, Maggie y Ellen por delante de él.

—Yo no me río cuando vosotras os caéis —comentó.

Ellen volvió la cabeza y sonrió.

—Porque no es igual de gracioso.

Seguramente, no.

Su pista de principiantes atravesaba un bosque de pinos en una insólita extensión de terreno llano. Debían mantener las distancias para no estrellarse los unos con los otros, y la separación les permitía disfrutar plenamente del entorno sin estar completamente solos.

La bajada rítmica por la nieve lo ayudaba a fijar las ideas, a asentarlas.

La llamada de Sam Temple había agravado la situación. Alice Parker se había puesto en contacto con Beau McGarrity antes de trasladarse a Boston y, de repente, éste había desaparecido de San Antonio. Jack ya sabía que Alice era una mezcla de buenas intenciones, astucia, lealtad, fuerte instinto de supervivencia e ideas románticas sobre sí misma... todo lo cual, unido, la había llevado a la cárcel.

Ya no se trataba de una ex presidiaria no violenta que se había presentado en el barrio de su mujer. Por provocativa que hubiese sido la acción, no era ilegal. También se trataba de un asesinato que había quedado impune.

Beau no querría que se hiciera pública la cinta en la que presionaba a la esposa de un ranger de Texas para que interviniera en su favor. Aunque no bastara para inculparlo del asesinato de Rachel McGarrity, lo mostraría como un hombre desesperado que se había extralimitado. La opinión pública se volvería en contra de él, y podría despedirse de su regreso al mundo de la política.

¿Estaría Alice intentando chantajearlo con la cinta? ¿Querría sacarle dinero para financiar su sueño de empezar una nueva vida en Australia? ¿Y qué diablos pintaba Destin Wright en todo aquello?

Y su esposa. ¿Qué pintaba Susanna? La cinta sería más valiosa si la hubiese guardado ella. No estaría empañada por la mala conducta de Alice en la investigación de Rachel McGarrity. ¿Acaso Alice intentaba dar la impresión de que Susanna nunca se la había dado?

Chantajear a un sospechoso de asesinato era el típico plan complicado, drástico y estúpido que atraería a Alice Parker. Jack la había analizado bien: era trabajadora y se granjeaba simpatías, pero la defensa de la ley no encajaba con su personalidad y aptitudes. Otra mujer del cuerpo de policía la había descrito como atraída por la «idea» de ser agente de la ley, no por su realidad.

Jack sostuvo los palos con los antebrazos y se deslizó por una pendiente larga y suave; después de hora y media esquiando, apenas sentía el frío.

Poco después, dieron por terminado el paseo. Volvieron a subirse a la camioneta de Davey, y Maggie hizo ruidos exagerados de desagrado por el olor de cigarrillos. El trayecto de regreso no duró mucho.

El coche de Susanna no estaba por ninguna parte: todavía no había regresado del cementerio. Las gemelas corrieron hacia el interior de la casa; Jack se quedó rezagado, contemplando la vivienda resguardada por los árboles, a orillas del lago.

—¡Papá! ¡Dios mío, papá!

Maggie. Jack corrió hacia la casa. Ellen también estaba gritando, presa del pánico.

—¡Papá, papá...! No, ¡Maggie, no subas! ¿Y si todavía están aquí?

Jack tomó un palo de esquí del porche de atrás. Ellen, con la cara blanca, salía de la cocina. Estaba jadeando.

—Papá, Maggie ha ido arriba. Alguien... Alguien...

Jack se sacó el móvil del bolsillo y se lo tendió.

—Llama a la policía.

Ellen parpadeaba repetidas veces, tomando aire con desesperación.

—Han destrozado la casa. Maggie... —de repente, volvía a ser una niña, y se aferraba a él—. Papá...

Jack le plantó el móvil en la mano.

—Llama a la policía, corre.

Ellen asintió, casi a punto de desmayarse, y salió del porche.

La cocina estaba patas arriba. Los cajones abiertos, los armarios vaciados, toallas, comida y utensilios desperdigados por el suelo... En el salón, los cojines del sofá estaban quitados, las mantas hechas un ovillo, las estanterías volcadas. Medio rompecabezas había aterrizado en el suelo.

—Maggie, ¿dónde diablos estás?

—No pasa nada, papá —apareció en lo alto de las escaleras, tan pálida como su hermana, pero con una mirada furibunda de indignación. Se aferró a la barandilla—. El mal nacido que ha hecho esto ya se ha ido.

—Maggie —Jack empezó a subir las escaleras con el palo de esquí—. Sal fuera, con Ellen; está llamando a la policía. Después, llamad a vuestra madre y esperadme —le entregó las llaves de la camioneta—. Si alguien que no sea yo sale de esta casa, marchaos de aquí.

—Papá, he mirado por todas partes... No hay nadie.

—Baja y sal. Vamos, Maggie.

Maggie cerró la boca y obedeció; sus pies apenas rozaban los peldaños cuando pasó junto a él.

El que había puesto patas arriba la casa había perdido fuelle al llegar al segundo piso. Dado el nivel de desorden al que sus hijas estaban acostumbradas, Jack no sabía lo que había sido obra de ellas o del intruso.

En la habitación de Iris, el colchón estaba torcido, la ropa sobresalía de los cajones de la cómoda y la maleta estaba abierta y volcada. El sofá cama también estaba deshecho.

Un aficionado. Alguien que quería dar la impresión de haber hecho una búsqueda exhaustiva.

Jack echó un vistazo al dormitorio de Susanna. Más de lo mismo.

Salió de la casa y encontró a las gemelas en la camioneta, con las dos puertas abiertas de par en par. Ellen se encontraba detrás del volante, más serena pero todavía alterada.

—He conseguido hablar con la policía —le dijo—. Vienen para acá. Papá...

—¿Estáis bien? —preguntó, de pie junto a la puerta abierta del conductor.

Las dos asintieron. Maggie lo miró con ojos serios, enojados y asustados, aunque jamás reconocería tener miedo. Era como su madre en ese aspecto.

—Es por Alice Parker y ese asesinato que investigabas, ¿verdad? Por eso Sam y tú estáis aquí.

—No sé por qué han hecho esto —dijo Jack—. Podemos hacer suposiciones, pero no serviría de nada. Podría ser una coincidencia.

—¿Eso crees? —preguntó Maggie.

—No, pero no nos precipitemos en sacar conclusiones.

Maggie dejó caer los hombros hacia delante. Se había quitado el abrigo y debía de tener frío.

—Mamá y la abuela se pondrán de un humor de perros cuando vean todo este desorden.

Jack sabía que sus hijas se repondrían del susto.

—¿Os importa si echo un vistazo por ahí?

Las dos negaron con la cabeza. Ellen esbozó una débil sonrisa.

—No, papá, adelante. Haz de ranger.

Cuando llegó al refugio y encontró a Jack haciendo un muñeco de nieve, Susanna supo que había ocurrido algo. Había creado la base y estaba trabajando en la parte central, y no interrumpió la tarea cuando Iris y ella se apearon del coche y él les contó que alguien había puesto patas arriba el refugio. La policía ya se había ido. Jack les había hablado de Alice Parker, de Beau McGarrity y de Destin Wright. Ellos tampoco se sentían inclinados a creer que hubiera sido un lugareño en busca de algunas monedas sueltas.

Iris, indignada, entró en la casa para ayudar a las gemelas a ordenar.

Susanna tomó un puñado de nieve, que estaba lo bastante húmeda para compactarse.

—Alice Parker se aloja con Destin en el albergue del lago —le dijo—. La abuela y yo acabamos de hablar con ella. Debería haber venido aquí a contártelo directamente, pero le había prometido a Iris que la llevaría al cementerio. Casi ha sido lo mejor; podríamos haber sorprendido al intruso revolviendo la casa.

Jack permaneció en silencio mientras aplastaba un poco más de nieve sobre la bola central del muñeco.

—Dijo que Beau McGarrity me había seguido antes de que mataran a su esposa.

Aquello lo hizo pararse en seco, y la taladró con la mirada.

—Dios, Susanna.

—No llegó a decírselo a los detectives. No sé si pensó que carecía de importancia... McGarrity aparcó delante de casa y contempló cómo trabajaba en el jardín. Otro día me siguió al instituto.

—¿Y eso ocurrió antes de que su esposa fuese asesinada?

—Eso ha dicho Alice. Jack, ya no sé qué creer. No sé si ha venido aquí para sacarme de mis casillas o si va tras McGarrity y piensa que yo puedo ayudarla a inculparlo de asesinato. No lo sé.

—No tienes por qué saberlo; no es tu trabajo.

Su tono no era de reproche, razón de más para que Susanna se sintiera peor.

—Y Destin... ¿Quién sabe lo que él y Alice andan tramando? —contempló cómo un pájaro se posaba en la rama más alta de un abeto para después perderse en el bosque—. Si hice algo para provocar la muerte de esa mujer... si murió por mi culpa...

—Repíteme todo lo que Alice te ha contado.

Susanna asintió.

—La abuela también estaba presente; puede ayudarnos a rellenar los espacios en blanco. Jack... —añadió su puñado de nieve al muñeco a medio hacer—. Hay otra cosa que no te he dicho. No sé si tiene algo que ver con lo que está pasando; me he dicho un millón de veces que no puede ser pero... Dios mío, Jack, ese hombre me siguió antes de la muerte de su esposa.

Jack le dirigió una mirada intensa y sombría. Susanna retrocedió con sobresalto, como si la hubiera quemado.

—¿Ya lo sabes?

—Ya te lo dije: lo sé todo.

—Maldita sea, Jack. ¿Lo sabes?

Jack levantó la bola central de la base y empezó a retocarla dándole palmaditas. Estaba concentrado en la tarea, como si el condenado muñeco de nieve requiriera toda su atención.

—Diez millones de dólares no son tan fáciles de ocultar.

—No los estaba ocultando... Simplemente, no te había dicho que existían.

—Sam apuesta a que tienes cinco millones. Creo que ha organizado una porra en la oficina.

—Pero ¿tú lo sabías?

Jack se llenó la mano de nieve y la acopló en una hendidura de la bola central.

—Lo he deducido. ¿Ando descaminado?

—No.

Lo miró de arriba abajo, a aquel hombre alto, moreno, de ojos oscuros, con chaqueta de ante y guantes y botas de montaña. Sin sombrero. Era el único hombre que le había hecho el amor, el único hombre con quien había querido acostarse. No sabía lo que habría hecho si lo hubiera perdido a los diecinueve años, si él hubiese regresado a su hogar del sur de Texas sin ella. Pero desechó el pensamiento, porque allí estaba él, veinte años después.

—¿Por qué no dijiste nada, si lo sabías?

—Eres tú quien ha amasado esa fortuna —dio un paso atrás y admiró su obra de arte, como si el muñeco fuera lo único que le interesaba—. Eres tú quien la ha convertido en un problema para ti. Pensé que podrías ser tú quien decidiera cuándo decírmelo.

—Pero lo sabías...

—Eso no importa.

—Jack, eso es lo que importa. Maldita sea, llevo meses agonizando porque no sabía cómo decírtelo.

—Como le dije a Sam esta mañana, tú no agonizas, Susanna —recogió más nieve y empezó a dar forma a la cabeza del muñeco—. Planeas una estrategia. Estabas esperando a que se presentara el momento idóneo para contármelo, y ha sido éste.

—¿Ah, sí? ¿Cuando acaban de registrarme la casa?

—Eso parece.

Susanna notaba la sangre que se agolpaba en sus mejillas. Estaba sacándola de quicio a propósito.

—Se trata de «nuestro» dinero, no sólo mío. Invertía buena parte de tu sueldo todos los meses. Firmaste cosas. Y seguimos casados.

—Así es.

Susanna permaneció de pie en la nieve, consciente del silencio que la envolvía.

—El dinero nunca ha sido lo más importante de mi vida. Me gusta invertir, trabajar con mis clientes, ayudarlos a resolver su relación con el dinero, lo que quieren conseguir con él —miró hacia el refugio. Era el primer gasto cuantioso que hacía con su dinero y la policía acababa de estar allí—. No seguí mis propios consejos. Amasé una fortuna sin saber por qué, sin saber lo que quería hacer con ella. Lo que «queríamos» hacer.

—No tener dinero nunca ha sido un problema para nosotros. ¿Por qué iba a serlo tenerlo?

—No lo sé —sus miradas se cruzaron—. Diez millones de dólares es una fortuna.

—Podría dejar el cuerpo —declaró Jack. Susanna se lo quedó mirando.

—¿Qué?

—Tengo una esposa rica. Podría dejar de ser ranger —hablaba en voz baja, letal—. Podría entregar la placa e irme a pescar.

—¿Por qué harías una cosa así?

—Es lo que la gente esperaría que hiciera.

—Yo no...

—¿No?

—Ni hablar. No pienso decirte lo que tienes que hacer con tu vida. Sabes que haces el trabajo para el que estabas destinado. Se te da bien.

—Pero, durante estos últimos meses, ¿no has llegado a odiarlo?

Susanna se negaba a llorar. Alice Parker, el cementerio, el refugio... y su marido. Estaba abrumada. Reprimió el impulso de meter a Iris y a las gemelas en el coche y salir huyendo. Podrían irse a Canadá y quedarse allí hasta que Jack les dijera que tenían vía libre. Sería más fácil que quedarse allí hablando con su marido.

—Jack, ¿de verdad crees que te pediría que dejaras de ser ranger?

Él sonrió, aunque de forma no muy agradable.

—¿Tanto como yo te pediría que no amasaras diez millones?

—Querías pedírmelo —dijo Susanna de repente—. ¿Verdad?

La actitud de Jack seguía sin suavizarse lo más mínimo.

—Pensé en colarme en tu ordenador e idear maneras de deshacerme de hasta el último centavo.

—Porque no querías que influyera en tu trabajo, en quién eres...

—En quiénes somos —la interrumpió.

—El dinero es lo que hagamos de él; nada menos, nada más.

—A mí no me va a cambiar —declaró—. Ya lo he decidido.

Susanna asintió. Jack seguía retocando la cabeza del muñeco, sin decir nada.

—Debería destrozarte el muñeco a patadas —le dijo.

—Deberías.

—Jack, maldita sea, lo sabías. ¡Lo sabías todo!

—Reconócelo, cariño —su voz se tornó más grave, y el acento sureño se intensificó—. Te habrías llevado una decepción si me hubiera sorprendido.

No recordaba haberse sentido nunca tan frustrada... tan abrumada por aquel hombre. Jack colocó la última bola sobre las otras dos y admiró su obra. Sin pensar, Susanna derribó la cabeza del muñeco con un brazo, tomó un puñado de nieve y arremetió contra Jack con la intención de metérselo por el cuello de la camisa. Pero él eludió el ataque y, en un abrir y cerrar de ojos, Susanna acabó boca arriba sobre la nieve, con Jack sentado encima y con las manos llenas de munición blanca.

—Te lo juro, Jack. Si me metes esa nieve por la espalda...

Demasiado tarde. Se la introdujo por delante, pero al mismo tiempo que sentía el impacto gélido, Susanna empezó a dar patadas al condenado muñeco.

Jack reaccionó uniendo su boca con la de ella, lo cual, según comprendió Susanna, era exactamente lo que había estado deseando. Sería absurdo fingir lo contrario. Jack tenía los labios fríos, pero el calor húmedo de su lengua la hizo olvidar la nieve que se fundía en su pecho.

—He pasado demasiado tiempo pensando en el maldito dinero —hablaba en voz baja e intensa, con mucha serenidad, pero sin reprimir sus emociones. Volvió a besarla, con furia—. No voy a dejar de quererte aunque pierdas los diez millones mañana mismo, o hagas otros diez. Me importa un rábano.

—Te importaba.

—No voy a cambiar contigo, Susanna. Soy lo que soy.

—Te quiero —respondió ella—. Siempre te he querido.

Jack le tocó los labios y deslizó los dedos hacia su mejilla y su pelo negro.

—Lo sé. Todo saldrá bien.

—Siempre estás tan seguro de todo... —le dijo. Tomó sus dedos con una mano y se los besó.

—Me has destrozado el muñeco.

—Te ayudaré a reconstruirlo.

Susanna empezó a incorporarse, y Jack le tendió la mano. La aceptó, sin saber si la arrojaría de cabeza a un ventisquero... o la arrastraría a un lugar apartado donde hacerle el amor. Pero adivinaba por su expresión que estaba otra vez preocupado por los recientes acontecimientos.

—Debería haber sabido que McGarrity te había seguido antes de que asesinaran a su esposa —Jack pisó una bola de nieve, aplastándola con la bota–. Sabía que había algo más; sabía que Alice no me lo había contado todo.

–No podrías haber hecho nada...

–Podría haber hecho muchas cosas.

Susanna no replicó. No iba a conseguir que su marido se sintiera mejor.

Jack le dio la mano.

–Entremos a tomar algo caliente. Quiero asegurarme de que Iris y las gemelas se encuentran bien. Después, quiero oír todo lo que Alice Parker te ha contado.

Otro texano había entrado en el bar de Jim Haviland. Aquél se había sentado en una banqueta y pedido el plato del día. Jim le colocó una ración de lasaña vegetariana, otra nueva receta que estaba probando.

—Me apostaría el cuello a que eres de Texas.

—Sí, señor, lo soy —el hombre era moreno y de ojos negros, y contemplaba la lasaña como si no estuviera seguro de querer tomarla. Después sonrió, y las universitarias de una de las mesas estuvieron a punto de desmayarse—. ¿Cómo lo ha sabido?

—El sombrero blanco, las botas —inclinó la cabeza hacia atrás y lo miró un momento. La chaqueta negra de cuero lo despistaba un poco, pero sospechaba que estaba en lo cierto—. ¿Eres ranger de Texas?

—Sólo en Texas. En el magnífico estado de Massachusetts, soy un tipo normal.

Jim dudaba que hubiera algo «normal» en aquel tipo. Además del sombrero de ala ancha y la chaqueta de cuero, llevaba una corbata y una pistolera con un arma dentro.

—¿Conoces a Jack Galway?

—Sí, es mi teniente, señor...
—Haviland, Jim Haviland. Soy el dueño del bar.
—Sam Temple. Soy sargento de los rangers de Texas. He venido a Massachusetts por un asunto oficial, debidamente autorizado.
—¿Por eso te han dejado entrar armado?
—No trabajo sin arma, señor Haviland.

Una de las universitarias profirió un gemido ahogado, y una de sus amigas fingía reavivarla agitando una servilleta. Jim les lanzó una mirada de advertencia. Estaba casi seguro que a Sam Temple le importaba un comino que un par de estudiantes de antropología estuvieran escuchándolo y derritiéndose con sólo mirarlo.

Temple sacó una fotografía en color y la dejó sobre la barra.

—¿Ha visto a este hombre?

Jim tomó la fotografía y frunció el ceño.

—Estuvo aquí ayer, a media tarde. Me acuerdo porque se me estaban quemando las tartas e hizo un comentario sobre mi hija. No dijo mucho más. ¿Quién es?

—Un constructor de Texas.

No era una respuesta completa. Jim vio a Davey Ahearn estremecerse en la otra punta de la barra. Tenía la lasaña vegetariana ante él y ya había protestado de haber encontrado un trozo de zanahoria. Las universitarias le habían dicho a Jim que querían tener un hijo suyo de lo bien que hacía la lasaña. Aquél era el problema de tener una clientela diversa, pero hacía interesante el trabajo. Claro que podía pasarse sin rangers armados.

Davey se quedó con el tenedor lleno de lasaña a medio camino hacia la boca y miró a Sam Temple.

—¿Es ése el mal nacido que mató a su mujer y siguió a Susanna Galway?

El ranger de Texas dejó el tenedor en el plato. Clavó sus ojos oscuros en Davey, y las universitarias agitaron más servilletas.

—¿Susanna le dijo que Beau McGarrity la había seguido?

—Vaya. Siempre tan bocazas —Davey se retractó, lo cual no era su estilo. Por lo general, cuando metía la pata, empeoraba la situación—. Fue en Nochevieja. Susanna estaba bebiendo margaritas. Puede que estuviera exagerando.

—Susanna nunca exagera —dijo Sam Temple.

Jim se echó un paño al hombro. Primero, la tal Audrey Melbourne, la ex presidiaria; después, Jack Galway, el allanamiento de la casa de Iris y el tipo de la noche anterior. Para colmo, el sargento Sam Temple.

—¿Quiere contarme qué diablos pasa?

El ranger hizo una pausa, y Jim vio que se ponía serio, profesional. Lo que significaba que no pensaba contarle nada.

—Jack me dijo que conoce a Alice Parker, la mujer que vino con el nombre de Audrey Melbourne y se hizo amiga de la abuela de Susanna. ¿Tiene alguna idea de dónde ha estado alojándose?

Jim lo negó con la cabeza.

—La policía quiere hablar con ella sobre el allanamiento de morada de la otra noche.

El bar era pequeño, y las universitarias armaban jaleo, pero Jim tenía la sensación de que Sam Temple hablaba también para ellas. De haber querido, habría insistido en tratar aquel asunto en privado.

En la mesa que estaba detrás de él, una de las jóvenes dijo:

—Yo sé dónde vive Audrey —Temple volvió la cabeza para mirarla. Era una estudiante de antropología a la que

Davey le gustaba chinchar, imaginándola cavando hoyos en el lago Titicaca, en Bolivia–. Vive en mi edificio, a dos manzanas de aquí. Tiene una ratonera por apartamento igual que yo, salvo que ella está en el tercer piso y yo en el segundo.

Sam Temple se puso en pie, sin apenas haber tocado la lasaña.

–¿Puedes darme indicaciones?

La universitaria casi había dejado de respirar, y Jim veía a sus amigas dándole puntapiés por debajo de la mesa. Davey se rascó el bigote con el meñique.

–Sé qué edificio es. Puedo llevarlo allí.

–Se lo agradezco.

Davey se puso en pie, indiferente.

–No he bebido nada. Llevo un rato intentando tragar esa lasaña vegetariana. Jimmy, crema de maíz al curry y ¿ahora, esto? Cíñete a lo básico.

Temple no se dejaba distraer por las ocurrencias de Davey. Se volvió hacia Jim.

–Anoche, cuando Beau McGarrity estaba aquí... ¿se le ocurrió mencionar que Susanna Galway se había ido a los Adirondacks?

–Estaba en una de las mesas mientras hablaba con mi hija. Sí, mencionamos el refugio de Susanna. Maldita sea...

–Dibújeme un mapa para llegar hasta allí, ¿quiere, señor Haviland? –Temple se mostraba educado, pero nadie a cinco metros de distancia pasaría por alto su tono apremiante. Se volvió hacia Davey–. Estoy listo.

Por una vez, Davey Ahearn no replicó. Se puso el abrigo y el sombrero y salió del bar precediendo a Sam Temple.

La puerta se cerró, y las universitarias resbalaron al suelo al unísono, fingiendo un desmayo colectivo. Uno de los bomberos dijo desde otra mesa:

—Apuesto a que no es vegetariano —y el bar estalló en carcajadas.

Jack por fin lo veía claro.

Descargó varios troncos en la leñera y contempló a su esposa y a sus hijas, acurrucadas como estaban en el sofá, bajo una manta, mirando el fuego. Habían ordenado la casa, y habían hablado. Jack y Susanna habían rellenado los espacios en blanco de lo que Maggie, Ellen e Iris sabían sobre Beau McGarrity, Alice Parker, Destin Wright y el asesinato sin resolver de Rachel McGarrity.

Susanna se había mostrado firme y directa, una roca para su anciana abuela y para sus hijas adolescentes. Y para su marido, pensó Jack. Su trabajo nunca había invadido tanto a su familia hasta el punto de reunirlos en un refugio aislado de los Adirondacks, asustados y confusos.

Al cuerno con su maldita pared de fuego.

Pero por fin lo veía claro: la aparición de Beau McGarrity en la cocina de su casa había sido el detonante de la huida de Susanna al norte. No era la causa. Susanna ya había hecho millones y empezado a ocultarle secretos, y él ya se había replegado en el silencio.

No le había hecho gracia que su mujer hubiese amasado una fortuna.

Era un hombre culto. Licenciado de Harvard, por el amor de Dios. Pero había dejado que los millones de su mujer lo royeran por dentro y minaran la confianza que Susanna había depositado en él.

El dinero no cambiaría su vida a no ser que lo consintiera. Y lo había consentido.

Diez millones. Maldición.

Salió al porche delantero, que daba al lago, y probó a

llamar a Sam Temple por enésima vez. Destin Wright y Alice Parker se habían ido del albergue; nadie sabía dónde estaban.

En aquella ocasión, la llamada entró, aunque con bastantes interferencias.

—¿Puedes oírme? —preguntó Sam.

—No muy bien. ¿Dónde estás?

—En algún lugar perdido de la mano de Dios, rodeado de montañas y de nieve. Mass Pike, varios kilómetros más allá del último peaje. Recibí tu mensaje —Jack le había contado todo lo que sabía en un mensaje sucinto y brutal en su buzón de voz—. Te lo advierto: voy por tu esposa. Estoy debidamente autorizado, y pienso llevarla a Texas por ocultar pruebas de una investigación de asesinato.

—Ya lo he pensado. No resultará.

—Es una mala señal que una mujer no le cuente a su marido que un sospechoso de asesinato se ha presentado en su cocina.

—Es nuestra cocina, no sólo de ella.

—Dios.

—¿Qué has averiguado? —preguntó Jack.

—Alguien entró y registró el apartamento de Somerville de Alice Parker. Un vecino lo denunció hace unas horas. No dejaron pistas. Fui a la casa de la abuela. Lo mismo. Entraron por el porche de atrás. Dejaron patas arriba la habitación de Susanna —un poco de humor impregnó su voz—. Sé que era su habitación porque no había ninguna foto tuya.

—McGarrity.

—Seguramente, estaba buscando la cinta. Apuesto a que Alice lo está chantajeando y le ha dicho que Susanna todavía la tiene. Así es más valiosa. Es una locura, hasta que uno comprende que estamos hablando de Alice Parker y de Beau McGarrity.

—Todavía hay más —dijo Jack—. Pero todavía no sé lo que es.

—Entendido —pero Sam no perdió más tiempo especulando—. McGarrity estaba en El Bar de Jim cuando el fontanero y el propio Jim comentaron que Susanna estaba en las montañas. ¿La policía local está al corriente del caso?

—Más o menos.

—A McGarrity no le hará gracia que Alice le mienta sobre la cinta, ni lo chantajee... si es eso lo que trama.

Jack sabía que sobraban los comentarios.

—¿Qué coche conduces?

—He alquilado un todoterreno, pero sin que sirva de precedente.

Un enorme sacrificio para Sam Temple, que detestaba los todoterrenos y los vehículos de alquiler. La comunicación se volvió aún más turbia y Jack le dio indicaciones para llegar al refugio.

—Sube el aire caliente y no te pierdas. Esta noche estamos a bajo cero.

Sam maldijo y cortó la comunicación.

Jack contempló el cielo nocturno tachonado de estrellas. Tal vez Susanna tuviera razón y el destino los hubiera reunido allí. Desechó el pensamiento, concluyó que el aire frío le estaba afectando al cerebro y regresó al calor del refugio.

Susanna estaba preparando la cena, e Iris y las gemelas se afanaban por completar el rompecabezas. Iris se levantó de la mesa y se acercó a los ventanales, desde donde Jack estaba contemplando el lago.

—Tienes cara de cansada, Iris —dijo, pasándole un brazo

por los hombros para darle un apretón. Nunca había sido una mujer frágil, pero Jack percibía su avanzada edad–. Ha sido un día muy largo.

–Blackwater Lake trae mala suerte a los Dunning –fijó la mirada en la oscuridad, más allá de su reflejo en los cristales. Hablaba con voz serena, queda, convincente–. No me gusta pensar así porque esto es precioso y conservo unos recuerdos maravillosos, pero es cierto.

–¿Lo dices por Jared Herrington?

–Jared Rutherford Herrington –Iris sonrió–. Todo un nombre –la sonrisa se desvaneció, pero no había lágrimas en sus ojos–. Aquí viví una tragedia terrible. Debí advertirle a Susanna que no comprara esta casa... que escogiera otro lago.

–Te encanta este lago –dijo Jack–. No puedes evitarlo, Iris. Te encanta.

–Soy parte de su pasado. Hacía sesenta años que no venía. Dios mío, cuando tenía veinte años, me imaginaba vieja y arrugada a los ochenta, y mírame. ¡Lo estoy! –dio una palmadita a la mano que Jack todavía tenía sobre su hombro y se aferró a ella–. Sí, Jack, amo Blackwater con todo mi corazón. Debería haber vuelto hace mucho tiempo para reconciliarme con él.

–Iris, no se trata de eso...

–Claro que sí. En cierto sentido, de eso es de lo que se trata.

Se mostraba inflexible, y Jack le plantó un beso en el pelo blanco que olía a bosque.

–Apuesto a que eras pura dinamita a los veinte años. Te imagino con un par de botas de montaña, trepando por estas colinas, atrapando truchas con los dientes y tomando a un prestigioso universitario como amante.

–Era muy independiente –en aquella ocasión, la sonrisa

le iluminó los ojos–. No me sorprendió mucho que Susanna se fugara con un ranger de Texas.

–Todavía no era ranger, sino un licenciado de Harvard. Otro prestigioso universitario.

–Ah, no; ya eras ranger por aquel entonces. Lo único que te faltaba era la placa.

Cuando se sirvió la cena, Iris declaró que no tenía hambre y se subió un vaso de leche a la cama. Jack notaba el cansancio en sus movimientos mientras subía la escalera. Susanna contempló a su abuela con preocupación, y si había habido algo bueno en los últimos meses, pensó Jack, era que aquellas cuatro mujeres a las que tanto quería, Iris, Susanna, Maggie y Ellen, habían tenido la oportunidad de estar juntas.

Pero quería poner fin a aquella situación. Quería recuperar a su familia. Y, por alguna razón, dudaba que Iris quisiera acogerlo en su casa más de diez días seguidos.

Maggie y Ellen discutieron durante la cena. Ellas también estaban cansadas. Ellen estaba furiosa consigo misma por haber perdido la calma al encontrar la casa revuelta y, por eso mismo, estaba furiosa con Maggie, que había subido a la segunda planta para mirar debajo de las camas... Claro que Maggie se creía muy valiente por haber obrado así.

Jack les dijo que las dos habían metido la pata. Ellen debería haber conservado la calma, y Maggie tendría que haber salido corriendo de la casa.

–Papá... –protestó Maggie–. Ni que hubieras podido reducir a un ladrón armado con tu estúpido palo de esquí.

–Todos reaccionamos de diferente manera en un momento de tensión –intervino Susanna–. Lo importante es utilizar esta experiencia para aprender algo de uno mismo y tratar de mejorar –lanzó una mirada a su marido por encima de la mesa–. ¿Verdad, Jack?

Jack le sonrió.

–¿Significa eso que en tu próximo momento de tensión no te liarás a patadas con mi muñeco de nieve?

Alice atravesó un ventisquero de cuatro palmos de nieve y emergió al otro lado de un bosquecillo de árboles desnudos, con la nieve hasta las rodillas, jadeando. Reinaba la oscuridad, y sólo un cuarto de luna y el resplandor de la nieve suavizaban la negrura. No tardaría en llegar al quiosco o en encontrarse con Destin. O eso, o se caería por una roca, se daría un golpe en la cabeza y tendría una muerte rápida y limpia.

Deseaba haberle llevado a Destin el maldito café caliente que le había prometido; así podría bebérselo ella misma y mitigar el frío.

No quería morir congelada. Era del sur de Texas. Incendios, serpientes venenosas, tornados, olas de calor, cualquiera de esos fenómenos sonaba mejor que caer boca abajo sobre la nieve y perecer de frío en aquel paraje nevado.

Se agarró a un delgado tronco y recobró el aliento. Habían aparecido varias estrellas luminosas en el firmamento. Y Venus. Aquella estrella debía de ser Venus, sonriéndole. Cuando estuviera en Australia, tendría que aprender nuevas estrellas, aunque ni siquiera conocía muy bien las del hemisferio norte.

En aquellos momentos, le agradaba pensar en el hemisferio sur. Cualquier cosa que estuviera al sur. Bueno, tal vez el Polo Sur, no.

Una ráfaga de viento aulló entre los árboles, asustándola y aumentando la sensación de frío. Tosió y se quedó inmóvil, aguzando el oído por si había animales salvajes. ¿Qué haría si se le acercaba un viejo alce? ¿Y si sacaba a un oso de su hibernación? Ella se pondría de muy mal humor si la despertaran con aquel frío.

Al menos, sería una muerte activa, luchando contra un oso. La hipotermia era un peligro en Texas, en días fríos y lluviosos en los que la gente no se vestía como era debido. Pura estupidez. Nunca había visto a nadie morir así, pero conocía el proceso: los temblores, el habla poco articulada, el debilitamiento progresivo de los músculos, la incapacidad para pensar con claridad y después, la caída, la pérdida de conciencia y la muerte.

Si se moría de hipotermia en aquel paraje, ¿quién sabía cuándo la encontrarían? Alguien estaría paseando en busca de flores silvestres o en un rincón donde hacer pis y tropezarían con su cadáver, lo mismo que Iris había tropezado con su amante rico, el padre del hijo que llevaba en su seno.

Salieron más estrellas, y el viento soplando entre los árboles creaba sombras fantasmales en el manto de nieve. No tenía linterna, ni comida, ni agua, ni saco de dormir. Había echado a andar por el bosque antes del atardecer, con la idea de recoger a Destin y largarse. Había llegado con retraso a la casa de los Herrington. Después del *tête-à-tête* con Susanna e Iris, hizo su equipaje y el de Destin, pagó la cuenta, e intentó llegar a la parte norte del lago dando un rodeo. Pero se perdió.

Con el depósito de gasolina casi vacío, encontró por fin la amplia casa con las ventanas condenadas. Un milagro. Aparcó al final del sendero nevado que, en teoría, conducía al quiosco y echó a andar.

Una hora o dos después, seguía caminando y la temperatura descendía en picado. Destin debía de haberse cansado de esperar y habría buscado un cobijo apropiado, o quizá alguien lo había llevado en coche al pueblo. No podía estar allí fuera, esperándola. Lo había llamado en voz alta varias veces, pero en plena oscuridad y con tanto frío ya no se molestaba; se sentía tan perdida y exhausta que apenas podía seguir avanzando.

Australia...

Echó a correr; los ojos le escocían de frío y se estaba quedando sin fuerzas. Muy pronto ni siquiera podría levantar las piernas para avanzar por la densa nieve. ¿Y luego qué? No quería morir en la intemperie. Casi deseaba estar otra vez en la cárcel.

Llegó ante una cicuta de ramas bajas y se inclinó bajo éstas, pensando que sería un buen lugar para descansar. ¿Qué pasaría si se dejaba caer en la nieve suave, se recostaba en el áspero tronco y se quedaba dormida? «Te despertarás con la abuela, en el cielo...».

O tal vez, en las llamas del infierno.

Necesitaba tiempo para enmendar sus equivocaciones. Y Rachel... «No puedo morir con su asesinato sin resolver». Pero el chantaje a Beau estaba motivado por el dinero y por Australia, no por la justicia, no por vengar la muerte de Rachel. Y aquel plan que había urdido con Destin... No tenía nada que ver con meter a Beau McGarrity en la cárcel por un asesinato a sangre fría.

Pasada la cicuta, el bosque daba paso a la amplia extensión de agua del lago. Alice sintió deseos de llorar. Sobreviviría. El quiosco, el refugio de Susanna, otras casas, el albergue, el puerto deportivo y los campamentos estaban emplazados en torno al lago.

Buscaría a Destin, lo dejaría en Boston y se olvidaría de que alguna vez había tratado de reunir dinero fácil. Buscaría un trabajo y ahorraría.

—Así que, Señor, por favor —susurró—. No me dejes morir aquí.

Recogió una delgada rama del suelo y, apoyándose en ella, descendió de costado la pronunciada pendiente que bajaba hasta la orilla. Los últimos metros los recorrió a trompicones, casi rodando.

Cuando se detuvo, permaneció sentada en la nieve, con los pies apoyados en la gruesa superficie helada del lago. Respiraba con dificultad, reprimiendo las lágrimas. Tenía hambre. Un buen cuenco humeante de la crema de almejas de Jim Haviland le sentaría de miedo en aquellos instantes. Hasta se comería las almejas.

Se encendió una luz a unos veinticinco metros de distancia, junto a la orilla. Una linterna. Oscilaba hacia ella, y Alice se levantó con piernas trémulas. Se sorbió las lágrimas.

—¿Destin?

Dudaba que pudieran oírla. Destin no era la clase de persona que se preocupara de ir provisto de instrumentos prácticos, como una linterna. Quizá fuera un campista, alguien que la había oído acercarse. Los Johnson habían comentado que los turistas acampaban en los Adirondacks en cualquier época del año.

Alice contempló cómo la linterna se acercaba hacia ella, incapaz de reconocer la figura oscura que la empuñaba. Veía la nieve que refulgía bajo el arco de luz, troncos de árboles, un tramo de hielo y rocas; parpadeó cuando el haz se detuvo sobre ella. Alice se protegió los ojos, pero reconoció el rostro del hombre y creyó estar bajo los efectos de la hipotermia.

—¿Beau? ¿Eres tú?

—Hola, Alice —su voz era fría, firme—. Has pasado un mal rato aquí fuera.

—Y que lo digas. Me alegro de verte...

—Debías reunirte con Destin Wright.

Alice intentó humedecerse los labios, pero tenía la lengua seca.

—¿Lo has visto?

McGarrity desvió el haz de luz del rostro de Alice. Estaba preparado para el frío: llevaba un anorak largo, con la capucha puesta, y guantes y pantalones resistentes al viento. No parecía tener frío.

—Lo alcancé después de que entrara en el refugio de Susanna Galway.

—Lo mandé a buscar la cinta...

—Alice —la voz de Beau era puro hielo—. Tengo la cinta.

La cinta estaba en la maleta de Alice, en el coche, junto a la casa de los ricachones, al otro lado del bosque. Pero Beau la tenía.

—¿Has encontrado mi coche?

—El señor Wright me dijo que habíais planeado reuniros en el quiosco. Era lógico que dejaras el coche junto a la casa.

—Me perdí.

—Lo sé —dio un paso hacia ella, con actitud serena, pero su tono amenazador la mantuvo paralizada sobre la nieve—. Tu amigo no sabía nada de ninguna cinta.

—Pensaría que no podía decírtelo...

—Alice, si no lo has visto desde que te perdiste, ¿cómo es posible que la cinta acabara en tu maleta?

Alice carraspeó, deseando poder pensar más deprisa. Ni siquiera con calor tenía agilidad mental.

—Le mentí a Destin.

—No, Alice. Me mentiste a mí.

Alice empezó a temblar de forma incontrolada, y se puso en pie tambaleándose; le castañeteaban los dientes y le temblaban las manos. Había mentido a Beau McGarrity y él lo sabía. Había matado a su esposa por la espalda y la liquidaría también a ella. Podía darse por muerta. No volvería a ver Texas. No pondría el pie en Australia.

Y Destin. Era un egocéntrico y no sabía a lo que se enfrentaba con Beau McGarrity. Alice no lo había puesto sobre aviso.

No quería pensar en Destin.

Cruzó los brazos sobre el pecho, pero dudaba si volvería a sentir calor alguna vez.

Beau McGarrity la estaba apuntando con una pistola que esgrimía en la mano que no sostenía la linterna. La Heckler & Koch de Destin. Era un arma cara. Se la había enseñado la otra noche, en el motel de New Hampshire. Estaba muy orgulloso de ella, pero apenas sabía cómo empuñarla.

Ojalá Destin se hubiera acordado de llevársela al dirigirse al refugio de Susanna; así habría podido defenderse de Beau. Pero debía de haberla dejado en su maleta, y Beau la había encontrado al registrar el coche de Alice.

—Eres una ex policía, Alice —dijo Beau, casi divertido—. Deberías saber que es peligroso dejar un arma en un vehículo desocupado.

—Es de Destin... Yo no tengo pistola.

Claro que ya no importaba. Notaba el cerebro denso y pesado, y sabía que estaba juntando las piezas de aquel enredo despacio, atrapando algunos datos al vuelo, antes de que se le escaparan. «Rachel Tucker McGarrity, diseñadora de interiores, una mujer elegante, amante de las cosas buenas... su amiga... muerta... asesinada...».

–Debería haberme desentendido de Destin –Alice hablaba en tono ausente, contrayendo los hombros mientras le castañeteaban los dientes. Se le cerraban los párpados. Quería dormir a toda costa–. Tengo mucho frío.

–El quiosco está por aquí.

Al menos, no le dispararía a la orilla del lago, sobre el hielo y la nieve. La conduciría al quiosco y la mataría allí.

Beau dio un paso atrás y le indicó con la linterna que avanzara; la H&K permanecía firme en su otra mano.

–Usted primero, agente Parker.

La dejó en el quiosco.

Alice no sabía dónde se había metido Beau. Estaba sola, acurrucada en un rincón de la estructura ruinosa situada junto a la orilla. Beau le había arrojado un saco de dormir y le había dicho que se metiera dentro, y Alice creyó que pretendía asfixiarla. O quizá esperaba que el relleno de plumas amortiguase el ruido del disparo. Pero una vez dentro, Beau le pasó una botella de agua y le dijo que la guardara dentro del saco para que no se le helara.

–Sobrevivirás hasta mañana –le dijo–. Si no lo consigues, qué se le va a hacer. Pero sobrevivirás.

–¿Y si me escapo de aquí y voy a buscar ayuda?

–No tienes fuerzas. Estás desesperada. Además, podrías encontrarte conmigo.

–Destin...

–No puede ayudarte. Fue un error por tu parte pensar que te serviría de algo –se la quedó mirando con la linterna en la mano, tan inmóvil que Alice creyó que se había convertido en hielo–. Sé por qué mi esposa estaba interesada en Susanna Galway. Ahora comprendo la conexión.

–Jesús –susurró Alice–. La cinta no te importa nada. No has venido por eso. No quieres que se haga pública, pero es el interés que tenía Rachel por Susanna...

–Que duermas bien –hablaba sin inflexión en la voz, y empezó a salir. Se detuvo en la entrada del quiosco y volvió la cabeza hacia ella, con la linterna apuntando al suelo–. Debiste contarme la verdad; pero has intentado engañarme.

–Todavía podemos hacer un trato.

–Tal vez.

Acto seguido, desapareció. Alice tomó varios sorbos de agua y enterró la botella en el fondo del saco de dormir. Después, se cubrió por completo con él. Había cerrado cualquier rendija por la que pudiera entrar el aire frío, y sentía su aliento cálido junto a la tela resbaladiza. Morir congelada o asfixiada; menuda elección. Pensó en los idiotas que escalaban el Everest. ¿Qué hacían las mujeres cuando tenían que orinar en mitad de la noche?

Aunque no tropezara con Beau, moriría de frío si abandonaba el quiosco. No tenía linterna, ni brújula, ni provisiones. Había comprobado que no tenía sentido de la orientación en aquel bosque. Y tenía los calcetines húmedos; no llegaría muy lejos con los pies mojados.

Su única esperanza era sobrevivir hasta el día siguiente e intentar hacer un trato con Beau.

«Amaba a mi esposa, agente Parker. La amaba profundamente».

No recordaba cuándo se lo había oído decir a Beau. ¿Aquella misma noche? ¿La noche que Rachel murió?

«Usted tiene la culpa de que esté muerta. Usted y Susanna Galway. Son las responsables».

¿Había dicho eso alguna vez? Alice cerró los ojos; le ardían las mejillas y los labios de puro frío. Si Beau había dicho eso, debería habérselo contado a Jack Galway.

Quizá Beau no lo hubiese dicho. Quizá sólo se tratara de uno de sus sueños de la cárcel, y se despertaría en su catre, dentro de la celda, sudando y jadeando.

Nunca había tenido mucha suerte en la vida.

Se tumbó de costado, tratando de ponerse cómoda sobre los tablones sueltos y podridos. Imaginó a Iris Dunning de joven, con su cabello castaño flotando al viento, reluciente a la luz de la luna mientras hacía el amor apasionadamente con un hombre rico y casado allí, en aquel quiosco, una calurosa noche de verano.

Sam Temple estaba sentado ante la amplia mesa de roble, tomando café y contemplando a Susanna, que estaba duchada, vestida y acostumbrada a estar en compañía de rangers de Texas y, por lo tanto, no se sentía intimidada. Sam, sin embargo, ya había dejado bien claro que no estaba nada contento con ella. Era de mañana y amenazaba una tormenta; las nubes se agolpaban procedentes del oeste, y el viento soplaba con más fuerza. Susanna tuvo una fugaz visión de todos ellos incomunicados en aquella casa durante días, mientras durara la ventisca. No se imaginaba a Sam haciendo un rompecabezas o jugando al Scrabble.

Jack se estaba duchando. Maggie y Ellen se encontraban en su habitación, leyendo *Orgullo y prejuicio* en voz alta; ya se habían recuperado del susto del día anterior. Iris estaba en el sofá, delante del fuego, pensativa, sin ánimo de completar el rompecabezas del castillo.

—Mi vida sería más fácil si volvieras directamente a Texas —dijo Sam. Susanna se recostó en su asiento.

—¿Y eso?

—Bueno, no estaría aquí, en el gélido norte, congelándome el trasero.

—Eso es ir demasiado lejos, Sam. Fuiste tú quien decidió venir aquí; yo no he tenido nada que ver.

Sam movió la cabeza. Tenía el rostro cincelado, moreno y atractivo.

—Claro que tienes que ver. Beau McGarrity se presentó en tu barrio, cuando le había dicho a su mujer de la limpieza que se iba a cazar. Eso no me gusta.

—Persigue a Alice Parker, no a mí.

—Entonces, Alice Parker también tiene derecho a recibir protección.

—Cortesía, servicio, protección.

Sam guiñó el ojo.

—Ése es nuestro lema.

Susanna desvió la mirada al paisaje blanco y gris que se veía por la ventana.

—Sam, lo siento. De haber sabido que Beau McGarrity me había estado siguiendo antes del asesinato de su esposa...

—Pero no lo sabías, de acuerdo. Si nos hubieses hablado de su visita después de la muerte de su esposa, puede que lo hubiésemos presionado más, y también a Alice... Claro que enseguida se declaró culpable de haber presentado un falso testigo, así que, ¿quién sabe? —se movió en la silla, y si se sentía fuera de lugar en un refugio de los Adirondacks, no lo reflejó—. Olvídate de McGarrity y de Alice Parker. Mi vida sería más fácil, punto, si volvieras a casa. Jack no ha estado de buen humor desde que te largaste a Boston.

—Dame un respiro, Sam. Me estaba acostando con Jack cuando tú ni siquiera habías entrado en el instituto.

Sus ojos negros llamearon con regocijo.

—¿Tan duro es acostarse con él?

—No es eso lo que quiero decir —Susanna lo miraba con fijeza, negándose a sonrojarse.

—Te quiere, Susanna.

—Y yo lo quiero a él —se miró las manos y se tocó distraídamente la alianza, mientras reprimía unas lágrimas que esperaba que Sam no advirtiera—. Hay veces que, en una relación prolongada, eso no basta.

—¿Qué más necesitas? ¿Calcetines limpios?

Jack apareció en el umbral del dormitorio, donde Susanna y él habían pasado la noche juntos, haciendo el amor en silencio, con pasión. Susanna reaccionó física y emocionalmente a su presencia, como siempre que lo veía. Aquellos ojos oscuros, aquellas medias sonrisas, aquel cuerpo sólido. Su fuerza y su estilo implacable, su humor, su tolerancia. Recordó lo paciente que había sido con Maggie y con Ellen de pequeñas, lo mucho que lo había atormentado su primer caso de asesinato.

—¿Qué andáis tramando? —preguntó Jack.

—Estamos hablando de la colada —dijo Sam—. Calcetines limpios. No me agradaría tender mi ropa interior con este tiempo. Iris dice que huele la nieve en el aire.

—Ya lo veréis —afirmó Iris desde el sofá. No había hecho ningún comentario a Sam sobre Texas, pero había lanzado una mirada cautelosa a su arma.

—Iris es una leyenda en esta región —le dijo Susanna. Sam sonrió.

—No lo dudo.

Jack ni siquiera intentó seguir la conversación. Estaba en actitud de ranger. Descolgó su chaqueta.

—Sam, iré a ver a la policía y les diré que estás aquí. También quiero hablar con los dueños del albergue, aunque no de forma oficial. ¿Te quedas aquí?

—Claro.

La reacción de Susanna fue automática, instintiva, visceral... pasó por alto todos sus procesos racionales. Se puso en pie como impulsada por un resorte, y la frustración le cerraba la garganta mientras apretaba los puños y se abalanzaba hacia su marido.

—Lo que quieres es que sea nuestra protección.

Jack se encogió de hombros, pero Susanna podía ver el fuego en su mirada.

—Es o Sam o yo.

—Olvídalo. Haremos las maletas y regresaremos a Boston. La abuela, las gemelas y yo. Estaremos en camino en menos de una hora.

—Dios, Susanna —masculló Sam por encima del borde de su taza de café. Jack apretó los dientes.

—¿Qué harás cuando Alice Parker y Destin Wright aparezcan en tu espejo retrovisor? ¿O Beau McGarrity? Mató a su mujer por la espalda. ¿Qué crees que te hará a ti?

—Tengo un móvil. Te llamaré y te diré dónde estamos. Sam y tú podréis correr a rescatarnos.

Jack inspiró con brusquedad, con la mirada muy sombría. Susanna sabía que lo que decía carecía de sentido. Sólo quería marcharse de allí con sus hijas y su abuela; quería ponerlas a salvo. Y ése era también el propósito de Sam, pero la estaba incluyendo a ella entre los que quería poner a salvo, no entre los encargados de proteger, y Susanna se sentía impotente... y aún más vulnerable.

Jack permanecía en pie, detrás de Susanna, y ésta sintió su perfecto autodominio cuando le tocó el hombro y dijo con voz tensa:

—Susanna.

Ella mantuvo la mirada clavada en Sam.

—Anoche lo planeasteis juntos.

Sam se encogió de hombros, sin rastro de remordimientos.

—Quisiste acostarte temprano. Estabas dormida.

—No. Estaba dando vueltas, intentando idear la manera de impedir que tomarais las riendas de mi vida. Si Beau McGarrity quería hacerme daño, ha tenido su oportunidad. Ha tenido más de un año, por el amor de Dios. Me tuvo sola en mi casa y ni siquiera me tocó. Miró cómo podaba el jardín y no me tocó —pero se daba cuenta de que no estaba persuadiendo a ninguno de los dos hombres, ni siquiera a ella misma—. ¿Y si es inocente? ¿Y si Alice trata de inculparlo injustamente?

—Nadie está tomando las riendas de tu vida ni intentando decirte lo que tienes que hacer, Susanna —Jack hablaba con calma, aunque no con suavidad—. Sólo te estamos diciendo lo que nosotros vamos a hacer.

—Pero no me incluís en la toma de decisiones.

Jack ya se había cansado.

—Porque son decisiones que no te conciernen —atravesó la cocina y volvió la cabeza para mirar a Sam—. Dame un par de horas.

Se marchó sin añadir palabra, y Susanna dio un puntapié a una silla y dudó si levantarla y arrojarla por la ventana.

—Pensé que no se levantaría tan gruñón cuando me encasquetó a mí el sofá cama —Sam se puso en pie y se adentró en la cocina para rellenarse la taza con café frío—. ¿Qué has hecho, obligarlo a dormir en el suelo?

—Cállate, Sam.

—Ahora mismo tiene la mente centrada en Alice Parker, en ese tal Destin Wright y en Beau McGarrity. Ha hecho que yo me centre en ellos y va a hacer que la policía local haga lo mismo —volvió a sentarse con el café—. Estás poniendo pegas porque estás asustada y enfadada por lo ocurrido. Es comprensible.

Susanna contempló por la ventana cómo su marido se

alejaba en la camioneta de Davey Ahearn. Se dejó caer en la silla y suspiró, si no arrepentida por su arrebato, al menos, más serena.

—Sé lo que quieres decir, Sam. Estará irritable y concentrado hasta que todo este asunto se resuelva.

—Vaya dos.

Susanna acertó a desplegar una pequeña sonrisa.

—Supongo que no tengo por qué ponerme insoportable porque se comporte como un ranger conmigo.

Sam le devolvió la sonrisa.

—Supongo que no —se inclinó hacia delante, sobre la mesa, con una expresión intensa que dejaba ver su inteligencia y profesionalidad. No era un hombre al que se debiera subestimar—. Deja de resistirte, Susanna. Deja de pagar con Jack todos tus miedos y frustraciones.

—Odio esta situación —repuso ella con voz ahogada.

—Pues claro. Hace que te sientas vulnerable y fuera de control. Estás furiosa con Jack porque quieres que todo este asunto desaparezca. Nadie te lo reprocha —se recostó en su silla—. ¿Qué, vas a darle un poco de margen?

—No se puede decir que él me lo esté dando...

—¿Que no? Maldita sea, mujer, te ha dado más margen que el que yo te daría en toda una vida.

—¡Sam!

Se puso en pie y le dirigió una de sus arrebatadoras sonrisas. Como si Susanna no hubiese hablado, añadió:

—Ya se lo dije: usa las esposas.

Paul y Sarah Johnson saludaron a Jack calurosamente, pero con un ápice de reserva que resultaba comprensible. La policía local se había presentado en el albergue el día anterior buscando a Alice Parker y a Destin Wright y les habían hablado del allanamiento del refugio. Y allí estaba él, un ranger de Texas que quería hacerles preguntas. Se aseguró de que comprendieran que hablar con él era una mera cortesía.

—Le contaremos todo lo que podamos, teniente Galway —dijo Paul Johnson. Se encontraban en un amplio vestíbulo de la parte trasera de la casa; había una chimenea, una mesa baja, dos confidentes y un oso tallado en madera de metro ochenta de altura. Otro vestíbulo más pequeño daba a la puerta de atrás y al lago Blackwater—. La señorita Parker pagó su cuenta y la del señor Wright poco después del almuerzo. Yo la ayudé con el equipaje. Nos dio las gracias y dijo que le encantaba el albergue.

Jack asintió; trataba de ayudar a la pareja a relajarse.

—No me extraña. Es un bonito lugar.

—El señor Wright se marchó temprano —le dijo Sarah Johnson desde un confidente—, poco después de que su esposa y la señora Dunning vinieran de visita, pero no vi qué camino tomó. Él tampoco dijo adónde se dirigía. Hizo varios comentarios, comparando nuestro albergue con otros establecimientos en los que se había alojado, mucho más caros. No era desagradable, ni grosero. Creo que sólo quería que supiéramos que podía permitirse más lujo del que nosotros ofrecíamos.

«Ya no», pensó Jack. Pero Sarah se ruborizó, avergonzada.

—No suelo hablar así de nuestros huéspedes, pero dadas las circunstancias...

Su marido la interrumpió.

—Si conoce al señor Wright, estoy seguro de que lo entiende.

—Lo conozco —Jack se mantuvo neutral. Extrajo la fotografía que Sam le había dado de Beau McGarrity y la dejó sobre la mesa de centro—. ¿Han visto a este hombre, por algún casual?

Paul tomó la foto y la estudió. Su esposa se arrimó y miró por encima del hombro de su marido. De repente, profirió una exclamación.

—¡Sí! Sí que lo he visto. Paul, ¿te acuerdas? Estuvo no este verano pasado, sino el anterior...

—Es verdad —dijo Paul—. Maldita sea, tienes razón, Sarah. Es el mismo tipo.

—Vino en agosto —afirmó Sarah con convicción.

Jack permaneció en silencio, asimilando la revelación de la pareja, conteniendo su reacción. Beau McGarrity se había presentado en Blackwater Lake, en los montes Adirondacks, dos meses antes del asesinato de su esposa.

—Me acuerdo —prosiguió Sarah Johnson— porque estaba muy interesado en las viejas historias del lago y el albergue. A nosotros también nos fascinan. Si no recuerdo mal, sólo se quedó una noche. Normalmente, nuestros huéspedes suelen pasar varios días seguidos en las montañas.

—¿Se mostró interesado en alguna historia en particular? —preguntó Jack. Los dueños del albergue se miraron a los ojos, y Sarah palideció un poco. Paul carraspeó y dijo:

—Quería saberlo todo sobre Iris Dunning.

Paul Johnson le devolvió la foto, y Jack se la guardó en el bolsillo de la chaqueta mientras evocaba la expresión atormentada de Iris la noche anterior, su convicción de que su pasado había afectado a la vida de su nieta y amenazaba con provocar otra tragedia.

Costaba trabajo entrevistar a testigos cuando los afectados eran su familia; cuando eran ellos el blanco de violencia, mentiras, obsesiones... Asesinatos. Tenía que esforzarse mucho para mantenerse centrado en el caso, para no perder la objetividad; por eso no había sido muy amable con Susanna aquella mañana.

—Iris Dunning es una de nuestras leyendas favoritas

—dijo Sarah—. No sé si se dio cuenta ayer, cuando estuvo aquí con su esposa. Su aventura con Jared Herrington fue un escándalo en su día, pero la gente no lo recuerda así. La imaginamos encontrando su cuerpo cuando paseaba sola en pleno invierno...

—Estaba embarazada de seis meses —añadió Paul. Su esposa asintió.

—Estuvo muy indispuesta las primeras semanas del embarazo. Tenemos una fotografía de los dos juntos. No me acordé de enseñársela cuando estuvo aquí. ¿Le gustaría verla?

—Sí —dijo Jack, y siguió a los Johnson al pequeño vestíbulo contiguo, con las paredes empapeladas cubiertas de fotografías enmarcadas. Paul señaló una fotografía en blanco y negro situada casi en el centro de la pared.

—Es ésta.

Jack arrimó el rostro para estudiar la vieja imagen. Estaban los dos solos, una Iris jovencísima y su amante rico, de pie en una roca que sobresalía sobre el lago, sonriendo a la cámara como si no tuvieran nada en el mundo de qué preocuparse. Iris llevaba el pelo recogido en una gruesa trenza, sobre un hombro, y Jack pensó que estaba hermosa en pantalones cortos y camisa de exploradora, con sus enormes botas de montaña. Sonrió, imaginando cómo habría sido de joven.

Junto a ella, Jared Herrington aparecía distinguido y apuesto, como si hubiera salido de una de las páginas del libro escolar de Princeton de principios de siglo.

Sarah Johnson suspiró y movió la cabeza.

—Dicen que Jared perdió la cabeza por ella. Lo que ocurrió fue toda una tragedia.

—Iris ha tenido una buena vida —dijo Jack—. Creo que ha sido feliz, aunque no como imaginó que sería cuando le sacaron esta fotografía —leyó el pie de foto, escrito a mano con letra clara. *Iris Dunning, guía de los Adirondacks, y Jared Rutherford Herrington de New Canaan, Connecticut.*

—Los Herrington todavía poseen la parte norte del lago —Paul hablaba en voz baja, como si intentara respetar la intimidad de Iris—. Hace años que no vienen por aquí. La viuda de Jared volvió a casarse después de su muerte y se fue a vivir a Filadelfia con su hijo. Según parece, no quiso tener nada que ver con los Herrington, pero imagino que su hijo heredaría la propiedad...

—¿A Filadelfia? —preguntó Jack, interrumpiéndolo—. ¿Está seguro?

—Sí. Nos hemos esforzado por averiguar lo más posible sobre la historia del lago y sus habitantes... —pero se calló al percibir la urgencia de Jack.

Rachel McGarrity era de Filadelfia. Un mes antes de ser asesinada, su marido había visitado el albergue del lago Blackwater, en los Adirondacks, solo, y había hecho preguntas sobre Iris Dunning.

Jack sabía que se le había pasado algo por alto. Siempre lo había sabido, pero no había logrado captarlo, establecer la relación. Porque había estado pensando sólo en Alice Parker, y no en su propia familia.

—Gracias por dedicarme su tiempo —les dijo a los Johnson.

Sarah inspiró con brusquedad.

—Si vemos a ese hombre...

—Se llama Beau McGarrity y, si lo ven, llamen a la policía.

—¿Es peligroso? —preguntó Paul.

Jack decidió no andarse con sutilezas.

—Sí.

Se encontraba a mitad de camino hacia la camioneta, cuando Sarah Johnson atravesó corriendo el aparcamiento con la fotografía de Iris y Jared Herrington.

—Debería habérsela dado ayer a la señora Dunning. Dicen que es la única fotografía que se sacaron los dos juntos —Sarah Johnson hundió las manos en los bolsillos de los pantalones. No se había puesto abrigo, pero el frío no parecía afectarla. Había empezado a nevar con suavidad, y el viento soplaba sobre el lago helado—. Justo cuando salía por la puerta, me he acordado de otra cosa. El quiosco de los Herrington. Alice Parker estaba muy interesada en él.
—¿Dónde está?
Sonrió, como si agradeciera poder ser de ayuda.
—Dentro tengo un mapa geológico. Se lo señalaré.

Susanna recogió dos pares de raquetas de nieve y de palos de esquí mientras Iris se ponía unos guantes impermeabilizados que le había pedido prestados a una de las gemelas. Sam estaba recostado en la puerta que comunicaba la cocina con el porche de atrás, observándolas.

—No os alejéis —les dijo—. Que os pueda oír si gritáis. No os vayáis a Groenlandia.

—Iris sólo quiere volverse a poner raquetas —Susanna las sujetó bajo un brazo y agarró los palos con el otro—. Solía caminar por la nieve todos los días.

—Eso fue hace mucho tiempo —dijo Sam.

—Sesenta años desde que caminaba por Blackwater Lake y veinte desde la última vez que me puse raquetas.

Susanna miró a su abuela, que estaba menos pensativa que minutos antes pero que seguía sin ser ella misma; le sonrió a Sam.

—No andaremos muy lejos.

—No me obliguéis a salir a buscaros.

Susanna se limitó a asentir. Iris salió del porche y Susanna la siguió. Dejó caer las raquetas y los palos en la senda de entrada. Ya había un par de centímetros de nieve fresca y la tormenta arreciaba. Iris se ajustó las raquetas con escasa dificultad, simplemente apoyándose en el brazo de su nieta para no perder el equilibrio. Empuñó los palos de esquí y sonrió al contemplar los copos de nieve que caían.

—Esto es maravilloso —sonrió a Susanna con ojos brillantes—. Estas raquetas de hoy día son tan ligeras y manejables... Podría subir a lo alto de Whiteface con ellas, incluso a mi edad.

Susanna rió; el entusiasmo de su abuela resultaba contagioso.

—No creo que a Sam le hiciera mucha gracia.

Iris desechó la idea con un ademán.

—Él y ese marido tuyo tienen que procurar que su preocupación por defender la ley no les agüe el sentido de la aventura... ni el suyo ni el de los demás —suspiró mientras un copo de nieve se derretía sobre su nariz—. Saltarse un poco las normas es bueno para el alma.

—¿Abuela?

—Sígueme —anunció, y echó a andar por la senda que atravesaba el jardín lateral. Avanzaba con paso firme, regular, si bien no muy rápido.

Susanna la siguió hacia el lago, dando gracias por el ejercicio y el viento fresco. Imaginaba que Iris quería pasear un poco y luego regresar junto al fuego; pero cuando se acercaron a la orilla, su abuela no se contentó con quedarse en el espacio abierto de delante de la casa. Con un notable arranque de energía, empezó a ascender por la senda serpenteante que Susanna, Maggie y Ellen habían abierto con las raquetas el sábado por la mañana.

—¡No nos alejemos mucho! —le gritó Susanna.

O Iris no la había oído por culpa del viento o no le hacía caso. Susanna no estaba dispuesta a consentir que su abuela se alejara sola, pero cuando la alcanzó, Iris ya se estaba apartando del camino, utilizando los palos para descender por una suave pendiente que conducía a la orilla helada del lago. Susanna se quedó rezagada.

—Abuela, ¿qué haces?

—Allí —dijo, señalando con el palo—. ¿Lo ves? Una huella de bota. Lo sabía. Destin vino por aquí.

—Pero el albergue está en la otra dirección.

—Tengo razón —dijo Iris—. Es Destin. Alice salió sola del albergue, ¿no?

—Eso dijo la policía, sí —Susanna frunció el ceño—. ¿Crees que Destin y ella se reunieron en algún sitio?

—Le conté historias sobre mis días aquí —dijo Iris, apoyada en el palo de esquí, contemplando la nieve y el lago helado—. Se le daba tan bien fingir interés por cada palabra que brotaba de mis labios...

—Abuela... Podemos enseñarles a Jack y a Sam la huella de bota.

Parecía no haberla oído.

—Casi todas las casas del lago son segundas viviendas. La propiedad de los Herrington es muy extensa. La casa está cerrada a cal y canto, y el quiosco en el que Jared y yo solíamos reunirnos... —dejó la frase en el aire, como si estuviera retrocediendo en el tiempo, pero enseguida recuperó el hilo de sus pensamientos—. Supongo que ya no es propiedad de los Herrington. Su hijo acabaría heredándola... la mujer de Jared volvió a casarse varios meses después de que yo encontrara su cuerpo y lo enterrara, con un hombre de negocios de Filadelfia. Tucker, se llamaba. Brighton Tucker. Adoptó al pequeño Jared.

Atónita, Susanna agarró a su abuela por los codos y la obligó a mirarla a la cara.

—Abuela, ¿qué has dicho? ¿La viuda de Jared se casó con un hombre llamado Tucker?

—Sí. Me acuerdo porque pensé que no debía cambiar el apellido del pequeño Jared. Pero lo hizo, y yo nunca dije una palabra. Es el hermanastro de tu padre pero... En fin, Kevin no sabe que existe. No se sacaba a la luz esas cosas en aquella época —hincó el palo de esquí en la nieve y se apoyó en él; el brío de momentos antes la estaba abandonando—. No tenían ningún interés en volver por aquí. La propiedad sigue siendo suya, supongo.

Entre la nieve, el viento y la conmoción, Susanna apenas podía respirar.

—Abuela... La esposa de Beau McGarrity, la mujer que fue asesinada, se apellidaba Tucker. Rachel Tucker. Era de Filadelfia.

—Dios mío —Iris abrió los ojos de par en par, y las arrugas de su rostro parecieron profundizarse. Pero recobró el ánimo, y señaló la orilla del lago con el palo sobre el que no estaba apoyada—. Destin se ha metido en un buen lío. Si avanzas un poco más por este camino, podrás ver si se dirigió hacia el quiosco o se adentró de nuevo en el bosque. A la velocidad a la que nieva, podríamos perder su rastro. Debería habérseme ocurrido mirar ayer... —dejó de reprocharse e hincó el otro palo en la nieve—. Sam todavía podrá oírte, si gritas.

—Tú vuelve a casa —dijo Susanna—. Cuéntale todo lo que me has dicho.

Su abuela asintió, pero no se movió. Se mordió su delgado labio inferior y parpadeó con rapidez.

—Susanna, no lo sabía... Todo esto ocurrió hace tanto tiempo...

—No nos precipitemos, ¿de acuerdo? —Susanna acertó a sonreír—. Eso es lo que diría Jack, ¿no? Puede que no sea más que una coincidencia; debe de haber un millón de Tucker en Filadelfia. Por favor, vuelve al refugio.

–Te esperaré aquí –insistió Iris con obstinación. Estaba temblando, no tanto por el frío como por la posible relación entre su amante de hacía más de cincuenta años y una mujer asesinada en Texas.

–No, no te preocupes, abuela. Sam ya debe de estar mordiéndose las uñas. No me pasará nada. Iré a ver qué camino siguen las huellas y volveré a casa. Además, si ocurre algo, gritaré.

Reacia a dejarla, Iris empezó a volver sobre sus pasos, avanzando con paso firme, atento. Susanna esperó unos instantes y luego echó a andar por el camino que, supuestamente, Destin había seguido, manteniéndose junto a las huellas de las botas pero sin borrarlas con las raquetas.

Rachel McGarrity era una Tucker de Filadelfia... La viuda de Jared Herrington se había casado con un Tucker de Filadelfia... Beau McGarrity la había seguido antes de que su esposa apareciera asesinada delante de su casa.

Susanna relegó a un segundo plano la oleada de preguntas y posibilidades y se concentró en avanzar por el camino, sintiendo el azote del viento en la cara. Las huellas llegaban hasta la orilla del lago. Como Iris había sospechado, no volvían a adentrarse en la espesura, sino que continuaban paralelas a la orilla.

El viento y la nieve, cada vez más densa, estaba borrando las huellas. Utilizó los palos y los clavos de las raquetas para apoyarse y sortear un saliente rocoso que se elevaba a seis o nueve metros por encima del lago, utilizando una senda escarpada que le permitía descender de nuevo a la orilla. La nieve y el viento la cegaban. Lo único que podía hacer ya era regresar al refugio y conducir hasta aquel lugar a algunos rastreadores que pudieran indicarle si las huellas significaban algo. Justo al final del camino, advirtió que había perdido el rastro. Destin debía de haber recorrido el saliente por la parte alta, pese a lo peligroso que era.

Ya no estaba al amparo de los árboles y de las rocas, y el viento le abofeteaba la cara y le cubría las mejillas y los ojos de nieve. Gimió por el impacto del frío, y los ojos se le llenaron de lágrimas. Parpadeó para ver mejor y retomó la empinada cuesta por la que había bajado.

Fue entonces cuando lo vio, y retrocedió, gritando horrorizada al reconocer el abrigo de piel de camello y la bufanda de cachemira de color crema que se agitaba con el viento. Su cuerpo estaba caído sobre la nieve y el hielo a unos tres o cuatro metros de distancia, sobre el lago, al pie del saliente.

Susanna no podía aceptar que Destin Wright estuviese muerto; su mente se negaba a reconocerlo. Quizá todavía seguía con vida; quizá sólo estaba dormido.

Tenía que acercarse a él. Tenía que asegurarse antes de ir a pedir ayuda.

Se apoyó con fuerza en uno de los palos, pero la punta resbaló sobre el hielo y Susanna perdió el equilibrio. Cayó sobre una rodilla, se le escapó uno de los palos y a punto estuvo de clavarse el otro. Se incorporó y utilizó el palo que le quedaba para ponerse en pie; le dolía la rodilla, y le había caído nieve por el cuello. Se había vestido para dar un paseo rápido delante del refugio con su abuela de ochenta y dos años, no para adentrarse en la nieve.

El viento soplaba con fiereza en el espacio abierto, los copos eran como minúsculas agujas.

—Destin —lo llamó Susanna; después, más alto—. ¡Destin, aguanta! —se volvió y gritó hacia el refugio—. ¡Sam, ayúdame! ¡Date prisa!

Pero con el viento y la curva que hacía el lago, dudaba

que pudiera oírla. De todas formas, no podía esperar a que apareciera; debía averiguar por sí misma si Destin seguía vivo.

Notaba la capa de hielo del lago bajo el palmo de nieve recién caída y, pese a llevar raquetas, avanzó con cuidado. Se le hizo un nudo en el estómago al agacharse junto a los flecos de la bufanda de Destin. No quería mirar, pero se obligó a hacerlo.

Tenía la piel azulada, y se le había prendido nieve en las pestañas. Había hielo en su pelo rubio. Susanna le tocó la manga del abrigo, pero su brazo era un bloque de hielo.

–Destin... –susurró, atragantándose con el viento, el frío, la conmoción–. Destin... Ojalá te hubiera dado tu maldito capital inicial. Dios mío.

Podía haberse caído del saliente. Estaba resbaladizo a causa del hielo, y los árboles crecían hasta el mismo borde. Destin llevaba botas, y era un hombre de ciudad a pesar de alardear de su experiencia en deportes de invierno. Pero Susanna no lo sabía, no entendía lo que había ocurrido, y necesitaba llamar a la policía, regresar al refugio y contárselo a Sam, buscar a su marido.

Quería estar con Jack; deseaba tenerlo a su lado. Susanna sabía lo que debía hacer y lo haría, pero quería tener a su marido a su lado.

Aquel sencillo reconocimiento la dejó sorprendida, y se incorporó. La nieve caía con fuerza. A su alrededor sólo veía un blanco cegador que borraba las montañas y la orilla opuesta. Se dio cuenta de lo aislada que estaba, con el pobre Destin muerto a sus pies.

Le pesaban las raquetas, pero se abrió paso hacia la empinada senda por la que había bajado. Se inclinó hacia delante, apoyándose en el palo. Si se daba un golpe en la cabeza contra la roca o el hielo, ella también moriría.

Dos figuras se materializaron en lo alto del camino, como si fueran una aparición. Alice Parker seguida de Beau McGarrity. Susanna se los quedó mirando. Los rizos de Alice estaban cubiertos de hielo y nieve, y caían sobre su rostro como carámbanos.

—Destin está muerto —dijo Susanna; la voz le falló a causa del frío y de la tensión—. ¿Lo has...?

—Eso es lo que Beau quiere que piense todo el mundo. Que he matado a Destin. Que maté a su mujer —Alice hablaba con voz gruesa y poco articulada, como si no le quedaran fuerzas. Sostenía el palo de esquí que Susanna había perdido antes y se apoyaba en él. Se le cerraban los párpados—. Puso un objeto mío en la escena del crimen. Mi monedero. Mi abuela me lo regaló cuando acabé el instituto, y tenía mis iniciales.

—¿No es patética? Una asesina que quiere que todos se compadezcan de ella —Beau McGarrity empujó a Alice, pero la atrapó antes de que pudiera caerse por la senda de hielo—. No quería creerlo, señora Galway. Alice Parker se hizo amiga de mi mujer. No quería creer que ella, un agente de policía, sería capaz de asesinar a su amiga e intentar achacarme a mí su muerte.

Susanna decidió que no era el momento de encararse con ninguno de los dos.

—No entiendo lo que está pasando, pero no hagamos nada que podamos lamentar. Jack y Sam Temple están aquí. Están investigando el caso junto con la policía local. Todo se aclarará.

Alice hizo ademán de humedecerse los labios, pero no logró hacer el esfuerzo. Articuló unas palabras que no llegaron a brotar de sus labios.

—Alice —dijo McGarrity, y no era una advertencia, sino una orden.

Susanna retrocedió instintivamente, pero ya era demasiado tarde. Alice levantó el palo de esquí y la golpeó justo cuando Susanna giraba en redondo hacia el lago para ir a cobijarse bajo el saliente rocoso.

El otro palo de esquí se le escapó de la mano, se enredó con las raquetas y cayó boca abajo por la pendiente. Su hombro chocó contra el saliente helado, y aterrizó sobre la rodilla herida y de cabeza en la nieve. La mano izquierda atravesó una cresta helada, y se arañó la muñeca y el brazo.

Susanna gimió de dolor. Con la mano derecha, tomó el palo de esquí, dispuesta a defenderse de otro posible ataque.

Pero reinaba el silencio. Hasta el viento había amainado.

Con el corazón desbocado, Susanna retiró lentamente el brazo herido de la cresta helada, intentando no hacerse más arañazos. Le sangraba y le dolía de frío.

Se puso en pie, tambaleándose, aterrada. ¿Por qué diablos le había ordenado Beau a Alice que la agrediera con el palo si quería hacerla creer que Alice lo estaba acusando injustamente?

—Los muertos no hablan —masculló—. Por eso.

O podría alegar que Alice aprovechó el momento y que él no tuvo tiempo de reaccionar. Era la víctima inocente.

Siempre la víctima inocente, Beau McGarrity.

Susanna desechó las preguntas y se concentró en cómo actuar. Debía regresar al refugio, con Iris y las gemelas.

No le quedaban fuerzas para gritar, pero lo intentó.

—¡Sam... Jack...!

Tenía la cara mojada por la nieve, y el pelo le caía en mechones helados. Levantó una pierna y plantó el pie en la nieve aplastada. No volvió a mirar a Destin Wright. No se molestó en recuperar el palo que le quedaba. No volvió a subir la empinada cuesta. Se ciñó a la orilla del lago y se dispuso a reunirse con su familia.

Alice se abría paso por la gruesa capa de nieve con Beau McGarrity pisándole los talones. De vez en cuando, éste le hundía la H&K de Destin en la espalda para que apretara el paso. Lo oía respirar con agitación, tanto por la tensión como por el cansancio. Debía de estar devanándose los sesos, barajando una docena de versiones diferentes con las que explicar lo ocurrido, y ninguna de ellas lo bastante buena.

–Rachel y tú planeabais asesinarme y quedaros con mi dinero –declaró.

Aquélla era una versión, la de la paranoia. Alice lo negó con la cabeza, o creyó hacerlo. Estaba aturdida por el frío y el agotamiento. Tenía la mente abotargada, pero recordó que para combatir la hipotermia, debía seguir hablando.

–A Rachel no le importaba tu dinero, tenía de sobra. Y yo no era más que su amiga. Quería ser ranger –parecía una idea muy romántica, tristemente fuera de su alcance–. Desde que era niña, quería ser ranger de Texas.

Estaban siguiendo huellas de raquetas por un camino que parecía conducir a la casa de Susanna a través de los árboles. Ellos sólo tenían botas, y Alice no sabía si las piernas le fallarían de un momento a otro y sería incapaz de dar un paso más.

—Rachel estaba escribiendo un libro sobre su abuelo y la aventura que éste tuvo con Iris Dunning —dijo McGarrity—. Cuando murió, ni su propia esposa quiso llevarlo a su casa para enterrarlo allí. Iris encontró su cuerpo helado en la espesura y lo enterró ella misma. Rachel pensaba incluir esos sórdidos detalles en su libro, para que cualquiera pudiera leerlo.

—Todo eso ocurrió hace mucho tiempo...

—Se negaba a enseñarme sus notas. Tuve que buscarlas yo. Pensaba escribir sobre lo amargada que era su abuela, sobre cómo ella y Jared Herrington apenas se dirigían la palabra mucho antes de que se enredara con su pequeña guía de los Adirondacks.

—No creo que Iris haya sido nunca pequeña —dijo Alice con dificultad—. A mí me parece bastante alta, y apuesto a que de joven era una mujer fuerte.

—Rachel pensaba ponerse en contacto con Susanna Galway y contárselo todo —prosiguió Beau.

—¿Y?

—Iba a convertir su vida, y la mía, en un espectáculo. Vi sus notas. Vi sus ideas de publicidad y promoción, fotografías, artículos sobre cómo había viajado a Texas y se había casado con el hombre de sus sueños porque había querido encontrar al hermanastro ilegítimo de su padre.

Alice tropezó, y Beau le hundió el cañón de la pistola en la espalda.

—No hagas ninguna tontería.

—¿Como qué? ¿Caminar?

Beau no le hizo caso.

—Sabías lo del libro.

—No, Beau. No sabía una mierda. Ojalá.

—Por eso la mataste. Rachel recapacitó en el último momento y me prometió quemar sus notas y olvidarse del pasado. Tú estabas furiosa. Viste que la oportunidad de tu vida se te iba de las manos. Sin libro, no obtendrías dinero por indagar en la historia familiar de tu nueva amiga.

La versión paranoia se combinaba a la perfección con la versión del gran salvador. Beau McGarrity como vengador de la muerte de su esposa, el hombre que llevaría a la asesina de Rachel ante la justicia... o, simplemente, le dispararía. Dependería, pensó Alice, de lo que ella y Beau hicieran a continuación.

—Está bien —dijo Alice—. Por eso la maté. ¿Por qué la mataste tú?

Beau chasqueó la lengua.

—Te crees tan lista...

—Imagino que reñiríais por el libro y, de repente, yo salto con ese comentario sobre ahogarte con una almohada... Te lo tomaste al pie de la letra. Dejaste que tu imaginación y tu paranoia te jugaran una mala pasada y le disparaste por la espalda.

—Eres débil, Alice. Tú, más que nadie, conoces el poder de la mala simiente.

Alice pensó en su abuela, en sus padres cuando no bebían. Eran buena gente. El alcoholismo no era más que una enfermedad. A pesar de lo deshidratada y aterida que estaba, Alice sintió las lágrimas ardientes en los ojos.

Su abuela siempre la había prevenido contra los hombres malvados y chiflados.

¿Quién era Beau para hablar de malas simientes? Había asesinado a una mujer inocente, a «su» mujer. Rachel, una joven dulce y amable que sólo quería escribir un libro sobre su pobre abuelo, un hombre que llevaba más de sesenta años muerto. Pero no era la clase de publicidad que Beau deseaba, porque no podía controlarla. A Rachel tampoco. Se había dado cuenta los días antes de esconderse entre las azaleas y disparar a su esposa por la espalda.

—Susanna Galway sabe más de lo que deja traslucir —afirmó—. Desde siempre. ¿Por qué si no le ocultó a su marido mi pequeña visita?

Alice ni siquiera intentó replicar. Rezaba para que Susanna siguiera con vida. Creyó que Beau la remataría, pero Susanna se había quedado fuera de su alcance, utilizando el saliente y las condiciones adversas en su beneficio. Beau habría tenido que descender por el peligroso sendero helado y pasar por encima del pobre Destin. Susanna habría tenido tiempo de sobra para abalanzarse contra él y asestarle un golpe con el palo de esquí que le quedaba.

Pero Beau había dudado si pegarle un tiro o no.

—Estamos sobre un lago —le había dicho Alice—. Hay dos ranger de Texas en los alrededores. La policía local nos anda buscando. ¿De verdad quieres que los disparos retumben en este paraje? Susanna se habrá quedado inconsciente; no durará ni media hora aquí fuera. Y ya me tienes a mí de rehén. Da gracias por tu buena suerte.

Beau se había echado atrás. Alice no sabía si lo había convencido con su razonamiento o si había analizado la situación y comprendido que pondría en peligro su ventaja táctica si perseguía a Susanna Galway. A Beau le gustaba pensar que hacía las cosas por razones lógicas.

Malvado y chiflado, así era el señor Beau. No tenía una enfermedad mental incurable; su abuela no se había referido a eso. Estaba chiflado porque no pensaba como el resto de la gente. No se compadecía de nadie. Sentía rabia hacia los impuros, cosas por el estilo. Si Alice no se equivocaba, su versión favorita era achacar el asesinato de su esposa, los allanamientos de morada, el lío de la cinta, la muerte de Destin y lo que le hubiese ocurrido a Susanna a ella, a Alice Parker, la policía corrupta, la que había presentado un falso testigo y contaminado la escena del crimen. La inútil, la perdedora, la soñadora.

Tenía los dedos y las mejillas congeladas. No sentía los dedos de los pies, y acabaría perdiendo un par de ellos si Beau no la mataba antes. Estaba deshidratada y hambrienta, aturdida por el agotamiento.

De repente, olió a humo, dedujo que provenía de la chimenea de Susanna y el corazón le dio un vuelco. No sabía lo que Beau tenía planeado hacer.

—No tenías por qué haber matado a Destin —dijo en un susurro—. No era más que un fanfarrón egocéntrico e inofensivo.

—Su codicia lo mató —el tono de Beau era frío, exento de pesar o de lástima—. Ni más ni menos. Él se lo buscó.

—Y tú lo empujaste por el saliente.

Beau no respondió, y descendieron por la colina ondulante. El bosque se abría y Alice sabía que se acercaban al refugio, que tendría que concentrarse, adelantarse, pensar, por una vez en la vida, como un buen poli. Pero sentía la furia del viento y de la nieve y sólo quería echarse al suelo y dormir. Podía pasarse sin una muerte activa. Se haría un ovillo en la nieve y moriría despacio.

—Detente —dijo Beau, y la arrastró detrás de un árbol perenne cargado de nieve. Le hincó el cañón en la espalda y le susurró al oído—. Ése es el vehículo de Sam Temple. La camioneta que el fontanero le prestó al teniente Galway no está aquí.

—¿Qué has hecho? ¿Te has pasado la noche haciendo pesquisas?

—Calla, Alice. Quieres salvar el pellejo, ¿verdad? Eres

una superviviente. No digas que no. Mira lo que dejaste que le ocurriera a Destin Wright.

—Eso no es justo.

Beau profirió una corta carcajada.

—Haz lo que te digo, al pie de la letra. ¿Me has entendido?

Alice asintió; se le cerraban los párpados. ¿Y si se caía desplomada sobre la nieve?

—Quiero que vayas a la puerta de atrás —prosiguió Beau—. Llama a Sam Temple y haz que salga. Dile que has encontrado a Destin y a Susanna y que necesitas su ayuda. Yo te estaré observando.

—¿Qué vas a hacer?

Alice podía sentir su sonrisa.

—Detenerte.

—Vas a matarme —corrigió Alice con voz gruesa—. Quieres aparecer como el gran héroe, el gran salvador —movió la cabeza, o creyó hacerlo—. No te creerán.

—Eso déjamelo a mí. Si no haces lo que te digo, Alice, te mataré aquí mismo. ¿Me has entendido?

—Sí.

—Este camino se desvía y atraviesa la colina hasta la casa de los Herrington. Es un atajo. Si intentas jugármela, te dispararé y desapareceré sin que nadie se dé cuenta. No habrá testigos. Estarás muerta. La pistola no tiene mis huellas, sino las de Destin.

—Beau, esto es una locura...

La apuntó en la sien con la pistola.

—Ve a la puerta de atrás y llama a Sam Temple.

Bajó el arma, y Alice comprendió que sólo tenía dos opciones: o dejaba que la matara en aquel mismo instante, o a los pocos minutos. Pensó que tendría más posibilidades de sobrevivir con Sam Temple en escena que allí, a solas con

Beau. Y, aunque no fuera así, no le haría ningún bien a nadie dejar que le disparara en aquellos instantes. Beau ya estaba allí y no pensaba irse. Seguramente, tenía dos o tres planes de reserva, y en todos ellos contemplaba matar a alguien.

No podía limitarse a dispararle por la espalda, como había hecho con Rachel. Necesitaba una buena razón para hacerlo, para poder decirle a Sam Temple: «Ahí tienes a tu asesino, te he salvado».

Llamar a una puerta y pedir ayuda a un ranger de Texas no era una buena razón. Quizá planeaba provocar que fuera Sam Temple quien la matara.

Algo así.

«Ojalá pudiera pensar más deprisa».

Mientras avanzaba hacia el refugio, era vagamente consciente de que tenía los pies ateridos y húmedos, con ampollas, y que le temblaban las manos. Beau había escogido bien su escondrijo: un árbol perenne cercano a la puerta de atrás. En Texas tenía fama de ser un excelente tirador; si decidía disparar, no fallaría.

—¿Sargento Temple? —dijo Alice, con voz clara e inteligible, pero al borde del pánico—. Soy yo, Alice Parker. Susanna está en un aprieto, necesita su ayuda...

Sam Temple emergió de la casa apuntándola con su SIG Sauer de calibre 35.

—No te muevas.

Alice abrió las palmas de las manos.

—No voy armada. Susanna está herida —Alice medio esperaba sentir la bala en la espalda, imaginaba a Beau agazapado detrás del árbol, apuntando con la H&K... la pistola de Destin. ¿Le echaría la culpa a Destin, y no a ella? ¿A Destin además de a ella?

—Dios mío, Beau no va a matarme a mí... Sargento, va...

Pero Temple ya había visto algo, intuido algo, porque la

agarró y la arrastró al interior del porche, protegiéndola, al tiempo que se oía el disparo.

Cerró la puerta del porche con el pie e inmovilizó a Alice contra el suelo, sin dejar de apuntarla. Alice sabía que estaba herido, vio su mueca de dolor y la sangre que rezumaba de una herida en el muslo.

—No sé lo que quiere hacer. Deme su pistola, sargento —dijo, presa del pánico—. Déjeme que vaya tras él...

—No te muevas —dijo Temple, mientras se volvía hacia la cocina; a pesar de la herida en la pierna.

Una joven chilló.

Iris Dunning apareció en el umbral de la cocina. Estaba pálida, conmocionada. Se recostó en el marco; parecía un fantasma.

—Sam... Las gemelas...

Temple le tocó el hombro para arrancarla de la conmoción.

—¿Por dónde?

—No se han quedado en su habitación, como les dijiste. Salieron corriendo al porche delantero... No sé en qué estarían pensando.

—Iris —dijo Sam—. ¿Adónde se las ha llevado McGarrity?

—Por el bosque.

—El coche de Beau... —Alice apenas podía respirar. Se sentía mareada y durante un segundo creyó que se desmayaría—. Está en la casa de los Herrington. Me lo dijo.

—Quedaos aquí —dijo Temple, y miró a Iris—. Llama a la policía. Localiza a Jack.

Salió por la puerta, y Alice se quedó petrificada en el porche trasero, viendo fundirse la nieve de sus botas. Miró a Iris Dunning.

—Lo siento —susurró—. No sabía qué hacer. Susanna... Creo que sigue viva.

La anciana no daba la impresión de estar respirando.

—¿Puedes ayudar a Maggie y a Ellen? —preguntó con voz débil—. Sam está herido. Ese hombre...

Alice vio las llaves del todoterreno en el suelo del porche, en un pequeño charco de agua. Debían de haber resbalado del bolsillo de Sam cuando la había arrastrado al interior, salvando las vidas de ambos. Beau había pretendido dispararles a los dos; por fin lo comprendía. Había dispuesto de una fracción de segundo para lograrlo y había fallado, pero no porque ella lo hubiese comprendido a tiempo, sino por el agudo instinto de Sam Temple.

Debería haber adivinado las intenciones de Beau. Primero, dispararía a Temple. Después, saldría del amparo de los árboles mientras Alice seguía chillando y la mataría a corta distancia. Alegaría que ella era quien había matado a Sam Temple y que él le había arrebatado el arma y la había matado en el intento.

Después, dispararía a cualquier testigo que pudiera contar otra historia. Mataría a todo el mundo si fuera necesario.

Pero no había logrado acabar con Sam Temple.

Y ahora tenía a las gemelas Galway en su poder.

¿Por qué no había retrocedido a la espesura cuando su plan se había echado a perder, cuando todavía tenía oportunidad de huir? Aquel hombre se regía según su propia lógica.

Australia...

Alice recogió las llaves del todoterreno. Era lo único que quería, una vida nueva en Australia. Destin Wright había muerto, Susanna Galway estaba en medio de una ventisca, sus hijas habían sido secuestradas... «Dios, Beau, ¿en qué estabas pensando?».

Iris tenía un móvil en la mano, y Alice podía oírla hablando con la policía.

Salió al exterior. Vio gotas de sangre en la nieve, a Sam Temple al borde de la senda de entrada, con el arma levantada.

Beau estaba junto al árbol tras el que antes se había resguardado, conduciendo a las gemelas por la senda creada por raquetas de nieve por la que Alice y él se habían acercado. Apuntaba a Maggie Galway a la cabeza, manteniéndola delante de él, y arrastraba a Ellen Galway, protegiéndose con ella mientras ésta sollozaba. Maggie estaba en silencio.

Temple no tenía un tiro seguro, y Alice sabía que no dispararía a menos que Beau lo hiciera. No se arriesgaría a matar a una de las gemelas.

Alice abrió la puerta del todoterreno y se sentó detrás del volante, inspirando los olores de coche nuevo. Se quitó los guantes e introdujo la llave en el contacto con los dedos rígidos, aterrridos. Arrancó el motor y puso en marcha los limpiaparabrisas para retirar la nieve acumulada.

Las lágrimas resbalaban por sus mejillas heladas, abrasándolas, como torrentes de lava. Beau McGarrity acababa de herir a un ranger de Texas y tomado como rehenes a las hijas de otro ranger, y ella había tomado parte en el asunto. No lo había impedido.

Nada de lo que hacía salía bien. Lo único que podía hacer ya era salir corriendo de allí y no crear más problemas.

Beau y las gemelas Galway desaparecieron en el interior del bosque. Antes de que Sam pudiera apuntarla con su SIG, Alice pisó el acelerador y se marchó de allí.

Jack se desvinculó de sus emociones y escuchó a Sam Temple, que le estaba describiendo los hechos con voz firme, profesional, pero con fuego en la mirada. La sangre le chorreaba por la pierna hasta la nieve. Estaban delante del refugio, en plena ventisca, mientras el viento rugía sobre el lago Blackwater.

Beau McGarrity tenía a Maggie y a Ellen.

Susanna había desaparecido y, según Alice Parker, estaba herida.

Jack asimiló la situación detalle por detalle. Iris había llamado a la policía y estaban en camino. Estaba sentada en el banco del porche de atrás, con el chal ceñido en torno a sus frágiles hombros; tenía los labios amoratados.

—Les dije que enviaran una ambulancia —posó sus luminosos ojos verdes en Jack—. Sam no tiene la culpa. No debí dejar a Susanna sola. Las gemelas... piensan por sí mismas, y Alice... Creía que era mi amiga.

Sam no pensaba aceptarlo.

—Olvídalo. Se suponía que iba a proteger a tu familia y

no lo he hecho –se volvió hacia Jack y le entregó su SIG–. Ve tras McGarrity. Yo informaré a la policía cuando aparezca.

Jack se metió el arma en la cintura y entornó los ojos hacia la nieve, tratando de concentrarse en cómo obrar a continuación, y no en las imágenes de sus hijas siendo arrastradas por el bosque a punta de pistola, ni de Susanna en el lago, sola y herida. Miró a Sam, que no daba muestras de sentir el dolor en la pierna.

–¿McGarrity se adentró en el bosque en lugar de bajar al lago?

Iris alzó la vista del banco; le temblaban los labios.

–Alice ha dicho que tiene el coche en la casa de los Herrington.

–Precisamente vengo de allí –dijo Jack–. También vi el coche de Alice, y eché un vistazo al quiosco del lago. Había pasado la noche en él –tomó aire, intentó mantener la concentración–. Maldita sea.

Sam entró cojeando en el porche, descolgó una bufanda de un gancho y se la ató alrededor del muslo sangrante.

–McGarrity tiene un plan de huida. No ha venido hasta aquí para morir congelado en el bosque.

Pero Jack se daba cuenta de que Iris ya no los escuchaba; entró en el porche y se arrodilló delante de ella, estrechó sus dos manos.

–Ni a Susanna ni a las gemelas les pasará nada. No lo permitiré.

–Eso mismo dije yo hace más de sesenta años –repuso Iris con mirada atormentada.

Jack se levantó y se volvió hacia Sam.

–Llévala dentro, junto al fuego –pero Sam contrajo la mandíbula; estaba mirando detrás de Jack.

—Susanna. Dios.

Jack giró en redondo, y Susanna cayó en sus brazos.

—Maggie y Ellen —dijo Susanna—. Jack... No permitas que les haga daño —tenía el brazo izquierdo ensangrentado y medio congelado, y arañazos en la cara que ni siquiera debía de sentir. Llevaba las piernas rebozadas de nieve de rodillas para abajo. Se aferró a su pecho, alerta, y Jack vio su lucha por no perder el control—. Destin está muerto. Su cuerpo no está muy lejos de aquí. Llevaré a la policía hasta él.

No iba a llevar a nadie a ningún sitio. En cuanto la vieran, la meterían en una ambulancia.

—La policía está en camino. Cuéntaselo todo.

Sam apareció junto a ella, sosteniéndola.

—Vamos, Susanna. Tienes que entrar en calor. Con hipotermia, no servirás de ayuda a nadie.

Susanna agarró a Jack del brazo.

—Encuentra a las gemelas, Jack. Maggie y Ellen... —sus ojos se llenaron de lágrimas—. Dios mío, ¡si no han hecho nada!

Iris se levantó del banco; tenía mejor color. Se quitó el chal y se lo puso a su nieta.

—Chicos, vosotros marchaos —declaró—. Yo cuidaré de Susanna. Cariño, tienes que ponerte ropa seca, ¿de acuerdo? Alice tiene los primeros síntomas de hipotermia, no sé si llegará muy lejos.

—Debería haberle disparado —dijo Sam. Iris le lanzó una mirada.

—¿De qué habría servido? Te salvó la vida. Estaba desarmada.

—Creó una distracción para McGarrity —reconoció Sam, pero se interrumpió y miró a Jack—. Puedes echarme la bronca por el camino.

Jack asintió.
—En marcha.

Susanna metió el brazo en la pila de la cocina, que Iris había llenado de agua tibia y rociado con polvos antisépticos. Hizo una mueca de dolor.

—Sólo durante un minuto —le dijo a su abuela mientras intentaba reprimir la impaciencia, el pánico—. No tenemos mucho tiempo antes de que llegue la policía.

Iris asintió.

—Te pondrán en una camilla.

Susanna se estremeció ante la idea de no poder moverse. Se había puesto pantalones y calcetines secos y estaba haciendo lo posible por asimilar la situación sin dejarse abrumar por ella. De lo contrario, sería incapaz de ayudar a sus hijas. Pero estaba tan cansada... El calor de la casa la iba envolviendo y tenía sueño.

—Tengo que ir tras ellas —dijo Susanna—. Jack y Sam llegarán a la casa de los Herrington antes que McGarrity, y yo podría sorprenderlo por detrás —el agua tibia se agitaba en torno a sus cortes y piel helada—. Por si acaso le mintió a Alice o tomó otra dirección. Puedo seguir sus huellas.

Iris sacó el brazo de Susanna de la pila y lo depositó sobre una toalla que había extendido en la encimera.

—Si muero —dijo, sin mirar a su nieta mientras desenrollaba la gasa del botiquín del refugio—, prefiero hacerlo en estos bosques, hoy, buscando a Maggie y a Ellen que dentro de un año o dos, en casa, en la cama. Quiero que lo sepas, por si acaso no estoy tan capacitada para recorrer estos bosques en una ventisca como creo que lo estoy.

Susanna oyó sirenas a lo lejos y se esforzó por sofocar una nueva oleada de pánico inútil y destructivo.

—Seis millones de acres de espesura, abuela. Podrían estar en cualquier parte.

—No —replicó Iris—. Están aquí, en Blackwater Lake, y podemos encontrarlas. Susanna, no podemos esperar. No tenemos mucho tiempo.

Iris no se refería a las sirenas y a la inminente llegada de los coches de policía y las ambulancias. Susanna se enrolló la toalla en torno al brazo, renunciando a la gasa, y corrió al porche de atrás, donde encontró, como había temido, las botas de Maggie y de Ellen, sus guantes, sus abrigos, sus gorros. Toda su ropa de abrigo.

Habían estado leyendo a Jane Austen en su habitación.

—Abuela... Se congelarán ahí fuera.

Iris recogió la botas de Maggie y se las arrojó a Susanna.

—Usáis el mismo número, y las suyas están secas —después regresó a la cocina y metió agua y el botiquín en una riñonera mientras Susanna se ponía su abrigo seco. La nieve no amainaba. Tomó las raquetas de Jack y salió a ponérselas fuera. Iris se reunió con ella, le pasó la riñonera y se puso otras raquetas.

—Abuela...

—Conozco estos bosques, Susanna. Si no soy de ayuda, volveré. No te retrasaré —elevó su rostro arrugado hacia el cielo—. Ayúdanos, Jared. Ayúdanos.

Jack conducía. Las carreteras estaban en unas condiciones deplorables. No sabía con qué rapidez podrían aunar sus esfuerzos las fuerzas de policía local y estatal en la espesura de los Adirondacks en plena ventisca, pero sabía que no aparecerían a tiempo.

Ninguna de sus hijas llevaba botas. Sam se lo había dicho. Ellen llevaba unas pantuflas forradas de piel que había hecho comprar a su madre expresamente para aquel viaje, y Maggie llevaba pantuflas con lentejuelas de los años setenta.

—¿Calcetines? —preguntó Jack.

—Ellen; Maggie, no. Lleva pantalones rosa de raso y una camisa azul marino de leñador. Ellen lleva un jersey negro de rugby y mallas.

Jack asió con fuerza el volante.

—Se morirán de frío si no las encontramos enseguida.

Sam clavó la mirada al frente.

—Si hubiera tenido un tiro seguro...

—Lo habrías matado. Sam, mi familia... —Jack sentía la tensión, el miedo, en todos los músculos de su cuerpo—. No son fáciles de proteger.

Sam no dijo nada, y Jack se desvió de la carretera principal por el camino de tierra apenas reconocible que conducía a la casa de los Herrington. Era una vivienda enorme, tipo albergue; tenía las ventanas condenadas, los porches desvencijados y el jardín descuidado, a pesar del camuflaje que ofrecía la nieve. Siguió el camino hasta una zona de aparcamiento situada detrás de la casa. Un poco más arriba, otra carretera estrecha, más bien una senda, partía hacia el lago.

Señaló la senda con la cabeza, mientras el hielo se acumulaba en el parabrisas de la camioneta y la nieve seguía cayendo.

—Alice dejó su coche un poco más abajo, fuera de la vista. El quiosco está a unos ciento cincuenta metros a través del bosque, pero es un camino difícil. Al parecer, ella y Destin quedaron en reunirse allí.

—Pero Destin no lo logró —dijo Sam con expresión lúgubre.

—No —Jack se volvió y señaló hacia la casa—. Beau conduce un sedan. Está aparcado allá arriba. Decidí volver al refugio en lugar de quedarme aquí sentado, esperándolo.

—Tenía a Alice. Debe de tener la cinta. ¿Por qué se ha llevado a Maggie y a Ellen?

—Su pase para salir de aquí —dijo Jack—. Venganza. Desesperación. Debió de parecerle buena idea en su momento. No sé cómo piensa ese mal nacido.

—Las gemelas le permitirán ganar pase lo que pase. Si lo atrapamos, podrá negociar. Si no...

—Dios —dijo Jack—. Va a dejarlas a la intemperie.

Sam asintió.

—Eso creo. Sabe cómo están vestidas, y el tiempo que hace. Sabe que estamos aquí, pisándole los talones. Las dejará y las utilizará como moneda de cambio.

Jack giró el vehículo para bloquear el camino lo mejor que podía, pero todavía quedaba espacio para que un sedan lo sorteara. Se apeó de la camioneta, hundiéndose en quince centímetros de nieve recién caída. Sacó la pistola de Sam mientras desechaba más imágenes de Maggie y Ellen en el bosque, en pantuflas.

Cuando se reunió con Sam delante de la camioneta, le pasó el arma.

—A no ser que creas que vas a perder el conocimiento, quédate con ella.

—No voy a perder el conocimiento, pero Jack...

—Lo mataré, Sam. En cuanto lo vea. No me pararé a pensar —sentía el frío a través de la chaqueta—. Soy su padre.

Sam tomó el arma. Era evidente que la herida le dolía, y la bufanda de color claro estaba casi empapada de sangre, pero estaba concentrado en el asunto que tenían entre manos. Señaló hacia el frente.

—Por ahí viene.

Un sedan negro emergió del amparo de un abeto gigante cerca de la casa de los Herrington, con Beau McGarrity al volante. Sam elevó el arma y apuntó al coche. Tenía el pulso firme.

—Tengo un tiro seguro —dijo—. No veo a las gemelas.

—Él te ve a ti —dijo Jack.

Sam no contestó; estaba absorto en lo que hacía.

El sedan redujo la velocidad. Jack no lograba imaginar lo que estaría pasando por su cabeza. ¿Aceleraría, con la esperanza de que Sam no le disparara? ¿Arremetería contra ellos? ¿Se rendiría?

Entonces oyó un motor acelerando hacia la senda. Jack maldijo: era el coche de Alice. Atravesó la nieve y golpeó al sedan por detrás, poniéndolo de través.

McGarrity no la había visto llegar. Se le activó el airbag y Jack actuó deprisa, con Sam cubriéndolo: abrió la puerta del conductor, desarmó a McGarrity y lo arrastró a la nieve. Estaba aturdido por el impacto del airbag, tosiendo mientras Jack lo arrojaba contra el coche.

—¿Dónde están mis hijas?

McGarrity estaba cubierto de nieve, tenía hielo en su pelo gris y jadeaba de agotamiento... y de miedo, odio, y agravio. Jack veía todas aquellas emociones bullendo en los ojos azules de McGarrity. Éste hizo una mueca.

—Muriéndose.

—No querrás llegar tan lejos, McGarrity —Jack mantenía la voz firme—. No querrás que a esas chicas les pase nada por tu culpa. Dime dónde están.

—Si las buscas sin mi ayuda, ya estarán muertas cuando las encuentres. Me necesitas —tosió; le sangraba la nariz. Alice Parker seguía en su coche, seguramente, aturdida por el impacto—. Te llamaré cuando esté fuera de peligro y te lo diré. Antes no.

—Puede que quieras pensártelo dos veces —dijo Sam. Estaba detrás de Jack—. Es el padre de esas chicas, y tiene tu pistola. Tú ya me has disparado hoy, y yo tengo la mía. Una SIG Sauer con la que te estoy apuntando a la cabeza.

—No me pegarás un tiro sin provocación —dijo McGarrity—; te han metido en la cabeza toda esa basura del honor de ser ranger. Yo no. Tengo un pasaporte falso, dinero en una cuenta extranjera, una razón para vivir.

Alice salió del coche tambaleándose. Le costaba trabajo caminar y, cuando habló, las palabras eran casi ininteligibles.

—Así eres tú, Beau. No haces nada de la manera más fácil. Creo que te gusta matar a la gente —se sorbió las lágrimas, un poco histérica. Estaba helada, aterrada, devorada por la culpabilidad.

—Alice, no tenemos tiempo...

—Siento todo lo ocurrido, teniente Galway —estaba sollozando—. Intentó culparme del asesinato de Rachel. Me robó un estúpido monedero que mi abuela me había dado y lo plantó en la escena del crimen. Debería habérselo contado. Mi abuela siempre decía que no estaba hecha para ser policía —se volvió hacia McGarrity, con los párpados entrecerrados, la piel pálida—. Beau, cielo, has herido a un ranger de Texas y has secuestrado a las hijas de otro. Estás con la soga al cuello.

—Que te jodan —dijo McGarrity.

Alice suspiró y se volvió hacia Jack.

—Aunque esté acorralado, no va a decirle dónde las ha abandonado. Las dejará morir. Le producirá satisfacción mientras cumple condena en la cárcel. No razona como las demás personas; Rachel y yo lo aprendimos de la manera más cruda. Se convenció de que íbamos a asesinarlo. Está chiflado.

Sam estaba de acuerdo con ella.

—Maggie y Ellen son su baza —seguía apuntando a McGarrity con el SIG—. Vamos, Jack, antes de que la nieve cubra sus huellas. No hay por qué perder más tiempo intentando razonar con él. No me equivoco si pienso que no quieres dejarlo marchar y esperar a que te llame, ¿no?

—Entrégaselo a la policía local —dijo Jack—. Al mínimo parpadeo, métele un tiro. Yo te respaldaré.

McGarrity sonrió con sarcasmo.

—Alice estuvo vagando por aquí durante horas. Destin Wright también, y otros montañeros. No podrá distinguir mis huellas de las de los demás.

—Claro que sí, teniente —dijo Alice—. Sus huellas son las que van seguidas de una cola bífida que se arrastra.

Beau hizo un movimiento hacia ella, pero Sam inclinó el SIG.

—Yo que tú no lo haría, McGarrity.

Éste retrocedió, pero un músculo empezó a palpitarle en la mandíbula. Jack sabía que le había sacado a McGarrity toda la información que estaba dispuesto a dar, al menos, de momento.

Alice se acercó a la camioneta prestada de Jack, abrió la puerta del conductor y subió.

—Sé que no van a dispararme por robar un vehículo. Sargento, dejé el suyo a un lado de la carretera principal. Vine andando hasta aquí para no dejar huellas de neumáticos. Creí que me caería de bruces, pero no ha sido así —pronunciaba con más claridad, con más brío—. Dile a Davey Ahearn que le devolveré la camioneta algún día. Y, teniente Galway... No fue mi intención hacerle daño la otra noche.

Cerró la puerta y arrancó el motor.

Sam no le quitaba la vista de encima a McGarrity.

–Hay unos cuatro mil polis locales y estatales a punto de congregarse en este lugar. Alice se encontrará con alguno de ellos. Vamos, Jack. Ve por tus hijas.

Podría haber disparado al coche y detenido a Alice Parker, pero contempló el suelo nevado, pensó en Maggie y en Ellen. Y en su esposa.

–Susanna...

Sam no se inmutó.

–Sabes perfectamente que ella e Iris ya las están buscando.

Sí, pensó Jack. Eso sí que lo sabía.

Encontró el rastro de Beau McGarrity cerca de la senda que conducía al quiosco y lo siguió hacia el interior del bosque, caminando deprisa, sin atreverse a pensar en otra cosa que no fuera la siguiente huella, el siguiente paso.

Susanna se inclinó hacia delante y se obligó a dar otro paso. Estaba ascendiendo por una pronunciada colina, en dirección opuesta al viento. La nieve le azotaba el rostro a través de las ramas bajas de los árboles que flanqueaban el camino. Los arañazos del brazo le dolían; le ardían las piernas. No hacía más que reprimir las lágrimas y el pánico.

Iris había dado media vuelta hacía diez metros. Conocía sus limitaciones, y aquello la mataría.

–Ayudaré a organizar las partidas de búsqueda –le había dicho–. Les contaré lo ocurrido –tomó las manos de Susanna y las apretó con fuerza, con mirada comprensiva y asustada–. Maggie y Ellen no durarán hasta la noche aquí fuera. Tenemos que encontrarlas. Hay un barranco muy estrecho que parte del camino principal pasada la cresta de la colina. Si quisiera abandonar a alguien o protegerme de la ventisca, allí es donde iría.

El viento ululaba entre los árboles, pero Susanna avanzaba a buen ritmo. Las huellas desaparecían con velocidad, pero todavía las distinguía: tres pares recorriendo la senda de Iris.

Llegó a lo alto de la colina y, a pesar de la escasa visibilidad, supo que se encontraba muy por encima del lago. El paisaje era agreste, con grandes formaciones rocosas y una sensación de aislamiento que la hizo estremecerse al pensar en lo que podría ocurrirles a sus hijas. No, no podía perderlo todo allí.

Podía ver a Maggie y a Ellen corriendo hacia ella a los cuatro años, saltando en la cama con Jack, chillando de risa mientras él les hacía cosquillas y las levantaba en brazos.

Beau McGarrity podía tomarla a ella como rehén. Podía matarla, utilizarla para pedir un rescate; no le importaba. Pero debía soltar a sus hijas. Ellas no tenían la culpa de nada.

—Canalla.

Dejó que la ira solapara el terror y apretó el paso, abriéndose camino ladera abajo. Seguía buscando el barranco de Iris entre las rocas, los salientes, las ondulaciones del terreno a lo largo del camino. Éste descendía bruscamente, para luego torcer a la derecha; se preguntó si no habría ido demasiado lejos y se detuvo en seco.

No había huellas.

El pánico brotó de nuevo en su interior, y miró alrededor con frenesí. Se quitó los guantes y se limpió los ojos con los dedos, la nieve derretida le goteaba del pelo a la cara.

Allí.

Más huellas que salían del camino hacia la derecha. Recorrían la base de un saliente rocoso y desaparecían al otro lado, donde la tierra descendía con brusquedad y volvía a elevarse, creando una grieta estrecha y profunda en la ladera.

El barranco de Iris.

Susanna casi dejó de respirar. No quería que McGarrity supiera que estaba allí. Salió del camino, siguiendo las huellas. Todavía había tres pares muy claros. Pero, al llegar al final del saliente rocoso, vio que uno de los pares de huellas regresaba al camino varios metros más delante. Debían de ser las de McGarrity. Había abandonado a las gemelas y había continuado solo.

—¡Mamá! ¡Papá! —la voz era débil, cansada, y provenía del otro lado del saliente—. Alguien...

Ellen.

Susanna experimentó una sacudida de adrenalina tan fuerte y dolorosa que estuvo a punto de caer de rodillas. Rodeó la roca y siguió descendiendo por la colina, pisando nieve fresca. En el barranco apenas hacía viento; hasta la nieve caía con más suavidad. Pero el aire era frío, y gritó:

—¡Ellen! ¡Maggie!

—¡Socorro!

—Ya voy...

Vio una mancha de color verde brillante en la nieve. La pantufla con lentejuelas de Maggie. Susanna tomó aire, ahogó una exclamación de pánico y apretó el paso, agachándose entre las ramas de abedules mientras se adentraba en el barranco. Pero perdió el rastro y se preguntó durante un momento de puro terror si no habría imaginado los gritos de Ellen, la pantufla de Maggie.

—¡Maggie! ¡Ellen!

Estaba jadeando, sollozando, mientras avanzaba a través

de la nieve que se había acumulado contra una enorme roca de tres metros de alto.

—Mamá...

Era un gemido más que un grito, y estaba muy cerca. Susanna rodeó la roca y cayó de rodillas al ver a Maggie y a Ellen.

—Estoy aquí —susurró—. Estoy aquí. Todo saldrá bien.

Estaban acurrucadas en la nieve, al pie de la roca, atadas por la cintura con una cuerda elástica. Ellen tiritaba de forma incontrolada, se había resguardado las manos en las mangas de su jersey de rugby y no tenía calcetines, sólo pantuflas.

Maggie gemía incoherencias; estaba muy pálida y tenía los brazos cruzados por delante, contra su hermana. Llevaba los calcetines de Ellen.

—Solté una cuerda —dijo Ellen, sin que los dientes dejaran de castañetearle—. La teníamos alrededor de las rodillas. Le di a Mag mis calcetines. Perdió las pantuflas, pero no puedo... las demás cuerdas... mis manos... —su rostro se arrugó, y empezó a llorar—. Mamá...

—Enseguida vendrán a buscarnos —dijo Susanna—. La abuela sabía que estaríais aquí. Se lo contará a las partidas de búsquedas. Oye, me dio agua y un botiquín. Es nuestra leyenda viviente, ¿no?

Siguió hablando, tratando de mantener despiertas a sus hijas, combatiendo su hipotermia mientras arrojaba los palos al suelo y se quitaba el gorro. Ellen lo tomó y cubrió la cabeza de Maggie con él. Tenían las ropas empapadas por culpa de la nieve. Susanna se quitó los guantes y la bufanda y se las dio a Ellen, se soltó la riñonera, la apoyó contra la roca y se abrió la cremallera del abrigo. Se lo quitó y cubrió a Maggie con él. Después, se despojó del forro polar. Se lo puso a Ellen sobre los hombros.

—Mamá —susurró Ellen—. Te vas a congelar.

—Acabo de subir esta condenada colina —intentó sonreír— y todavía estoy resoplando. No me pasará nada.

—Papá...

—No tardará en llegar, ya lo sabes —tenía las manos demasiado frías para poder soltar la cuerda que las unía por la cintura—. La abuela me ha dado agua caliente —prosiguió con calma—. Todavía debería estar tibia...

Intentó hacer beber un poco a Maggie, pero sólo logró humedecerle los labios y la lengua. Ellen estaba sollozando, ciñéndose el forro polar. Susanna hincó las rodillas en la nieve; profirió una exclamación al sentir el frío en la espalda, pero se arrimó a sus hijas tratando de transmitirles su calor corporal. Maggie estaba débil, balbuciendo cosas sin sentido, pero Susanna siguió hablándole, e hizo hablar a Ellen mientras abrazaba a sus dos hijas. Las temperaturas de sus cuerpos habían descendido por debajo de los treinta y siete grados; sentía el frío que penetraba sus carnes y las de ella.

Oyó la voz de un hombre, una maldición, y Jack apareció, corriendo por el barranco hacia ellas.

Susanna se quedó sin saber qué decir. Jack se quitó la chaqueta y cubrió a Maggie y a Ellen, se sentó de espaldas a la roca y atrajo a Susanna y a las gemelas hacia él, envolviéndolas con su calor.

—Iba a matarnos —Ellen tomó aire; hablaba deprisa—. Maggie siguió hablándole: mantuvo la calma, papá. Le dijo que saldría ganando si nos dejaba aquí vivas, porque lo estábamos retrasando y tú lo perseguías. Pero si no nos tenía, podría negociar aunque lo atraparas. Después, sacó estas cuerdas y nos ató —sollozó junto al pecho de su padre, la voz ahogada al proseguir—. Me amordazó con su bufanda, pero me la quité, y conseguí soltar una de las cuerdas, y...

No pudo decir nada más. Jack deshizo con cuidado la última cuerda que inmovilizaba a las gemelas y la arrojó a un lado. Susanna vio que tenía lágrimas en los ojos, y le tocó la mejilla; las lágrimas se desbordaron mientras su marido le besaba las yemas de los dedos.

Cuando Susanna se dejó caer por fin en una silla, ante su amplia mesa de roble, Iris y Sam Temple estaban discutiendo por una olla gigantesca de chile con carne. Sam pretendía echar toneladas de guindillas; Iris no quería ni una.

Susanna sabía que aquella escena de normalidad estaba dedicada a ella e intentó sonreír a pesar del agotamiento. Los equipos de rescate los habían encontrado poco después de la llegada de Jack, y Maggie, Ellen y ella habían sido tratadas y dadas de alta en el hospital local. Los médicos habían querido mantener a Maggie ingresada durante la noche, pero ésta se había negado. Ni ella ni Ellen sufrirían ningún daño permanente a causa de la hipotermia y los síntomas de congelamiento, pero se habían librado por los pelos. A Susanna habían tenido que darle dos puntos en uno de los cortes. Tenía el brazo vendado desde la muñeca hasta el codo, y le habían dado analgésicos por si los necesitaba.

—Desiste, Sam —dijo—. Aquí toman el chile con carne con galletitas saladas.

Sam la miró desde los fogones; había dejado de remover el chile con carne. Él también estaba tomando analgésicos y para andar se ayudaba de uno de los bastones de Iris.

—¿Con galletitas saladas? No puede ser.

Iris miró a Susanna con la barbilla levantada.

—¿Cómo que «aquí»? —pero se volvió hacia Sam, para reanudar la discusión—. Davey Ahearn toma su chile con crackers, pero yo no haría ninguna generalización sobre las costumbres de los norteños basándome en lo que él hace. Sencillamente, no me gusta la comida picante. No se trata de ningún prejuicio antitexano.

Sam le pasó a Iris la cuchara de madera y se recostó en la encimera, con la cara un tanto pálida. Él también había sido tratado y dado de alta, pero había conducido él mismo al hospital en su todoterreno alquilado, en compañía de un agente de la policía estatal. Todos habían pasado mucho tiempo con las fuerzas locales y estatales. Tenían a Beau McGarrity en prisión preventiva por una serie de cargos, entre ellos un intento de asesinato en primer grado por disparar a Sam, dos intentos de asesinato en segundo grado por dejar a las gemelas en el barranco y dos secuestros en primer grado. Jack era quien más había hablado, y había dejado claro desde el principio que haría lo que estuviera en su mano para que Beau fuese juzgado en Texas por el asesinato de Rachel Tucker McGarrity.

Ni Alice Parker ni la camioneta de Davey Ahearn habían aparecido por ninguna parte.

—Al fontanero no le hará gracia haber perdido la camioneta —dijo Sam. Iris estaba removiendo la olla de chile hirviendo.

—Ya aparecerá.

—No sé —Sam movió la cabeza—. Seis millones de acres

de naturaleza. Un palmo de nieve fresca. Frío. Hielo. Montañas. Lagos, ríos, arroyos. Campamentos. Puede pasar mucho tiempo antes de que la encuentren.

—No se quedará por aquí —Iris dejó la cuchara junto al quemador; estaba cansada pero animada—. Quiere empezar una nueva vida en Australia.

Sam se encogió de hombros.

—También quería ser ranger de Texas.

—Creo que logrará llegar a Australia —repuso Iris con melancolía—. En serio.

—¿Quieres que se salga con la suya?

—Cree que vino al norte por dinero y venganza por todo lo que perdió, pero no fue así —Iris asintió con convicción—. Vino para hacer justicia. Ha sido el catalizador que ha puesto a Beau McGarrity entre rejas.

Sam se la quedó mirando, enmudecido.

—Iris, no voy a discutir contigo de nada que no sea guindillas, pero estás muy equivocada. Alice Parker ha cometido dos docenas diferentes de delitos. Allanamiento de morada, agresión, extorsión...

—Sí, pero al final...

—Al final, robó una camioneta.

Jack se levantó de la mesa del rompecabezas. Llevaba veinte minutos contemplando el castillo. Se había puesto un jersey oscuro; estaba abrigado pero con semblante sombrío, asimilando todavía, sin duda, lo cerca que había estado de perder a su familia. De perderla de verdad. Había pasado un rato en el cuarto de las gemelas, asegurándose de que se encontraban cómodas. Ellen había dicho que pensaba dormir durante todo un siglo. Maggie todavía no tenía fuerzas para hablar.

—Yo que tú me rendiría, Sam —dijo Jack—. Iris no va a cambiar de idea.

Sam gruñó.

—Cuando tenga ochenta años, quiero ser igual de obstinado.

—Ya lo eres —le informó Iris. Sam le plantó un beso en lo alto de la cabeza, la agarró por los hombros y la condujo hacia la mesa.

—Iris, vas a sentarte y dejar que Jack y yo terminemos el chile. Te diré una cosa que no pienso hacer cuando tenga ochenta años: no perseguiré a ningún criminal por la nieve.

Iris se dejó caer en una silla justo enfrente de Susanna y suspiró.

—No lo hice tan mal hoy, ¿verdad?

—Iris, eres una mujer fuera de serie —Sam tomó el chal del sofá y se lo puso en los hombros.

Jack sacó dos cervezas de la nevera, vertió una en un vaso, se lo llevó a Iris y se quedó con la otra.

—Vosotros no podéis beber —les dijo a Sam y a Susanna—. Estáis tomando analgésicos.

—Yo no —Susanna lo negó con la cabeza—. Todavía no he tomado ninguno.

—Ya verás cuando se te hayan pasado los efectos de la adrenalina —dijo Sam—. Te dolerá todo.

—Me entrará sueño. No sé si quiero dormir —la imagen de Destin con hielo en los párpados cruzó por su mente.

Jack le pasó una mano con suavidad por los hombros.

—Aun así, no es buena idea que tomes cerveza.

Iris estiró los brazos sobre la mesa y tomó las manos de Susanna, como si pudiera leer los pensamientos de su nieta y ver las terribles imágenes que pasaban por su cabeza.

—Destin era dueño de su destino —sus ojos verdes brillaban con intensidad, con convicción—. Tú no le dijiste que se obsesionara tanto con el dinero y consigo mismo que no pudiera ver nada ni a nadie más. Su muerte no es culpa tuya, ni mía.

—¿Tuya? No, abuela...

Interrumpió a Susanna con un enérgico movimiento de cabeza.

—Debería haberte hablado de Jared hace años. Jack y tú podríais haber descubierto antes su relación con Rachel McGarrity. Fue una decisión que tomé hace mucho tiempo, antes de que ninguno de vosotros naciera. Pero —añadió, levantando el vaso de cerveza— yo no creé a Beau McGarrity.

—Es un tipo malvado y perverso —dijo Susanna—. Tiene que serlo para hacer lo que ha hecho...

—Sentí a Jared con nosotros hoy, en el lago —Iris hablaba en tono melancólico; se recostó en la silla y suspiró con suavidad—. Estaba con Maggie y con Ellen; sé que estaba con ellas.

—Abuela...

Iris sonrió.

—Estoy bien, Susanna. De verdad.

Y así era; Susanna lo sabía: su abuela estaba bien. Todos lo estaban, fueran cuales fueran los daños físicos y psicológicos sufridos.

—La policía dice que la muerte de Destin puede haber sido accidental, que podría haber resbalado o tropezado. Creen que la autopsia revelará que murió al golpearse la cabeza contra el saliente rocoso. No le dispararon...

—Es imposible que fuera accidental —dijo Sam—. Había otras huellas en lo alto del saliente. Beau empujó al pobre diablo.

Iris tomó un sorbo de cerveza.

—Sargento Temple, tienes tendencia a mirar la parte oscura de las cosas.

—Estoy adiestrado...

—Estás adiestrado para analizar los hechos y las pruebas —se adelantó Iris, con aire de suficiencia. Sam sonrió de oreja a oreja.

—Esto es el colmo. Pienso usar todo el chile que tenemos.

Pero Iris se limitó a reír, y cuando Sam y Jack sirvieron los cuencos de chile humeante, las guindillas estaban en un pequeño plato, en el centro de la mesa. Sólo para hacer la gracia, Sam colocó una fuente de galletitas saladas.

23

Boston estaba en pleno deshielo y había expectación sobre la actuación de los Red Sox en su entrenamiento primaveral, en Florida; la ciudad estaba a punto de sucumbir a la acostumbrada fiebre de la liga de béisbol. A Jim Haviland no le extrañaba. Aquel año les tocaba ganar a los Red Sox; no podía ser de otra manera.

Y hablar de béisbol era mejor que hablar de asesinatos y delincuentes. Habían transcurrido tres semanas desde el regreso de Iris Dunning y su familia de los Adirondacks. Nueva York y Texas seguían sin decidir quién procesaría primero a Beau McGarrity. Massachusetts estaba cooperando: no lo querían.

Alice Parker seguía sin aparecer. No habían sabido nada de ella desde que huyera con la camioneta de Davey Ahearn en plena ventisca.

Jack Galway y Sam Temple habían regresado a San Antonio, aunque Jack pasaba mucho tiempo en el norte, no sólo por asuntos oficiales, sino por Susanna. Su condenada esposa seguía en Boston. Tenía sus motivos, algunos buenos, como que las gemelas necesitaban tiempo para recuperarse y retomar su rutina, pero otros, no tanto. Se había creado allí una vida y no estaba del todo segura de querer renunciar a ella. Jim lo intuía.

—Echo de menos mi camioneta —dijo Davey. Jim frunció el ceño. Llevaba tres semanas oyéndolo lamentarse sobre su condenada camioneta.

—Querías venderla.

—Sí, y me iba a embolsar una buena suma de dinero. Quería vendérsela a alguien del barrio, para poder verla pasar. Me gustaba esa camioneta. He hecho muchos kilómetros con ella —cada vez resultaba más difícil, pensó Jim, saber cuándo Davey hablaba en serio o no—. ¿Sabes?, si Destin se hubiera olvidado de su estúpido BMW y me hubiera comprado la camioneta, puede que hoy siguiera vivo.

—Ni siquiera voy a intentar seguir tu razonamiento —dijo Jim.

El bar estaba atestado, pero casi todos los clientes estaban servidos. Y no había periodistas. Todo el mundo parecía alegrarse de ello; habían estado pululando por el barrio durante casi un mes, exprimiéndolos para obtener hasta el último detalle sobre Iris Dunning y la trágica historia de su amante rico.

El padre de Kevin. Dios, pensó Jim.

—No quería aceptar que no tenía dinero —dijo Davey en tono filosófico, todavía pensando en Destin Wright—. Y Susanna no puede aceptar que lo tiene. Pero diez millones es una olla muy jugosa para encontrarla al final del arco iris.

—Los diez millones los ha hecho ella, no se los ha encontrado.

—Peor aún —dijo Davey—. ¿Crees que Jack ha aprendido a aceptar que tiene una mujer millonaria?

—Sí. Creo que ha averiguado lo que casi todo el mundo ya sabía: que el dinero no lo va a hacer cambiar.

Iris Dunning entró en el local; todavía llevaba el gorro rojo de punto, a pesar de que estaban a catorce grados. Colgó su ropa de abrigo en el perchero y se sentó delante de la barra.

—Jimmy, me he encontrado con Tess esta mañana —le dijo—. Tiene un aspecto estupendo. Es una mujer inteligente y de mucho talento, y ahora va a tener otro bebé. ¿No es maravilloso?

Jim asintió, henchido de orgullo. Le puso un cuenco de crema de almejas delante y atendió a otro de sus clientes. Advirtió la llegada de un hombre al que no conocía. Reparaba en los desconocidos con más frecuencia últimamente. Aquél era alto y bien parecido, de ojos azules, y cuando se desabrochó el abrigo y sonrió con educación, con cierto nerviosismo, a Jim le resultó vagamente familiar. No sabía decir por qué.

El hombre se acercó a la barra y se detuvo en seco; durante un instante, pareció estar a punto de salir corriendo; pero se recompuso y dijo:

—¿Iris Dunning?

Iris se volvió, y el reconocimiento fue instantáneo.

—¡Santo cielo! Eres el hijo de Jared. Jared Herrington...

—Tucker —terminó el hombre—. Jared Herrington Tucker. Mi madre volvió a casarse tras la muerte de mi padre y... —inspiró hondo, un tanto incómodo—. No estaba seguro de si debía venir.

—Me alegro de que estés aquí. Por favor, siéntate a mi lado. Dios mío —daba la impresión de querer tocarlo, pero no lo hizo, y Jim creyó ver en sus ojos verdes a la joven que había sido—. Te pareces tanto a tu padre... Si hubiera vivido para cumplir tu edad...

Jared Tucker se acomodó en la banqueta más próxima a la de Iris, y Jim reparó en el reloj caro, en el jersey de buena calidad que llevaba bajo el abrigo. En la otra punta de la barra, Davey pronunció el nombre de Kevin con los labios, y Jim por fin se dio cuenta. El hombre le recordaba a Kevin Dunning, el hijo de Iris, el padre de Susanna, uno de los mejores amigos de Jim y de Davey.

—Rachel era mi hija —dijo Jared Tucker. Iris asintió con tristeza.

—Siento mucho lo que le ocurrió.

—Mi esposa y yo no creímos que perdería la cabeza de esa manera por un hombre. Pero así fue. Sólo vimos a Beau en un par de ocasiones. Me gustaría decir que intuimos su maldad, pero no fue así —se interrumpió, dejando que Iris rellenara los espacios en blanco—. No nos habló de su interés por usted y por su hijo. No sé, quizá creyó que nos avergonzaríamos.

—Quizá estuviera decidiendo qué le correspondía a ella contar y qué no —dijo Iris—. Pero nada de lo que hiciera justifica que Beau McGarrity la asesinara —añadió Iris con convicción.

—No, nada.

Jim hizo ademán de alejarse para dejarlos charlar a solas, pero Iris lo retuvo con la mano. La conocía desde que era niño; era como una tía para él. Le dio una palmadita en la mano y le sirvió al hijo del amante de Iris un cuenco de crema de almejas.

Jared Tucker clavó la mirada en la crema.

—Mi madre me hablaba con frecuencia de su relación con mi padre. Era una mujer amargada. Hizo lo que pudo para distanciarnos de la familia de él. Quería a mi madre, señorita Dunning, pero quería decirle que... —la miró; Tucker tenía ojeras bajo sus ojos azules— que me alegro mucho de que mi padre la tuviera en su vida.

—Lo quise. Lo quise con toda mi alma —Iris sonrió a Jared Tucker, y le rozó el dorso de la mano como si no fuera más que un niño. Debía de rondar los setenta–. Tu padre estuvo con nosotros en Blackwater Lake. Quería que supiéramos lo que le había ocurrido a tu hija. A su nieta.

Los ojos del hombre se llenaron de lágrimas, y levantó la cuchara tratando de no llorar. Después, inspiró hondo y dijo:

–Hábleme de mi hermano.

Davey se volvió sobre su banqueta, rascándose el bigote con un dedo.

–Sí, ya verá cuando conozca a Kevin y a su mujer. Un tipo fino, como usted. La mujer se llama Eva. Son artistas, y están majaretas. Kevin me hizo un retrato una vez, y sólo me reconocí en el bigote.

Tucker se quedó callado un momento, y Jim se preguntó si Davey no se habría pasado de la raya. Hasta él parecía darse cuenta. Pero, de repente, Jared Herrington Tucker tomó el pimentero y dijo:

–Mi padre... el mío y el de Kevin, escribía poesía.

Entonces, se pusieron a hablar: Davey, Jim, Iris y el hermanastro de Kevin. Después de otra ronda de crema de almejas y de cerveza, Iris los obligó a trasladarse a una mesa porque le dolía la espalda de estar sentada en la banqueta. Jim se quedó detrás de la barra. Se sentía bien. Por primera vez desde que Susanna Galway le había hablado del asesino que la había seguido en Texas, Jim Haviland podía decir que se sentía bien.

La puerta del bar se abrió y Sam Temple, ranger de Texas, entró en el local.

–¿Es que nunca hace calor en esta condenada ciudad?

–Ya hace calor –dijo Jim.

Temple se sentó delante de la barra. No llevaba sombrero de ala ancha, ni placa, ni pistola a la vista, pero sí las botas y la chaqueta negra de cuero. Las universitarias estaban de exámenes.

—Tengo noticias sobre la camioneta de Davey Ahearn —dijo Temple—. Iba a retirarlo de la circulación, pero como me sentía un poco responsable por dejar que lo robaran...

—Estoy aquí —dijo Davey desde la mesa. El ranger se dio la vuelta, y al ver a Iris, sonrió.

—Buenas tardes, Iris.

Ella le devolvió la sonrisa con entusiasmo, y Jim se preguntó si la buena de Iris Dunning no habría perdido la cabeza por un apuesto ranger de ojos negros.

Davey se estaba impacientando.

—¿Qué hay de mi camioneta?

—Ha aparecido.

—¿En serio? ¿Dónde?

Sam Temple no contestó; en cambio, se volvió hacia Jim.

—No estoy aquí por un asunto oficial. Mi capitán no me autorizaría a que viniera aquí sólo para hablarle a una persona de un vehículo robado. Además —añadió en su acento texano lento y grave—, dudo que la policía de Somerville y la del estado de Massachusetts quiera verme por aquí. La de Nueva York todavía menos, porque ni siquiera llegué a presentarme antes de que estallara todo el jaleo en Blackwater Lake.

—Mi camioneta —dijo Davey, cada vez más impaciente—. ¿Dónde diablos está?

Sam Temple giró en redondo y sonrió de oreja a oreja.

—En San Francisco.

Alice Parker salió de San Francisco en un vuelo nocturno. Tenía un nombre nuevo, una partida de nacimiento nueva y un pasaporte nuevo, por gentileza de sus contactos en la cárcel. Le encantaba el nombre de Audrey Melbourne, pero sabía que las autoridades esperaban que Audrey huyera a Australia y estarían en guardia. Había optado por Sidney Rutherford. Sonaba distinguido, y le recordaba a Rachel. Y a Iris Dunning.

Tenía una nueva imagen para su nuevo nombre: llevaba el pelo muy corto y teñido de rubio platino, y se había deshecho de toda su joyería barata. Lo único que llevaba era el reloj más caro que había podido permitirse, y que le había comprado a un vendedor ambulante en San Francisco. Debía de ser una imitación, pero no le importaba. Parecía elegante.

Su nueva identidad era la única mentira sobre su viaje, eso y que las autoridades de Texas, Massachusetts y Nueva York la estuvieran buscando para interrogarla.

Tenía intención de viajar a Australia y no salir jamás de allí.

Durante las primeras dos horas de vuelo, estuvo esperando a que el capitán se dirigiera a ella y le dijera que tenía un pasaporte falso. Confiaba en que la tirara del avión. Prefería zambullirse en el Pacífico a volver a la cárcel. No le importaría testificar contra Beau McGarrity, pero ya lo tenían entre rejas.

Por fin.

Nadie se acercó a ella, y permaneció con la mirada puesta en la ventanilla, viendo sólo su propio reflejo. Creía tener buen aspecto. Había sido agente de policía y presidiaria. Había caminado durante una ventisca con un chiflado perverso apuntándola a la espalda. Había ayudado a capturarlo y, después, había huido en una camioneta robada... Todavía no sabía cómo había podido llegar a San Francisco. Quizá la suerte le hubiese sonreído por primera vez. Había pasado junto a un campamento ante el cual había un Jeep aparcado y había cambiado sus placas de Nueva Jersey por las de Massachusetts que llevaba la camioneta. Recordaba cómo le habían sangrado los dedos congelados, pero no había sentido dolor. Ni siquiera el calor de la sangre deslizándose por su mano.

Casi pierde un par de dedos. Nunca volvería a mirar unos muslos de pollo congelados de la misma manera.

Cuando llegó a San Francisco, se buscó un trabajo de camarera en un restaurante de una parte no muy elegante de la ciudad. Había trabajado como una enana durante mes y medio, sirviendo platos de huevos revueltos y tazones descascarillados a clientes somnolientos. Vivía en una habitación barata y sucia en un feo edificio lleno de inquilinos con malas pintas.

Habría sido mucho más fácil si Destin y ella hubiesen logrado sacarle los cien billetes a Susanna Galway, pero no había podido ser. Alice lamentaba haberle hecho creer a Destin que era factible. Sabía que lo lamentaría hasta el día de su muerte, aunque se cambiara de nombre muchas veces.

Iba a empezar de cero, pero pensaba hacer lo que Iris había intentado inculcarle durante las primeras semanas en Boston, por muy sencillo y difícil que fuese al mismo tiempo: no mentir sobre sí misma.

Salvo por el nombre.

Antes de subir al avión, había enviado a Iris por correo la fotografía de ella con Jared Herrington que había encontrado en la camioneta de Davey Ahearn. No había adjuntado ninguna nota; no se le había ocurrido nada que decir.

Se quedó dormida y, muchas horas después, cuando se

encendieron las luces de la cabina y las azafatas empezaron a trajinar por el avión, Alice miró por la ventanilla. Vio el puente y el teatro de la ópera de Sidney y empezó a llorar.

Tenía otra oportunidad. Su última oportunidad.

24

Los gigantescos y viejos árboles del cementerio de Old Granary estaban echando brotes grandes y rojos. La hierba era cada vez más verde, y el día anterior, Susanna había paseado por Commonwealth Avenue para admirar los famosos magnolios y sus capullos rosa.

Acababa de terminar una cita con dos clientes, una pareja joven que quería poner sus finanzas en orden antes de tener hijos. Aquélla era la parte de su trabajo que más le gustaba: ayudar a las personas a hacer realidad sus sueños.

Todavía mantenía la mayor parte de sus clientes de San Antonio y, si regresaba a Texas, gran parte de los de Boston seguirían con ella.

«Cuando» regresara, pensó.

Hacía dos semanas que no veía a Jack. Parecía una eternidad.

En aquella ocasión, era ella la que se estaba distanciando emocionalmente de él, y por razones que no comprendía muy bien. Jack no la forzaba, y ella no sabía lo que eso significaba. Lo amaba; él la amaba a ella. Pero no sabía si podrían recuperar lo que habían tenido antes de que

Beau McGarrity, Alice Parker y Destin Wright aparecieran en sus vidas.

Contempló a la pareja a la que acababa de atender; se estaban alejando por Tremont Street agarrados del brazo, sonriéndose, y pensó en Jack y en ella cuando eran estudiantes, veinte años atrás. ¿Cómo podrían volver a aquellos días?

El portero la arrancó de sus lúgubres pensamientos llamándola por el intercomunicador: tenía un envío. «Bien», pensó. «Una distracción». Salió al pasillo y vio a la dependienta de una floristería cercana, una mujer joven, que salía del ascensor con una enorme caja blanca adornada con un lazo rosa. Susanna la detuvo al instante.

—Debe de haberse equivocado de persona.

La mujer la miró por encima de la caja.

—¿No es usted Susanna Galway?

—Sí, pero...

—Entonces, son para usted. ¿Dónde las dejo?

Atónita, Susanna balbució que se las diera allí mismo. La mujer regresó al ascensor.

Susanna volvió a su oficina y dejó la caja en la elegante mesa de centro que estaba delante del sofá. Barajó varias posibilidades mientras desataba el lazo. ¿Un cliente agradecido? ¿Sus padres? No era su cumpleaños, y no había hecho nada que mereciera una celebración, salvo sobrevivir a un asesino... y ya hacía tiempo de eso. No tanto como para olvidarlo, claro.

Quizá las flores fueran para Maggie y para Ellen. Empezaban a recibir respuestas de universidades.

Destapó la caja, y dentro había una docena de rosas rosa de tallo largo. Todas eran perfectas. Había un pequeño sobre; las manos le temblaron al abrirlo.

Para mi adorada mujer... de su amante esposo. Jack.

Le dio un vuelco el corazón. Después, movió la cabeza.

Imposible. Jack no utilizaba palabras como «adorada» o «amante». Iris y las gemelas debían de haberlo persuadido de que le enviara flores, o incluso hecho el pedido ellas mismas, diciéndole a la florista lo que debía poner en la nota.

Ay, pero eran unas rosas preciosas. Susanna acarició los suaves pétalos, después, volvió a leer la tarjeta y suspiró con todo su cuerpo. *De su amante esposo. Jack.*

—Mírate —dijo Jack desde el umbral, como si lo hubiese hecho aparecer sólo de pensar en él—. Y yo que creía que no eras sentimental. Tendré que enviarte rosas más a menudo.

—¡Jack!

Atravesó corriendo la oficina y se arrojó en sus brazos, besándolo al tiempo que él la estrechaba. La abrazó con fuerza, deslizando las manos por sus caderas. Rió con suavidad.

—De haber sabido que te cautivaría con una docena de rosas, no me habría molestado con el resto.

Susanna apoyó los brazos en sus hombros.

—¿Qué resto?

—Cada cosa a su tiempo —la soltó y se acercó a su escritorio, donde tenía el ordenador—. ¿Te fías de que lo apague, o podría perder un millón de dólares?

Susanna no podía contestar; tenía un nudo en la garganta y todas las terminaciones nerviosas en alerta roja. Jack empezó a pulsar botones y, por fin, ella se acercó y se interpuso entre él y el teclado.

—Yo lo haré.

—Eso pensaba —sonrió Jack. Deslizó un dedo por su nuca mientras ella trabajaba—. Hemos tramado un complot contra ti. Lo único que puedes hacer es dejarte llevar.

Susanna cerró el ordenador, apagó la impresora.

—Te quiero, Jack.

—Lo sé.

—Siempre te he querido. Nunca he dudado de mi amor por ti..

Jack le puso las manos en la cintura y la volvió hacia él.

—Susanna, lo sé.

Ella se humedeció los labios; se sentía ligeramente mareada.

—Nunca he dejado de valorar tu amor.

—¿No? Pues deberías, porque es tuyo, para siempre —sonrió, y la besó con suavidad—. Pero nada de eso puede ayudarte ahora. El plan ya está en marcha.

—¿Qué plan?

La soltó y rodeó la mesa, dirigiéndose hacia la caja de flores.

—Deduzco que hoy no has mirado el saldo de tus cuentas. ¿O debería decir de nuestras cuentas?

—Jack... Jack, no pienso mover un músculo hasta que no me cuentes lo que pasa.

Jack cerró la caja de las rosas y se la puso bajo el brazo.

—Será mejor que te ciñas al programa, cariño. Si tengo que cargarte a la espalda y sacarte a rastras de aquí, lo haré.

Lo haría; lo decía con la mirada.

—Sam intentó convencerme para que trajera las esposas —dijo, con mirada muy, muy intensa.

—Jack —murmuró Susanna—, esto es lo más original...

—Romántico —la corrigió, y su media sonrisa estuvo a punto de desarmarla—. Te estoy arrullando.

Susanna apagó la cafetera, se puso la chaqueta y lo siguió hasta el vestíbulo. Un elegante coche negro los estaba esperando delante del edificio. El conductor abrió la puerta de atrás, y Jack y Susanna subieron al vehículo. Unos segundos después, estaban sorteando el tráfico de la ciudad.

—¿Puedo saber adónde vamos? —preguntó Susanna.

—Al aeropuerto.

Movió la cabeza.

—Por aquí no se va al aeropuerto.

—A uno pequeño que está al oeste de la ciudad. Mi avión está allí.

—¿Tu avión?

Le guiñó el ojo.

—Si tú puedes comprar un refugio en los Adirondacks sin decirme nada, yo puedo comprar un avión...

—Pero ¿cómo? ¿Cómo has conseguido el dinero?

—También está a mi nombre.

—No tenemos tanto dinero líquido en nuestra cuenta corriente. No dispones de la información necesaria...

—Espero que Maggie y Ellen hagan un buen uso de su inteligencia en la universidad —dijo Jack—, porque si se dedican a robar, nos meteremos en un buen lío.

Susanna se recostó en el asiento del coche.

—Ya entiendo. Han averiguado mis contraseñas y han entrado en mi ordenador.

—Según ellas, fue un juego de niños.

—¿Cómo de grande es el avión?

—Nuestras hijas empiezan a insinuar que quieren ir a Harvard. Dicen que pueden hacer el máster en Texas y pasar allí el resto de sus vidas. Eso supondrá muchos billetes de avión, y con tu abuela aquí en Boston y tus padres veraneando en Lake Champlain...

—¿Jack?

Le pasó el brazo por el hombro y la atrajo hacia él para plantarle un beso en la cabeza.

—Es un avión increíble, Susanna.

—¿Vas a pilotarlo tú?

—Sí.

—¿Puedo preguntar adónde?

Su mirada se ensombreció un poco, y la estrechó con más fuerza.

—Tenemos que volver a Blackwater Lake.

El hielo del lago se había derretido en su mayor parte, y la nieve se había fundido en los espacios abiertos y en las laderas soleadas. Los ríos bajaban llenos. Era la época de las inundaciones y el barro, una de las más tranquilas en los Adirondacks, cuando hasta a los lugareños les gustaba cambiar de aires.

Para lo que Jack tenía pensado, era la época perfecta.

Pensaba que el avión era una idea genial. Un viaje en coche de cinco o seis horas habría sido agotador. Habría tenido que parar el coche y hacer el amor a su esposa en el asiento de atrás, y eso no entraría en lo que Maggie y Ellen consideraban romántico. Aunque tenía la impresión de que a Susanna no le habría importado.

Un coche los estaba esperando en el aeropuerto de Lake Placid. Susanna estaba preguntando por su equipaje.

—Iris y las gemelas te han hecho la maleta —le dijo—. También hay una bolsa que yo he preparado para ti.

Oyó su brusca inspiración, vio el destello de deseo en sus ojos verdes y supo que las flores, el coche y el avión no eran lo que la estaba cautivando. Pero les había prometido a Maggie y a Ellen no escatimar con el romanticismo. La arrullaría como era debido.

Sus hijas no sabían que había decidido llevarla de vuelta a Blackwater Lake. La idea había sido de él.

Cuando llegaron al refugio, Susanna salió disparada del coche y bajó corriendo al lago. Jack la siguió; ya percibía su cambio de humor, lo había estado esperando. Vio cómo sus pies se hundían en las zonas húmedas, pero Susanna no se daba cuenta, se abría camino hacia la orilla del lago trepando por las rocas. Por fin, permaneció en pie sobre una piedra plana, con la melena meciéndose al viento; el sol se ponía entre manchas de color naranja y púrpura que la envolvían. Las montañas se elevaban alrededor del lago, todavía coronadas de nieve.

Jack subió a la roca y Susanna se volvió con brusquedad, con lágrimas en las mejillas.

—Esto es precioso.

—Sí.

Tenía los puños cerrados, y volvió a contemplar el lago.

—Si te hubiera hablado de Beau McGarrity cuando vino a verme, Alice nunca habría intentado usar la cinta para chantajearlo. No habría venido al norte y habría permanecido fuera de nuestras vidas.

—Ya estaba en nuestras vidas, Susanna —repuso Jack, con cautela—. Y Alice habría encontrado otro motivo para venir aquí, porque instintivamente sabía que aquí encontraría las respuestas que buscaba. Quizá tú también lo sabías. Y yo. Quizá tu abuelo nos trajo aquí para que pudiéramos unir todas las piezas.

—No crees lo que dices. Eres demasiado racional...

—Todos podríamos haber actuado de forma muy distinta y, seguramente, deberíamos haberlo hecho, pero tú no hiciste nada que pusiera en peligro a nadie. Nada, Susanna.

—¿De verdad lo crees?

—Todo el mundo lo cree. He investigado hasta el último detalle de este caso con los agentes de la ley y los fiscales de tres estados durante las últimas seis semanas. Beau McGarrity era una plaga en nuestras vidas antes de que ninguno de nosotros nos diéramos cuenta —Jack intentaba no hablar con demasiada aspereza—. Podemos flagelarnos por no haberlo visto venir durante el resto de nuestras vidas.

—No quiero hacer eso —dijo Susanna. Jack le acarició la mejilla.

—Entonces, ¿entras conmigo en casa?

Susanna asintió.

—Debería poner en agua las rosas.

Pero, en cuanto entraron, Jack se aseguró de que advirtiera que tenía más cosas de que preocuparse aparte de las rosas. Lo había dispuesto todo con antelación: chocolate, champán, vino y comida de sobra para tres días. Había dado instrucciones a Iris y a las gemelas para que no guardaran en la maleta ninguna prenda de abrigo. No saldrían del refugio en todo el fin de semana.

En cuanto puso las rosas en un florero, Jack le entregó la pequeña bolsa que había empaquetado él mismo.

—Echa un vistazo.

Susanna se sentó en el suelo, delante de la chimenea, y estudió el contenido de la bolsa mientras él encendía el fuego. Jabón de lavanda, sales de baño, gel de baño de burbujas, aceites esenciales cuyas etiquetas prometían favorecer el romanticismo, velas aromatizadas y un anillo: un anillo muy caro que su esposa nunca compraría para sí. Davey Ahearn y Jim Haviland lo habían convencido de que lo comprara. Decían que necesitaba un poco más de brillo, que vestía demasiado de negro.

Jack sonrió al ver la mirada de placer mezclado con asombro de Susanna.

—Sam dice que sólo tendrías cinco millones si no fueras tan agarrada.

—Ése es un razonamiento propio de Sam. Me gustaría echar mano a sus finanzas...

—Imposible. Se deshace de la mayor parte de su sueldo —le hizo un gesto con la cabeza—. Sigue mirando. Aún hay más.

Susanna encontró la prenda de seda que Jack había escogido en una lencería de lujo y la sostuvo en alto.

—Maggie y Ellen insistieron en que te comprara un bonito camisón romántico de seda.

—Esto no es un camisón romántico —Susanna carraspeó, y Jack la vio sonrojarse y sonreír, casi como si tuviera diecinueve años—. Jack, esto es un picardías provocativo.

—Bueno —dijo, sin arrepentimiento alguno—, al menos, es de seda.

Susanna hizo un ovillo con la prenda, recogió los demás regalos y se encerró en el cuarto de baño. No tardó mucho en salir. Cuando regresó a la chimenea, olía a lavanda y llevaba puesto el exiguo camisón. Jack supo que echaría la noche a perder. No habría cena con velas, como les había prometido a las gemelas, ni champán, ni bombones. No aguantaría tanto tiempo.

—Susanna...

—Este bonito camisón romántico de seda tiene una ventaja —dijo, descendiendo sobre él delante del fuego—. Es fácil de quitar.

Pero, por asombroso que pareciera, Jack se tomó su tiempo. Empezó allí mismo, delante de la chimenea, y exploró cada centímetro del cuerpo de su esposa con la boca, la lengua, las manos, como si fuese la primera vez, hasta que ella quedó trémula de deseo y él creyó que iba a estallar. Entonces, la levantó en brazos y la condujo al dormitorio. Pero cuando la depositó en la cama, Susanna dijo:

—Ya está bien de esta tortura —y lo despojó de la camisa, de los pantalones, para luego atraerlo hacia ella, dentro de ella—. Te quiero, Jack. Te quiero tanto...

—Quiero que vuelvas —susurró él—. No quiero volverte a perder.

—Nunca me has perdido.

Jack la besó largamente, moviéndose despacio, muy dentro de ella.

—No más secretos.

—No más —dijo Susanna—. Nunca más.

Pasarían tres días enteros así, hablando y amándose, recuperando los largos meses de separación... Pero, según sus cálculos, todavía tenía que arrancarle un secreto más a su mujer.

Susanna estaba sentada en su terraza de San Antonio, en una cálida tarde de mediados de abril, bebiendo una margarita con poca sal. Había preparado una jarra. Jack no tardaría en volver a casa pero, en aquellos momentos, estaba sola. El ocaso del sur de Texas era asombroso. Maggie y Ellen estaban disfrutando de sus últimas vacaciones de Pascua del instituto, y habían viajado en avión a San Antonio con Iris. Su abuela había insistido en utilizar unas líneas aéreas porque no se fiaba de los aviones pequeños. Para respaldar su temor, enumeró los detalles que había leído sobre accidentes de aviones pequeños de los últimos años. Uno era de hacía casi dos décadas.

Jack no se lo había dejado pasar y la hostigaba sin piedad.

—¡Y yo que creía que eras Iris Dunning, guía de los Adirondacks, una leyenda viviente!

Pero Iris se había mantenido firme.

—No me gustan las armas ni los aviones pequeños.

—Apuesto a que podrías enfrentarte a un oso con una navaja.

—Podría —repuso Iris, levantando la barbilla—. Pero eso fue hace mucho tiempo.

Iris estaba en Austin, con las gemelas, visitando a su hijo

y a su nuera. Jared Tucker había viajado desde Filadelfia y estaban debatiendo lo que harían con la propiedad de los Herrington en Blackwater Lake. Kevin y su hermanastro querían crear una reserva natural con el nombre de su padre y de Iris. Ésta se oponía. Que utilizaran el nombre de Jared no era mala idea, pero no quería que pusieran su nombre a nada mientras aún estuviera viva.

Susanna sabía que su abuela estaba secretamente complacida. Aquella visita, los planes de crear una reserva natural... eran una forma de reconciliar a la joven que había sido en Blackwater Lake con la mujer en quien se había convertido, la mujer que era en aquellos momentos. No eran personas distintas. No había aterrizado en Boston sesenta años atrás y empezado de la nada; simplemente, había seguido adelante. Así era como Maggie y Ellen lo describían: seguir adelante. Como si les procurara cierto consuelo o inspiración lo que su bisabuela había hecho tras las tragedias vividas en Blackwater Lake.

Jack salió a la terraza, todavía vestido de trabajo; su alta figura se recortaba sobre el ocaso. Susanna se fijó en su placa y sonrió, pensando que todo lo que era importante en sus vidas seguía intacto.

—Es agradable estar en casa —le dijo a su marido—. Cuando las gemelas terminen el instituto, me quedaré de forma permanente.

—¿Ah, sí?

Susanna se enderezó, estudiando su expresión, aquel familiar tono de voz.

—Ya lo sabes, ¿verdad?

—Tengo espías por todas partes —le dijo, y se sentó.

Susanna había pasado el día viendo casas históricas en el centro de San Antonio.

—Eres un texano de pura cepa; siempre has dicho que te

gustaría restaurar una antigua casa texana —estiró las piernas, disfrutando del calor. En Boston todavía hacía un poco de frío para su gusto—. Andrew, el marido de Tess, es arquitecto, ¿sabes? Tess me ha dicho que estará encantado de echar un vistazo a cualquier cosa que queramos comprar, siempre que no sea cuando esté a punto de dar a luz.

—Son muy amables.

Lo decía en serio, pero era evidente que lo preocupaba otra cosa, algo que esperaba oír. Susanna tomó un sorbo de su margarita. Era la segunda, y seguramente, debería haber comido algo antes. Empezaba a pensar que Jack tenía cierta ventaja sobre ella, que se le había pasado algo por alto, a pesar de todo.

—¿Qué más hiciste hoy? —preguntó Jack con fluidez.

—Maldita sea —susurró—. ¿También sabes eso?

Posó su mirada oscura en ella, pero no dijo nada.

Se estaba divirtiendo de lo lindo, pensó Susanna. Pero ella también. Había logrado mantener aquel último secreto durante los tres días que habían pasado en el refugio.

—Fui a dar una vuelta con tu avión —se levantó y se acercó a él; se sentía mareada, pero no por las margaritas, sino por Jack: siempre era Jack. Se sentó en su regazo—. Será mejor que lo confiese ahora que todavía llevas la placa, ¿no? Así será más oficial.

—Susanna...

—Mi último secreto. Tengo licencia de piloto —sonrió mientras acercaba los labios a los de él—. Pero eso ya lo sabías, ¿verdad?

Sus bocas entraron en contacto, y Jack rió.

—Lo sé todo.

Títulos publicados en Top Novel

Bajo sospecha – Alex Kava
La conveniencia de amar – Candace Camp
Lecciones privadas – Linda Howard
Con los brazos abiertos – Nora Roberts
Retrato de un crimen – Heather Graham
La misión mas dulce – Linda Howard
¿Por qué a Jane...? – Erica Spindler
Atrapado por sus besos – Stephanie Laurens
Corazones heridos – Diana Palmer
Sin aliento – Alex Kava
La noche del mirlo – Heather Graham
Escándalo – Candace Camp
Placeres furtivos – Linda Howard
Fruta prohibida – Erica Spindler
Escándalo y pasión – Stephanie Laurens

www.ingramcontent.com/pod-product-compliance
Lightning Source LLC
LaVergne TN
LVHW031807080526
838199LV00100B/6364